〔日〕池井户润 著

陈修齐 译

半泽直树

逆流而上

2

はんざわなおき

🌀 中国出版集团　🔺 现代出版社

版权登记号：01-2019-2723

图书在版编目（CIP）数据

半泽直树 . 2, 逆流而上 /（日）池井户润著；陈修齐译 .
—北京：现代出版社，2019.12
ISBN 978-7-5143-7941-9

Ⅰ.①半… Ⅱ.①池…②陈… Ⅲ.①长篇小说－日
本－现代 Ⅳ.① I313.45

中国版本图书馆 CIP 数据核字（2019）第 217634 号

半泽直树 . 2, 逆流而上

著　　者　[日]池井户润
译　　者　陈修齐
责任编辑　赵海燕　王　羽
出版发行　现代出版社
通信地址　北京市安定门外安华里 504 号
邮政编码　100011
电　　话　010-64267325　64245264（传真）
网　　址　www.1980xd.com
电子邮箱　xiandai@vip.sina.com
印　　刷　三河市宏盛印务有限公司
开　　本　890mm×1240mm　1/32
印　　张　12
字　　数　259 千字
版　　次　2019 年 12 月第 1 版　2019 年 12 月第 1 次印刷
书　　号　ISBN 978-7-5143-7941-9
定　　价　50.00 元

目录

第一章　银行套匣结构

1

"出了点麻烦，或许不能见面了。"

六月三日下午四点过后，时枝孝宏接到了一通电话，对方是伊势岛饭店的财务部长原田贵之。

"我这边已经为您空出时间了，您说的麻烦是指什么？"

夕阳透过玻璃窗照进办公室，有些晃眼，时枝眯着眼睛问道。

"电话里不方便说……"原田似有什么难言之隐，"敝公司的羽根希望一同拜访。"

"专务也要过来吗？"时枝再次确认。

羽根夏彦，守卫伊势岛饭店的头号人物，人称伊势岛饭店"禁卫军头领"。只是原田就罢了，如果羽根也参与面谈，时枝便不能孤身应对，银行方需要派出与羽根级别对等的人，才能保持对话的"平衡"。

"需要我向户原确认会面时间吗？"

法人部长户原郁夫，是本部长兼董事的国内授信①的第一人。

原田却显得十分见外，"户原部长应该很忙吧，不用麻烦他了。"

平时厚颜无耻的原田居然客气起来，时枝越发觉得必须小心应对。

他想再探探口风，却被原田抢了先。

"我们马上出发，拜托了。"

说完这句，原田单方面挂断了电话。

伊势岛饭店的总部位于京桥。实际上，不到三十分钟，前台就打来电话："伊势岛饭店的羽根专务与原田部长已经到了。"

"请带他们坐电梯到八楼。"

时枝放下电话，穿上挂在椅子上的西服外套，快步走出法人部的办公层，迎接二人的到来。

* * *

会客室里，原田的脸上满是杀气。

羽根专务坐在上座，看似气定神闲，脸上却透着一股难以掩饰的不愉快。

"这次我们察觉到事态的严重性，想在事情公开之前通知一

---

① 指银行向客户直接提供资金支持，或对客户在有关经济活动中的信用向第三方做出保证的行为。

声我们的主力银行，也就是贵行。"率先开口的是羽根，"实际上，由于投资失败，我们公司将出现一百二十亿日元的财务亏损。"

"一百二十亿……"

时枝目瞪口呆，焦躁感冷不防地涌上心头，他目不转睛地盯着羽根严肃的脸庞。

时枝的大腿上放着伊势岛饭店的信用档案，但他不需要打开，伊势岛饭店的业绩已深深印刻在脑子里。

目前，伊势岛饭店处于业绩持续低迷的状态，今年的最终利润额预计十五亿日元左右，对年营业额八千亿日元的连锁酒店而言，这样的利润额简直是微不足道。

"也就是说，贵公司今年的总业绩依旧是赤字①？"

"你可以这么认为。"

然而，东京中央银行在几天前刚刚向伊势岛饭店发放了两百亿日元的贷款，贷款是以业绩扭亏为盈为前提批准的。

时枝意识到事态的严重性，不禁咽了下唾沫。

这下可不得了了。

这笔贷款先是说服了百般不情愿的法人部长，后又经过董事会商讨才最终审批下来。如今不是轻飘飘地说一句"实际上是亏损"就能蒙混过关的。尤其，这偏偏还是发生在国内授信总部部长眼皮子底下的重大决策性失误。

―――――――――

① 经济术语，意为亏损。财政年度内财政支出大于收入的差额，因会计上习惯用红字表示而得名。

当时有些董事是反对过这笔贷款的，他们的面孔在时枝的脑海里一一浮现出来，让他感到坐立不安。

"没问题吧？"

最后批准申请的中野渡董事长的话还在时枝耳边回响："既然户原君已经看过了，应该没问题吧。"

时枝的膝盖开始轻微颤抖。

"为什么，会变成这样？"时枝不禁问道。

"因为股票市场的变动。"

羽根这句话连辩解都算不上。

"专务，照您的话说，我认为单纯的失误不足以解释这次事件了，为何在如此重要的时期，贵公司非要进行高风险投资呢？"

面对语气强硬的时枝，羽根忽然正颜厉色地质问道："那，你说该怎么办？"

"根据情况，我们或许会要求贵公司暂时返还前几日的贷款。"

"你的话真可笑。"羽根怒目圆睁，"之前申请贷款的时候，我们提供了财务方面所有详细资料，投资的事也没想过刻意隐瞒，只要仔细分析那些资料就能发现问题。这难道不是你的工作吗？所以，贵行难道没有过失吗？"

时枝紧咬着嘴唇，终止了这个话题，"十分抱歉，关于贷款我们还需要进行内部讨论。"

在这里和羽根无休止地争论下去也无法解决任何问题。

"其他银行知道投资失败的事吗？"

回应时枝的是羽根憎恶的眼神。

"白水银行已经察觉到了，审查部的负责人好像独自进行了调查，拜他所赐，本该得到的资金支援打了水漂，也正因为如此，向贵行借的钱更没办法返还了。"

"白水，已经察觉到了吗？"

时枝的脸上渐渐失去血色，对手银行负责人都察觉到了投资的失败，时枝对此居然毫不知情。

身为东京中央银行的员工，绝对不该出现这种情况。

"今天我们只是过来汇报情况，剩下的事就交给你和原田部长了。真是的，突然发生这种事我也很为难。事出突然，非常抱歉，希望贵行妥善处理吧。"

羽根这句不负责任的话就这么落在了时枝身上，此刻时枝的大脑一片空白。

2

"伊势岛饭店？就是那个投资失败的？"半泽直树问道。

副部长三枝裕人点了点头。

"对，就是那个伊势岛，我想让你负责他们的业务。"

"请等一下。"半泽举起一只手，认真地看着他的上司，"法人部怎么了，原本不是他们负责吗？"

"这是董事长的命令。"

"董事长？"

意料之外的回答，半泽不禁把想说的话咽了回去。

"因为这次的失误，行内对法人部颇有微词，中野渡董事长也十分震怒。如今金融厅① 审查是重中之重，董事长认为不该在这

———————————

① 日本金融监管的最高行政部门。

个时候继续让法人部负责这个案子。经过这件事，户原总部长可以说进退两难了。"

半泽皱着眉头看着三枝。

"可是，我负责的主要是同资本派系的大公司，伊势岛饭店虽然属于大型企业，却是没有上市的家族企业，既不是我们银行的关联公司①，也与我们没有任何资金关系。说起来，这种连续两年赤字的客户，我认为交给审查部管理最为妥当。"

审查部被称为"医院"，专门负责业绩恶劣的客户。

"不行。"话音未落就被三枝否决，"不能让审查部管理伊势岛饭店的授信业务。如此一来，等于变相承认伊势岛饭店是有问题的客户，这样我们无法向金融厅交代。"

半泽沉默了，他理解三枝话中的深意。

金融厅审查中，如果判断业绩恶化的伊势岛饭店无法归还贷款，那么东京中央银行必须为此筹措一笔巨额的"拨备金②"，金额将达到数千亿日元，这将对东京中央银行的业绩造成巨大的冲击。

如此一来，中野渡董事长的职位也会岌岌可危。

"况且，这件事已经使我们银行的信贷审批能力遭到了严重质疑，千万不能再丢脸了。总之，伊势岛饭店由营业二部代为管理，这是中野渡董事长亲自下达的命令。还有，无论如何必须扛过即

---

① 关联公司，是指公司以股份投资或合同的形式控制的公司，公司与关联公司之间是支配与被支配的关系，比如子母公司等。

② 银行拨备，指的是银行贷款损失准备和银行资产损失准备。

将到来的金融厅审查。喂，你在听吗，半泽？"

"当然在听。"半泽满脸惊讶，叹了一口气，"所以，为什么是我？交给其他授信组不行吗？我已经说过很多遍了，我负责的是同资本派系的——"

"我当然明白！"急性子的三枝打断了半泽的发言，他用焦躁的声音说道，"千万别告诉别人，中央商事正在研究伊势岛饭店相关的业务，他们公司的企划部还在调研阶段，所以风声应该没那么快传到你这个负责人耳朵里。"

与东京中央银行同属一个资本体系的中央商事，是日本三大商社之一，由半泽领导的营业二部负责。

"什么业务？"

"据说福斯特对伊势岛饭店很感兴趣，有注资的可能性。"

"福斯特？"

福斯特是美国最大的连锁饭店集团。

"没错，在拥有世界顶级酒店网络的福斯特看来，用出身名门的伊势岛饭店这块招牌作为打入日本市场的契机是再合适不过的。况且，伊势岛还具备从旅行社到零售业的一整套产业链。"

"如果有这种好事，审查不就能应付过去了吗？"

"要真那么简单就好了。"三枝那张额头宽大、风格粗犷的脸向半泽靠近，"听好了，伊势岛饭店的创始家族汤浅家奉行世袭制。上一代主事人汤浅高堂是个独裁者，现在的汤浅威虽然是个严格的经营者，却受制于上一代留下的旧制度。"

"因为没有上市，所以无法要约收购……"

在股票市场上，向不特定的多数股票持有者收购股份的行为被称为要约收购，伊势岛饭店并不能采取这个方法。

"酒店行业非常看重大众印象，福斯特似乎不想因为收购问题产生不必要的摩擦。"

"原来如此。只是，按照伊势岛饭店的企业作风能否接纳福斯特还是个未知数。这次出现如此严重的财务亏损，也没有更换相关的财务董事，实在让人无法接受。"

伊势岛并未做出令人信服的处理，只是听说撤掉了负责此事的课长，这样的小小惩戒并不足以服众。

"你可别说出去，伊势岛饭店还有很多类似这样的问题。你替我费点心，看顾一下吧。"

半泽向三枝缴械投降，无奈地叹了口气。

真拿他没办法。

"和法人部的交接怎么办？"

"怎么？你答应接下这个任务啦？"喜笑颜开的三枝害怕半泽改变心意，连忙说道，"交接越快开始越好，我已经打好招呼了，那边的负责人是——"他边说边看了一眼记事本，"时枝调查员，他之后会过来一趟。"

"时枝？"

"你认识他？"三枝问道。

"认识，我们是同期。"

与半泽一样，时枝也是泡沫经济期入行的员工，虽然两人最近没什么来往，但也是老熟人。

"那事情就好办了，交接本周内完成吧，我知道这不是件轻松的活儿。"三枝突然表情严肃地看着半泽，"所以我才托付给你，除你之外没有人可以胜任了。"

把工作强加于下属的上司经常这么说。

*　*　*

半泽与三枝的谈话结束不久，时枝就带着伊势岛饭店的交接资料找上了门。

"对不住，半泽。"

见到半泽的那一刻，时枝开口道歉。

泡沫经济时期 ①，旧产业中央银行录用了四百名未分配的新人，他们被分为四十人左右的小班，在神田、目黑、调布三个地方的培训中心进行集体培训。当时，半泽与时枝被分在同一班、同一宿舍，几乎一天二十四小时都待在一起。在半泽眼中，时枝是个朴实且温和的男人，好像担任过九州公立大学网球部的队长，身上有一种长年参加体育活动的人特有的爽朗。

眼前的时枝却憔悴不堪。

———————

① 日本泡沫经济是日本在 20 世纪 80 年代后期到 90 年代初期出现的一种经济现象。根据不同的经济指标，这段时期的长度有所不同，但一般是指 1986 年 12 月到 1991 年 2 月这 4 年多的时间。这是仅次于 20 世纪 60 年代后期日本经济高速发展的第二次大发展时期。

"这也是没办法的事。"半泽说道。他快速地浏览了一遍从时枝手里拿到的伊势岛饭店事业计划，"我不是为了安慰你才这么说的，单凭他们明面上的数据，无论如何都看不出投资亏损。"

"事到如今，说这些也许没什么用，伊势岛提供的有价证券明细是投资之前的数据，虽然他们后来辩称是自己的工作失误，但实际上或许是有意给我们旧数据。"

"但，白水银行却看穿了他们的把戏。"

"没错。"

时枝沮丧地垂下了头。

就在伊势岛饭店向时枝汇报情况的第二天，财经报刊《东京经济新闻》以独家新闻的形式报道了饭店的巨额亏损。《东经》之所以盯上这条独家新闻，是因为伊势岛的第二合作银行——白水银行取消了审批中的数百亿贷款。

"虽说如此，白水还真厉害啊。"半泽看着交接资料上的财务分析数据，又感叹了一遍，"光凭这些，无论怎样分析也分析不出一百二十亿日元的财务亏损啊。"

亏损只有经过会计处理才会反映在财务上，伊势岛饭店并没有做这一步，况且连提供的明细都是旧数据，要看穿几乎是不可能的。

"有没有可能，白水有自己的情报源？"

时枝露出困惑的表情："情报源？"

"比如，偷偷从伊势岛某位财务人员口中听说了投资失败的事。"

时枝满脸惊讶。

"我听说，白水银行以投资失败为理由暂缓对伊势岛的资金支援，至少比《东经》报道独家新闻早了两个礼拜……"

"伊势岛饭店，或许刻意隐瞒了财务亏损，却走漏风声被白水银行知道了。"

"这岂不是违反了诚信原则①？"

时枝的脸色变了。

"也许和伊势岛饭店的企业性质有关吧。"

时枝空洞的眼神晃了晃，最终落在了地板上。

"我想你可能听过一些传闻，老实说，这家公司不那么好对付……"

"正因为我们没能深入了解这家不好对付的公司，才导致了失败。"

时枝听完半泽的话，闭上了眼睛，随后放弃挣扎似的吐出一口气。

"你说的没错。"说完后，时枝把头埋了下去，"但是，我不是为自己找借口，我根本没有足够的时间跟对方搞好关系。"

"因为客户经理的更换？"

半泽留意到申请书上印章的变化，数月以前盖在文件上的印章并不是"时枝"，而是"古里"。

"与其说更换了客户经理，不如说整个主管单位都被更换了。伊势岛饭店原本是京桥支行的客户，重新评估了管理部门后，才被移交到法人部。"

"真不走运啊。"半泽叹了口气，看着他可怜的同事，"倒霉

---

① 《日本民法典》基本原则之一，日本多简称为"信义则"。

的事全堆在一起了，不能说全是你的错。"

"现在说这些或许没有意义，但京桥支行跟我们交接得很敷衍。"时枝的叹息声中夹杂着抱怨，"我也明白既然客户移交给了别人，自然少说为妙，省得招来不必要的埋怨。可他们连企业性质、对方负责人是什么样的性格、交往过程中需要注意什么这些基本信息都不交代，只是顺嘴说了句'今年伊势岛计划扭亏为盈，到时请给予资金支援'而已。"

伊势岛饭店的年终决算①在九月，时枝以预估业绩扭亏为盈为依据提出贷款申请的时间是三月中旬，董事会在四月批准了申请，贷款于同月的二十日发放。

"这个叫古里的客户经理，一点儿都不知道伊势岛投资失败的事吗？"半泽突然冒出这样的疑问，脱口问道。

"我也想到这一点，就打电话问了。"半泽兴味盎然的眼中倒映出时枝沮丧的表情，"对方说，对这件事完全不知情，也没听到过任何消息。最后还发了好大一通脾气，说别想把信贷判断的过失推到他们身上，然后就把电话挂了。"

一旦不用负责任，就什么话都说得出口。

时枝虽然可怜，但银行就是这种地方。

半泽接到金融厅审查即将到来的消息，刚好是在与时枝交接之后的第二天。

---

① 指根据会计资料对会计年度内的业务活动和财务收支情况进行综合总结的结算工作。

3

各行各业都得接受来自"上面"的检查，而这些检查多数大同小异。无论是曾经的大藏省①审查，还是现在的金融厅审查，在作为审查对象的银行看来，都是巨大的麻烦。

听到审查，半泽一定会想起自己还是新人时初次经历的旧大藏省审查。

那是入行的第二年，当时的半泽只是日本桥支行负责融资的新人员工，分配到的工作也是不值一提的琐碎事。

比如说，收发传真。

从前，银行的文件都靠手写完成，并且，为了审核内容，必

---

① 中央政府财政机关，主管日本财政、金融、税收。2001 年 1 月 6 日，中央省厅重新编制，大藏省改制为财务省和金融厅（主要负责银行监管）。

须用传真机发送到总行。

检查期间，更是需要提前把资料发送给融资部的检查准备小组，让对方审核内容。

但是，由于全行的传真集中在一起发送，融资部的数条专线经常处于占线状态。半泽不得不专门守在传真机前，一旦传送成功，半泽就会大喊"传过去了"，以告知众人。从那以后，把各个部门收集来的资料一份接一份地塞进传真机的入纸口成了半泽专属的工作，这样的工作一干就是好几天，每天都要持续到深夜。

说起来，对当时深受"护送船队"体系庇护的银行界而言，旧大藏省审查本身就是一场闹剧，不，现在或许也是一场闹剧。

表面上虽说是突击检查，可检查的计划总会提前泄露。

泄露消息的家伙从前被称为"MOF^①负责人"，是专门应付大藏省的精英银行职员。他们请客吃饭，甚至在某些场合打打色情的擦边球，在不知廉耻的应酬中用故作亲密的口吻向官员套话，"这次什么时候过来检查呀""求求你告诉我呗"，完全是卑劣又上不了台面的行为。

基于这些不正当途径收集到的情报，银行内部会在好几个月以前，从上到下鸡飞狗跳一般制定应对检查的策略。半泽的收发传真不过是其中最轻松的一项，应付检查的核心在于把一些不恰当的情报、有违规嫌疑的融资案件藏匿起来。文件被塞进硬纸箱中，由融资课长等人带回自家，直到检查完毕。银行界私下称之

---

① 大藏省（Ministry of Finance）的英文简称。

为"疏散"。

这是从许久以前延续至今的违规行为。银行界表面上装作优等生，奉行的原则却是"赚钱才是王道"。

然而，前不久 AFJ 银行却被金融厅审查逼至破产的境地。原因在于"疏散"的资料被发现，审查组以"妨害审查"的罪名检举了银行。面对这出人意料的结局，其他站在一旁紧张观战的银行，也只是冷笑、讥笑、略带怜悯地嘲笑了一番。

"为什么不藏到更保险的地方呢？ AFJ 也太不中用了。"

然而 AFJ 银行亦丝毫没有反省之意，只是一味后悔没有找到更加高明的藏匿手段。这就是银行业的现状，谁也不比谁高贵到哪里去。

AFJ 银行事件中出了一桩逸闻，听说一位银行职员在慌乱中把藏匿的资料塞进嘴里，吞入了腹中。半泽在报纸上读到这条新闻时，暗自皱紧了眉头，"又不是山羊，吃了不会闹肚子吗？"

主持 AFJ 银行审查的是主任审查官黑崎骏一，经此一役，黑崎骏一一战成名，一跃成为金融厅的大红人。但事件本身依旧疑云丛生。

为什么 AFJ 银行藏匿的资料会被发现呢？

AFJ 的总部位于大手町①的一栋写字楼，资料就藏在楼中最不起眼的房间里，却不知通过何种途径被黑崎知晓了。为何情报

---

① 位于日本东京都千代田区，皇宫大手门前。是一条商务街，多条地铁交会的交通要地。

会泄露？又是谁泄露的情报？真相隐藏在黑暗中，至今仍未浮出水面。

唯一可以确定的就是，黑崎骏一是个不按常理出牌的对手。

本次金融厅审查的主任审查官正是黑崎，听说他是奔着伊势岛饭店来的，这让东京中央银行的高层们坐立难安。

金融厅审查的规则说来十分简单。

银行把融资对象分为四个风险等级，分别是"安全客户""低危客户""中危客户"和"高危客户"，审查过程中审查组将会就评级恰当与否展开讨论。

从结论上说，如果评级为"安全"，自然皆大欢喜。

但如果评级是"低危"，银行就必须为这些客户筹措一笔"拨备金"，作为企业破产时的准备金，用以抵偿损失。这笔资金在银行账面上以开支的形式计入，因此极有可能对银行业绩造成重创。

因此，审查中最常见到的，就是银行职员和审查组之间激烈的口水战，一边主张"这家客户是安全客户"，另一边则嚷着"不对吧，明明应该是危险级别"。顺便说明一下，"安全客户"在业内被称为"正常债权"，"危险客户"则被称为"分类债权"。

正常债权，还是分类债权？

站在两者模糊地带的，正是像伊势岛饭店这样的公司。

赤字究竟是偶发性的，还是经常性的，决定了数百亿、数千亿规模的银行收益是否化为泡影。不只是银行收益，如果伊势岛饭店被"分类"处理，市场或许会降低对东京中央银行的信赖值。股价一旦下跌，将导致银行资产整体缩水，银行极有可能陷入经营危机。

自董事长以下的管理层对本次金融厅审查如此紧张，原因就在于此。对东京中央银行而言，这才是名副其实的"绝对不能输的战役"。

此刻，这份责任正沉甸甸地压在半泽的肩膀上。

这天晚上，同期入行的渡真利忍打来电话，约半泽去神宫前①经常去的那家烤鸡肉串店碰面。

"时枝的事我知道得很清楚，那小子太倒霉了。说到倒霉，半泽，你也够倒霉的，居然被迫接了伊势岛饭店的案子，认命吧。"

"你知道些什么？"半泽听出渡真利话里有话，问道。

"金融厅审查的具体流程已经出来了，下个月的第一周开始。不仅如此，"在店内的小角落里，渡真利压低了声音，"黑崎被任命为主任审查官，你知道他吧？"

半泽沉默着点了点头，黑崎是金融厅的英雄，在银行界则是臭名远扬。

"听企划部的家伙们说，金融厅的目标似乎是伊势岛饭店，巨额亏损、连续赤字，还有已经发放的两百亿贷款——真是槽点满满。半泽，你该怎么办？伊势岛要是被'分类'了，你基本就可以和营业二部次长的位子说再见了。"

"客观角度来看，如果伊势岛已经糟糕到不得不被'分类'的地步，我也不会死守下去。"

————————

① 地名，位于东京都涩谷区。

"可董事长不会接受啊。听好了，你现在抽到的，可是前无古人、后无来者的下下签。不过，如果世上有人能把这下下签变成上上签，这个人也非你莫属。"

"你小子倒是跟我换换呀。"

听到半泽的话，渡真利瞪大了双眼，"别开玩笑了，跟你换？我有几条命也不够啊。"

"啧。"

半泽把玻璃杯中的啤酒一饮而尽。

"话说回来半泽，以前负责伊势岛饭店的可是京桥支行啊。说到京桥，那家伙没事吧？"

"你说的是近藤？"

近藤直弼，既是半泽的同窗，也是与他同期入行的好友。去年十月调离关西系统部，外调到一家与银行有业务往来的中小企业。

泡沫经济时期入行的员工中，近藤是第一个调到客户公司的。入行数年来一直表现优异、深受器重的近藤，泡沫经济崩盘之后并未在新支行取得理想的成绩，结果患上了心理疾病，不得不停职一年在家休养，这对他的职业生涯产生了难以消除的负面影响。

在银行待得久了，偶尔会看到一些因为长期养病而脱离战斗前线的人，他们从升职的天梯上坠落，再没有出头的希望。毫不夸张地说，近藤走上了同样的不归路。合并后的东京中央银行，职位数相对减少，冗员情况严重。在这种情况下，抛弃有"黑历史"的近藤，将他第一个外调，也是意料之内的。

近藤去的公司是京桥支行的客户，似乎给了他总务部长的职位。

"虽说是部长，可毕竟是小公司，大概相当于银行的课长或者系长什么的吧。"

直到现在，半泽还是会想起，近藤听到外调消息时那张羞愤不已的脸。

"近藤好像吃了不少苦呢。"渡真利认真地说道。

"你跟他有联系？"

"昨天他给我打电话了，说是公司的贷款迟迟批不下来，想找我商量。我问他是不是负责人有意刁难，你猜怎么着？负责近藤公司的居然是旧 T^① 出身的人。"

将近三年前，东京中央银行由产业中央银行和东京第一银行合并而成，在这期间，银行推行"你中有我，我中有你"的人才混搭机制，以促进行内和谐，可一旦涉及各自利益，旧 S 和旧 T 的矛盾便显露出来。简直就像一个匣子里套入了两个形状相同的容器。

"董事长虽然强调行内和谐，但现实就是一块招牌下两家银行各自为政，毕竟京桥支行是旧 T 里的老牌支行嘛。"

两家都市银行合并之后，同一个地区必然出现两家支行。通常情况下，竞争力强的那家予以保留，弱的那家只有关门的下场。东京中央银行也不例外，合并后的这几年一直在进行类似的操作。

"如此说来，会不会因为旧 T 的京桥支行在生存战中存活了下来，作为补偿，就把他们的大客户伊势岛饭店拨给了以旧 S 为

---

① 旧东京第一银行的简称，后文提到的旧 S 是旧产业中央银行的简称。

22

主体的法人部呢？"

听完渡真利的话，半泽终于明白了伊势岛饭店变更主管单位的背景。

"对旧 T 的客户经理而言，难得的大客户被人抢走，心里自然不高兴，交接进行得马马虎虎大概也有这方面的原因吧。"

渡真利的话中透露出合并银行的辛酸与无奈。

"希望他能闯过这关。"半泽说。

渡真利表情严肃地点了点头，"我会想办法帮他的，毕竟那是近藤。他的病也痊愈了呢。"

"那就好……"半泽坐在逐渐喧闹起来的店铺角落，自言自语道。

4

"这些资料没问题了吧？"

半泽与渡真利见面的第二天早晨，近藤直弼从塑料文件袋中拿出公司三年期的业绩预测①，放在柜台上。

古里一言不发地拿起资料。他跷着二郎腿，身子向后仰，懒散地靠在椅背上。老气横秋的脸上长着一个突出的下巴，他的双眼总让人以为他下一秒就要发火。此刻，这双眼睛正机敏地在资料和近藤之间来回打量。

"数据可靠吗？"

古里抛出的第一个问题如此尖锐，近藤不由得正襟危坐起来。

"从现在起三个月之内的营业额是可以保证的，老实说，之后

---

① 对公司未来的营收和利润做出的量化预测。

的就不清楚了。我综合了社长和市场部负责人的意见，暂且把自己认为适当的数据填上去了。"

"自己认为适当啊——"

古里话带讥讽，他把视线从文件转移到近藤身上。

"该有的中期计划没有，不仅如此，连年度计划都做不出像样的东西，你们公司到底在干什么？"

"对不起。"近藤道歉。

"你调到田宫电机也有八个月了，而且还经历过三月份的年终决算，区区一份事业计划书都做不好，亏你还是前银行职员呢。旧 S 的人难道会凭这种偷工减料的计划书给人贷款吗？"

古里看向近藤的眼神满是轻蔑，他着重强调了旧 S 这几个字。近藤想反驳，却又忍住了，激怒像古里这种老资历的银行职员是不明智的，只会让事情更加不顺利。因此，近藤只是像往常一样，等着古里的冷嘲热讽告一段落。

"所以，我们的贷款还有希望吗？社长等着我带消息回去呢。"

近藤下了好大决心问出这么一句话，然而回应他的是古里的叹息声，"你也在银行待过吧，做事流程不清楚吗？总之，我们要先仔细地研究这份业绩预测报告，结论什么的还早呢！"

古里近乎赶客的态度让近藤慌了手脚。

"请等一下，这个月底我们急需三千万日元的资金。"

古里从椅子上站起来，近藤带来的资料被他卷成了筒状，他用纸卷一下一下地敲打着手掌心，"所以说，你要真这么担心，就把自己的工作做得像样点啊。本来嘛，旧 S 的人都难当大任，要你们负责这么重要的客户的财务工作就是为难你们。我们支行的客户可不是旧 S 的收容所，前段时间田宫社长还向我抱怨来着。"

听到田宫的名字，近藤就蔫了。

他提出三千万日元的贷款请求是在五月中旬，现在已经过去了三个礼拜。这期间古里百般刁难，迟迟不肯写贷款申请。

社长田宫基纪千叮万嘱，要近藤务必在今天带回银行的准确答复。但看样子今天是不可能有答复了。

田宫也是的，跟古里抱怨这抱怨那，说了不少近藤的坏话，怎么轮到贷款的事就变成没嘴的葫芦了呢？

告别古里后，近藤走出银行的办公大厦。他忍受着冰冷的食物落入胃底一般的不适感，抬头望向天空。

薄云如同皮膜一般覆盖在东京的上空，对面大厦上方的天空闪烁着银色的光芒。

与这幅景象相反，此时此刻，近藤的脑中滴落着黏稠的煤焦油。

煤焦油从近藤的脑中缓慢地流出。这种感觉再熟悉不过了，它曾经把近藤生吞，把他的大脑涂抹成一片漆黑，和那个时候一模一样。

那时，近藤刚刚升职，被派往秋叶原东口支行。

在那段地狱般残酷的日子里，近藤把提高业绩作为人生至高无上的目标，没日没夜地工作。与此同时，精神世界里涌出的煤焦油，开始一毫米一毫米缓慢地侵蚀着他，最终，所有的感觉被吞噬，近藤本人也被囚禁在了黑暗的世界。

"不是已经痊愈了吗？"

迈开步子的近藤向大厦上空投去哀怨的目光，自言自语道。当初听说被派往年营业额上百亿日元的公司时，近藤还期待这就是自己最终的归宿，却没想到……

虽说现在很辛苦，但近藤也不能辞职。家人为了支持他的工作，离开了好不容易熟悉的大阪，告别了好不容易交到的朋友，陪他一起搬到东京。不能让家人的牺牲变得没有意义。

但说到底，辞职与否取决于自己。

近藤真正担心的，是自己的病。

只有这个，是他凭自身意志力无法克服的。

如果，旧病复发的话——

无边无际的不安涌了上来，把近藤的胸口堵住。他即将再次迷失在精神的迷宫里。

5

"请允许我介绍一下新任的客户经理，这位是营业二部的半泽。"

伴随着时枝的介绍，半泽向前迈出一步，鞠了一躬，"请多多关照。"随后，他介绍了自己的部下，处理事务性工作的小野寺顺治。小野寺是半泽组里最优秀的年轻人，不但业务能力极强，直言不讳的样子也和半泽如出一辙。或许因为这种性格，半泽与他颇为投契。

"东京中央银行真是家不安分的银行呢。客户经理换来换去的，我看不久以后你也会被换掉吧。"

这是半泽第一次拜访伊势岛饭店总部，目的是以新任客户经理的身份向客户打招呼。羽根专务一边看着递过来的名片一边挖苦，然后用冰冷的目光盯着半泽。

"还是说，你们是过来要补充资料的？修改好的决算预测表老早就交过去了，你们还想要什么？"

"因为金融厅审查马上就要开始了，还希望您配合。"

半泽说完之后，小野寺把好几页的补充资料清单铺在了桌子上。

"这么多？"

原田的脸色变了。

"这次审查，贵公司的授信问题是重点。为了更好地应对审查，请您务必协助我们。"

"我说你啊，投资失败只是个意外，跟饭店的主营业务又没有什么关系。"羽根眉头紧锁，"没必要这么小题大做吧。"

"我们没有想要小题大做。"半泽冷淡地说，"但是，这次审查组，连之前发放的流动资金贷款①去向都可能怀疑，事情非常棘手。况且贵公司又是连续两年赤字，金融厅一定会揪住这点不放。所以，能否请贵公司重新制订事业计划？我们需要某些强有力的依据，证明贵公司的业绩有改善的可能性。"

听完半泽的话，羽根淡褐色的瞳孔里浮现出怒意。

"为了应付检查，连事业计划都要我们重做？这像话吗？我们饭店难道是为银行开的吗？金融厅审查什么的，不是银行自己的问题吗？"

"中断贵公司的授信业务也没关系吗？如果贵公司被'分类'，我们只好这么做了。"

---

① 指为满足生产经营者在生产经营过程中短期资金需求，保证生产经营活动正常进行而发放的贷款。

这并不是威胁，只是有必要让羽根知道事情的严重性。

"别太过分啊，避免这种情况发生不是你们的工作吗？"

"您说的没错，但贵公司的协助也是必不可少的。除了拜托您准备那些资料之外，还有一个请求，方便的话，希望您把前些日子的贷款还给我们。"

"你说什么？"

羽根的脸颊因愤怒而泛红。

"那笔贷款的前提是业绩扭亏为盈，如今既然赤字了，还请暂时返还银行，让我们重新审核。这样一来，贵公司也可以安全度过审查。或者，能否给我们一定会还款的明确保证——"

"喂喂，半泽次长。"一旁的原田部长突然插话，"这是银行内部的一致意见吗？"

"不，这是我个人的请求。"

"开什么玩笑！"羽根厉声说道，"事到如今才说还钱，不是强人所难吗！"

"资金全部用来填补投资亏损了，所以没有余钱归还银行，这样的理由可行不通。"半泽说。

羽根愤怒地瞪大了双眼。

"你今天只是过来递名片的吧。在我们公司的认知里，还不还钱这件事没有跟你们说的道理。直接让贵行的大和田常务跟敝公司的汤浅商量吧。"

羽根或许期待着大和田的名字会让这群银行职员收敛一些。

然而，只有时枝表现出轻微的不安，半泽和小野寺并不为之所动，只平静地说了一句"请您好好考虑"就离开了。

"不会惹出什么麻烦吧？"从伊势岛饭店出来之后，时枝有些担心。

"管他呢。"半泽一副无所谓的样子，"什么叫'不安分的银行'啊，比起抱怨银行，他们更应该做的不是赔礼道歉吗？小野寺，你觉得呢？"

"同感。"小野寺满脸不快，"要是大和田常务能说服他们还钱就好了。"

"没错，正义会站在我们这边的，毕竟和金融厅较量的不是羽根专务，是我们啊。"

满头大汗的半泽脱掉了外套，掏出手帕擦拭额角的汗珠。随后，他迈开步子，走向六月闷热难耐的商务街。

6

　　半泽并不会有意识地区分旧 S 和旧 T。出身于产业中央银行也好，东京第一银行也罢，重要的还是作为银行职员的态度和资质，以出身银行论英雄的做法没有任何意义。

　　然而，行内的状况并非如此。原因在于，一旦和对方一起亲密无间地工作，就会不可避免地意识到双方企业文化的差异。结果，本该在一块招牌下齐心协力合作的银行职员，被出身银行这条无形的线划成了两派。

　　说到企业文化的差异，往往起因于日常事务的微小细节，进而被无限放大。比如一些业务用语上的差异——产业中央银行称附带信用担保协会保证函的贷款为"协保"，东京第一银行则称为"全保"。"商业承兑汇票"的旧 S 说法是"商票"，旧 T 的说法是"商承"。

说起来，新员工第一次听到"商票"这种说法时，经常吓得目瞪口呆。因为年长的女性行员常常会说"请把商票给我"[①]，有人听到后甚至脱口而出："大白天的不太好吧。"银行合并之后，为了避免引起不必要的误会，统一使用了旧T"商承"的说法。这件事听上去像个笑话，却是实实在在发生过的事。

两家银行贷款申请书的写作风格也不一样。

产业中央银行的行内文书充斥着大量变形的公文用语，在东京第一银行的职员看来，这种文章就像外星文一样难以理解。比如，"今次申请为同社必要之资金，思及当行主力银行之身份，长年相交之亲密，望批准为盼"。同样的意思，旧T的写法就通俗许多，无非是"考虑到该公司与我行有长期业务往来，希望批准本次融资"而已。

旧S的变形公文体半文不白，很难把握分寸。旧T出身的员工难以理解，最后误解成"只要使用文言文就好了"。合并最初实行人才混搭机制时，有一位旧T的行员被调到旧S的授信部门，基于以上的误解写出了"今次申请非常遗憾，故还是拒绝为好"这样的句子，惹来一番嘲笑。

被人嘲笑自然心生不快，一旦不快必然想对同伴抱怨一两句"旧S那帮浑蛋"，如此便形成了恶性循环。

从这种无聊的小事到授信判断，再到双方沿用至今的各种习惯——早上需不需要聚在一起做体操、请到高温假或者收到津贴

---

① 日语中与"请同我上床"谐音。

时需不需要向领导道谢——在银行里，行员们从早上八点一直共处到夜晚，有时甚至接近末班电车的时间。企业文化的差异就在这样的职场环境中被逐渐放大，进而变成一道难以逾越的鸿沟。

渐渐地，旧 S 和旧 T 的称呼也产生了某种程度的现实性。派别意识的显露不但是无可辩驳的过程，也是实实在在的现状。

一旦出现问题，说一句"因为那家伙是旧 S 的人啊"，听到的人也会心领神会地附和"那就难怪了""旧 S 那帮家伙真没用"。

当然，并非所有的银行职员都被陈旧的派别意识束缚，只是有这种想法的人占少数。但是，有一件事是可以确定的，那就是无论旧 S 还是旧 T，越是对出身银行的招牌充满自豪感，越容易陷入这种情绪之中。

回想起来，这次伊势岛饭店事件也是如此，沟通不足导致的情报疏漏最终造成了授信判断上的失误，让事情变得一发不可收拾。

东京中央银行京桥支行与伊势岛饭店相隔不远，沿马路步行几分钟就能看到支行的招牌。

"哎呀，时枝怎么也来了。明明已经不是负责人了还专程跑一趟，真是辛苦你了。"

会客室里，支行长贝濑郁夫夸张的语气里透着一股轻蔑，好像在提醒众人时枝犯的错误有多么不可饶恕。

贝濑的视线终于转移到营业二部的两个人——半泽和小野寺身上。

"我想您应该有所耳闻，这次的事情非常棘手。"半泽直视着对方的双眼说道。

"我听说伊势岛似乎是本次金融厅审查的重点，你是负责此事的营业二部次长？"贝濑饶有兴致地打量着半泽，"真是对不住了呢，原本伊势岛饭店是我们支行的客户，不过话说回来，也不是我们求着总行变更管理权的。"贝濑立刻挖苦道。

"权限变更之后的管理是没有问题的，之前的管理就不一定了。"

"管理？你还真有闲工夫。话说回来，你现在做的事是不是有点本末倒置了啊？"贝濑的话里带着刺。

就在此时，响起了敲门声，一个像是刚刚接待完客户的客户经理走了进来。贝濑顺势从座位上起身，说道："我还要开个小会，管理的事你直接问这位客户经理吧。"

"你们人来得挺全啊。"

代替贝濑走进会客室的是客户经理古里则夫。古里是个身材瘦削、头发斑白的男人，锐利的眼睛下长着尖细的鼻子，这副尊容总是让人联想起猛禽类。职位虽然是课长代理，却比半泽年长许多，年纪在五十岁左右。

"百忙之中打扰了。"半泽做了简单的自我介绍，然后说，"想必您也听说过伊势岛饭店的事，营业二部将接替法人部跟进相关事宜。因此，如果您发现了什么可疑之处，请务必告诉我们。"

"可疑之处是什么意思？"古里一开始就没有配合的打算，他抬杠道，"交接的事你去找时枝调查员吧，我很早以前就不管伊势岛饭店了。对吧，时枝调查员？"

"如果仅仅是事务性质的交接的话。"

面对时枝的不满，古里露出了愤怒的表情。

"你这话是什么意思？除了事务性质的交接，还有其他性质的交接吗？"

"或许吧。"半泽表现出息事宁人的态度，"总之，许多地方还需要借助古里经理的智慧，麻烦您多担待。"

"智慧？管理权已经不在我们手上了，你们适可而止，别再给我找麻烦了。还是说，你们想把没能发现投资失败的责任推到我们身上？"

"怎么会呢，只是有几个地方值得注意罢了。"半泽看着古里，"听说，您告诉过伊势岛饭店，提供资金支援的条件是业绩扭亏为盈，那么，您最早是从什么时候听说，伊势岛饭店有扭亏为盈的可能性呢？"

"好像是第一季度财务报告出来之后吧。"

伊势岛饭店的年终决算在九月份，因此应该是去年十二月份的事。

"那又怎么了？"古里翻了个白眼，"因为交接时，我说了一句'如果业绩扭亏为盈请给予他们资金援助'，所以你就发现不了巨额亏损了吗？"

"伊势岛饭店有刻意隐瞒亏损的嫌疑。"半泽说道，"白水银行之所以能发现投资失败，会不会是因为有情报源？"

"你什么意思？"古里瞪大了双眼，"因为没有收到消息，所以客户经理就不需要承担相应的责任？真不敢相信这话会从旧S的人嘴里说出来，亏你们旧S还是公认的授信判断能力强呢。"

"只是有点在意罢了。"半泽轻巧地搪塞了过去，"金融厅审查快要开始了，事件本身又疑点重重，我们势必要重新调查，以后或许还有麻烦您的地方，请您多多关照。"

面对鞠躬的半泽，古里抱紧了双臂，表现出一副事不关己的模样。

7

拜访完伊势岛饭店的第二天早上，半泽被营业二部部长内藤宽紧急叫到了办公室。

"让伊势岛饭店归还贷款的事——"内藤的脸上写着不快，他飞快地看了一眼半泽，"先缓一缓吧。"

"这是大和田常务的请求吗？"

"你也知道，银行奉行的原则是行内和谐，所以不好专门为了我们部门的事过于强硬，免得被人说三道四。"

半泽彻底沉默了。行内和谐，这是中野渡董事长提出的重要原则。

"如果董事会是这么决定的，那就再看看情况吧。"半泽回答，"但是，从结论上来说，这样做是不对的，无论伊势岛饭店借了谁的面子，这样的处理都是不合情理的。亏我之前还认为大和田常务会严厉责备他们呢。"

"大和田常务原本是京桥支行行长，和羽根专务的关系不一般。"内藤一边叹气一边说，"据说羽根专务死乞白赖地恳求了大和田常务，所以常务才帮他疏通了关系。"

半泽忍不住想要仰天长叹，大和田的判断是错误的。

"部长，您怎么看？"

"别问我，半泽。"内藤说。

"因为害怕行内出现不和谐的声音而做出违心的判断，真是家了不起的银行啊。这种银行还想通过金融厅审查？"

"所以才赶紧交给你了嘛。"

半泽叹了口气。

"贷款回收的事先放一放吧，到了非回收不可的时候再回收就是了。在那之前还有更重要的事情需要你做。那就是彻底调查伊势岛饭店，同时找出破局的方法。我十分清楚这项工作的艰难性，但是你一定可以做到，不，应该说只有你可以做到。总之，拜托了，半泽。"

内藤说完，像是表明这件事的讨论到此为止一般挑了挑眉，然后开始阅读办公桌上的文件。

8

"不能去旅行是怎么回事？"小花气得脸色发白，质问半泽，"理由是什么？"

"金融厅审查，听说下个月月初就开始了。"

"开什么玩笑，真是的！"

仿佛听到了什么不可饶恕的暴行一般，小花忍无可忍地怒吼。性急的小花早早就预约了暑期的国外旅行，正好和金融厅审查撞期。

"我老早就付钱了，取消的话是要付违约金的。这笔钱，银行会帮忙付吗？"

"当然不可能了。"

白痴吗？半泽一边这么想一边搪塞道。

"这也太乱来了吧。话说回来，为什么偏偏要在暑假检查呢？金融厅的官老爷就不懂得体谅体谅老百姓吗？"

"应该不懂吧。"

半泽哑然失笑，此时的小花正用世上最恐怖的表情瞪着他。半泽理解妻子对旅行的期待，可这并不是半泽的错，说到底都是为了工作。明明最需要放松的是半泽本人，妻子虽说是专职主妇，可每天不是打网球就是和朋友吃午饭，再怎么样也轮不到她来发脾气。可一旦半泽这么说，小花就会回敬道："你可是按照自己的意愿在工作哦。"按照她的逻辑，半泽再辛苦再操劳，都是他自己的责任。但反过来，要是半泽因此怠慢了家庭，就是不可饶恕、罪大恶极。

虽然承认"越是游手好闲的家伙越是满脑子想着吃喝玩乐"，但面对一本正经说着"让银行付违约金"的小花，半泽还是忍不住怀疑，她难道是认真的吗？

"这是不可能的。"

"审查什么时候结束？"

"这次，大概要花一个月的时间吧。"

因为还有伊势岛饭店这个大麻烦，半泽忍住了后半句。金融厅审查的日程敲定之后，渡真利打电话通知了半泽。

"一个月！开什么玩笑！那时候暑假都结束了。"

小花发出了绝望的惨叫，以至于半泽以为她会因此休克。

"我说了，这也不是我的错。"

半泽说完后，小花突然像想起什么似的一脸认真地问道："哎，老公。旅行那五天，你找个人代班怎么样？"

究竟该怎样和这种脑回路不正常的人解释呢？半泽不明白，

学校也没有传授过类似的知识。如果大学里开设一门课程，不教经济也不教法律，专门教人说服和自己思维迥异的对象，半泽甚至想再念一回大学。

"这是不可能的，小花。"半泽回答道。

"太过分了吧！"

妻子的无理取闹让半泽深切地体会到了无力的感觉，他叹出了一天当中最沉重的一口气。

第二章　精神的煤焦油地带

1

近藤直弼调职的田宫电机，总部位于京桥，是机电制造领域的中坚企业。

虽说是中坚企业，但年营业额只能勉强达到百亿日元的水准。作为一家位于市中心的公司，规模并不算大。

公司是典型的家族企业。社长田宫基纪是第二代经营者，十年前创始人去世之后，田宫便继承了公司。继承公司之前，田宫在一家大型电机制造企业工作，所以他并非不知民间疾苦的富二代，但与许多二代经营者一样，田宫总是在某些方面搞不清楚状况。

三年前，田宫开始从有业务往来的东京中央银行接收外调人员。那时，银行正面临着合并后职位数锐减的困境，因此，在银行的人事部门看来，田宫的行为就像一场及时雨，正好解了燃眉之急。至今为止，已经有大约三名银行职员被调往田宫机电，但他们都待不长久。

原因自然是各种各样的，但最大的原因或许是田宫疏离的态度。即使那些外调人员即将成为公司一员，田宫却还是像有意制造距离一般，称他们为"银行的人"。基于田宫的态度，下属们也依样画葫芦，与外调人员保持距离。

去年十月，近藤以档案留存在银行的形式从关西系统部外调到田宫电机。那时，近藤刚刚交付了购房订金，计划买下一套独栋住宅，从此在大阪定居。但突如其来的调职令打乱了所有计划，购房订金打了水漂，他也和家人一起搬到了银行提供的房龄三十年的员工宿舍。

"到头来，真不知道当初交购房订金是为了什么呀。"

妻子的这句话一直卡在近藤的心中，让他感到十分憋闷。

那时，近藤一家即将离开居住了两年已经产生感情的大阪员工宿舍。两个孩子站在客厅的窗户前，目不转睛地看着窗外小小的院子。"虽然在这里住的时间不长，但过得很开心呢。你们俩也经常在这个院子里玩耍，再多看几眼吧，千万不要忘了它。"孩子们听完由纪子的话，天真地点了点头。近藤只觉得这幅景象无比残酷。

刚刚听到外调的消息时，近藤曾考虑一个人去东京就职。但由纪子对他说，还是全家一起去吧。

"我已经受够了两地分居的日子。"由纪子说道。

近藤从未和家人两地分居过。除了住院的那段日子。那时，被禁锢在精神的黑夜里的近藤，对由纪子而言，或许是非常遥远吧。

近藤很感激家人陪自己搬到东京，但一想到他们为此承受的痛苦，近藤的内心就变得更加沉重。除此之外，还有那种耳熟的、心灵被摩擦的声音，也日夜折磨着他。

那个时候，慌乱地堵上心灵耳朵的近藤或许曾这样劝解自己——

没关系，我已经不是银行职员了。我会在小公司找到自己的位置，一切都过去了。

最近，近藤偶尔会想起自己刚被产业中央银行录用时，某位前辈说过的话——

"你们从此一生无忧了。"

这句话背后的依据，是旧大藏省采取的护送船队方式，是银行永不倒闭的神话。然而，如磐石般坚不可摧的旧金融时代的象征，被一种意想不到的方式破坏，当时风头正劲的十三家都市银行，经历了多轮合并重组，最终，收缩成了仅有的三家大型商业银行。

一生无忧是什么意思呢？

离开银行的办公大厦后，近藤往公司的方向走去，公司位于京桥一栋多租户大厦的三层。返回的途中，近藤一直在思考这个问题。

是铁饭碗的意思吗？

从某种意义上讲，近藤确实拥有了一只铁饭碗。即使患病，银行还是会以某种形式给予他工作岗位。

但是，**入行最初怀揣的梦想与希望，还有自尊心，都作为生存的代价被丢弃在了角落。**

而现在，近藤抛弃人生最重要的东西换来的"铁饭碗"，也变得岌岌可危起来。

　　目前，近藤的档案保留在银行，也就是"有附加条件"的调职。

　　但这个"附加条件"在两年后也将不复存在。那时，近藤的档案将正式从银行转入田宫电机。

　　待在田宫电机这种小公司，一旦旧病复发，工作还能保住吗？田宫对此并未做出任何保证。田宫总是对出身银行的近藤的言行报以冷笑。

　　近藤没有任何可以依靠的对象，他的父母和由纪子的父母都是普通的上班族，老人们的退休金只能勉强维持自己的生活。近藤一家仿佛坐在一艘摇摇欲坠的橡皮艇上，夫妇俩抱着幼小的孩子，四周是一片与世隔绝的孤海。除此之外，橡皮艇上还有一个补过的洞，随时可能再次破裂。

　　渗出的煤焦油又在脑中前进了一毫米。

　　"近藤部长，事情办得怎么样了？"

　　田宫看见回到公司的近藤，连忙伸出右手招呼他过来。

　　"暂时先提交了古里经理要的资料，但对方没有给明确的答复。"

　　"什么？"田宫语气夸张地喊道，显得极度震惊。

　　田宫的办公桌位于整个办公层的尽头，近藤就站在办公桌前。田宫的身子往椅背一靠，惊讶地问："那怎么办？"

　　"我会继续交涉的，请您再耐心地等一等。"

　　"我说，什么叫耐心地等一等？提出申请是上个月的事了吧，现在都过去差不多三个礼拜了，银行连个准信都不给不是太奇怪了吗？你不是银行职员吗？你来告诉我，为什么不给批啊！"

银行职员。田宫绝不会称近藤为公司的一分子。

"这我也不清楚，毕竟是支行自己的判断，其中的隐情我怎么会知道呢。"

"你这根顶门棍也太不称职了吧。"田宫愤怒地说道。

什么叫顶门棍啊——虽然很想这样反驳，但近藤还是保持着沉默。

按照田宫的说法，贷款批不下来似乎都是近藤的责任。可实际上，公司本身就存在经营问题。虽然很想指出这一点，可毕竟人在屋檐下，一想到今后还得在这家公司长久地待下去，近藤就怎么也开不了口。

"合并以前贷款会很容易批下来。也就五年前吧，银行一个劲儿地给我们送钱呢。当时的东京第一银行的支行长可是个好人，就是现在的大和田常务，你应该认识吧。"

近藤与大和田并没有直接的交集，只是听说他是个极有才干的人。

"所以，到底卡在什么地方了？"

田宫坐直身子，双手手指交叠放在办公桌上，瞥了一眼近藤。

"因为没有制作事业计划书，所以古里经理认为公司缺乏计划性。不过事业计划书是不是非要按照他的要求写得那么详细，还有待考虑。"

田宫时常在外吹嘘公司不需要所谓的事业计划书，所有的计划全在他脑子里。

从父辈手中接过公司经营权时，田宫还无法从长年供职于大企业的优越感中脱离出来。他打心眼里觉得经营这种规模的小公司，不过是小菜一碟。因此，也经常在酒席间发表类似的高谈阔论。

"什么？计划书？"不出所料，田宫表现得十分厌烦，"近藤部长，你该不会想着都被你说中了吧。"

近藤一有机会就劝说田宫，即便古里没有提出要求，也应该制作事业计划书。可田宫根本不为所动，甚至对这种劝说颇为反感。如果看过他激烈反对的模样，那么谁也不会觉得交不出事业计划书是近藤的错。

"我现在能够理解莫扎特的心情了。"田宫再次靠在椅背上，冷不防地说道，"不是有部叫《莫扎特传》的电影吗？当时，面对前来催促约好的歌剧乐谱的史肯尼德，莫扎特是这样说的，'别担心，早就写好了，曲子都在这儿呢。'"

田宫用食指敲了敲自己太阳穴的位置，浮夸地笑了。或许他认为自己是经营天才吧。

"这都是一回事儿，这种规模的公司怎么样都能搞定。"

就是因为搞不定才出现了资金运转上的困难，但田宫没有意识到这一点。

"总而言之，把你调到这里就是希望在资金周转方面有所帮助。所以，拜托你争点气。还是说，旧 S 的人果然难当大任？"

旧 S、旧 T 这种"行内用语"，一定也是古里之流传播的。

"我觉得跟那个没什么关系。"

"既然如此，"田宫突然用可怕的表情瞪着近藤，"请你多去银行活动活动，尽快搞定贷款。你可以找老熟人背后疏通一下嘛。法子多得很，我拜托你多动动脑子，行不行？！"

"对不起。"

我到底在为了什么道歉啊？

突然间，近藤发觉看不清自己所在的位置。他歪着头，对自己的处境表现得十分困惑。他的脑中浮现出这样一幅画面，他逆光站立着，煤焦油组成的黑暗正在他的背后蠢蠢欲动。

* * *

"部长，这样我很为难呀。"

近藤回到自己的座位后，耳边响起了下属野田英幸抱怨的声音。总务课长野田在公司工作了近二十年，从田宫父辈那一代开始到现在，一手包揽了田宫电机所有的会计事务。

近藤注意到老员工嫌恶的眼神，于是再一次感受到内心某个角落正在遭受侵蚀。近藤的头衔与前一位调任者一样，是总务部长。虽说是部长，可部下只有以野田为首的四个人。

"资金筹措得怎么样了？来得及吗？"

近藤觉得自己必须回答点什么，话到嘴边却变成了一声叹息。

"银行正在审核资料，再等一等吧。"

"我可不管这些！"

轻轻敲打着办公桌的野田突然大声说道。野田虽然是下属，却比近藤年长十五岁。这番训斥反倒让人弄不清谁是上司谁是下属了。"我是在问结论，结论知道吗！这个月月底必须筹到钱，来不及的话你打算怎么办？"

你不说我也明白啊——近藤很想这样回敬他，却开不了口。

因为现状是，只要近藤还在总务部长这个位子上，就必须和野田通力合作。

如果因为不恰当的反驳得罪了野田，那么今后的工作极有可能开展不下去。与其变成那样，不如让野田责备几句。

然而，野田的态度甚至让人感受到了他内心的憎恨，原因不难理解。

野田兢兢业业地工作了二十年，却只是个课长。好不容易熬到前任部长退休，满心期待自己能够升职，此时，银行的外调人员却从天而降。即便如此，他也巧妙地击败了一任又一任空降部长，这次终于轮到近藤。

野田明白，公司之所以接收外调人员，是因为东京中央银行施加的压力。但他的内心并不会轻易地谅解这一切。"凭什么"这个念头或许已经在他心中生根发芽。

不仅如此，还有别的原因导致了野田对近藤的反感。

野田讨厌银行。

长年与银行打交道的过程中，野田经常被银行职员训斥。因此，"太过分了，银行那帮浑蛋"成了野田在酒桌上一定会挂在嘴边的话。

他最讨厌的银行职员，如今却成了他的上司，职位在他之上，怎么能让人不恼火呢？

无论去哪家公司，都会遇到"合不来"的人。

这点道理，近藤明白，也做好了充分的心理准备。

但野田让他无可奈何。对近藤的敌意暂且不论，野田对本职工作强烈的"领地意识"已经严重地妨碍了近藤的工作。

曾经发生过这样的事。

野田外出时，近藤使用了会计的电脑制作试算表①，事后得知此事的野田竟然大发雷霆。

野田认为为了保证会计处理的正确性和机密性，即便是部长也不能轻易染指他的工作。他不分青红皂白地驳回了近藤的请求，田宫对此采取了默认的态度。

如此一来，真正为难的是近藤。

因为不管怎样，银行要求的事业计划书和现金流量表②——制作以上资料的素材全都掌握在野田手中。就连生成一张小小的试算表，都必须拜托野田。

我只是个挂名部长，近藤想，是个只配拥有办公桌和头衔的大型摆设。

近藤曾经憧憬，在小公司工作也许能更加自由地施展才华。摆在眼前的现实却截然相反。

---

① 试算表是会计核算中，期末根据各总分类账户余额记录编制，据以进行试算以检查账户记录有无错误的一种计算表。

② 现金流量表是财务报表的三个基本报告之一，用以查看在一固定期间（通常是每月或每季）内，一家机构的现金（包含银行存款）的增减变动情形。

期待落空，格格不入，精神的齿轮再次开始嘎吱作响，一点一点把近藤逼向自我迷失的深渊。

想要逃离，却没有退路。冷汗突然从全身各处毛孔冒了出来，近藤感到呼吸困难，伸手松了松领带。

然而，没有一个下属察觉到近藤的异样。

手上拿着待处理盒 ① 中的文件，近藤的视线却怎么也无法聚焦在上面。

---

① 日企办公室通常会设置待处理盒，一般放在办公桌右侧，用来放置待处理的文件。处理完毕的文件则会放到左侧的已处理盒中。

2

"你回来啦，没事吧？"

特意到玄关迎接丈夫的由纪子，似乎一眼看出了近藤的异常。

看见由纪子担忧的表情，近藤才意识到自己的脸色有多么难看。

房子是户田公园站附近的员工宿舍，砖木结构的独栋小楼。房租虽然便宜，但厨房、卫浴设施老化得厉害，使用起来多有不便。

"工作，很辛苦吗？"由纪子皱着眉头问道。

"嗯，还好吧。"

"真的没事吗？"由纪子再次问道。

"不用这么担心。"

虽然叫妻子不要担心，但近藤明白这根本不可能做到。他把外套脱掉，挂在玄关旁的室内衣架上，然后重重地叹了一口气。

我现在只剩下唉声叹气了啊。近藤突然意识到这一点，虽然并不好笑，但他还是情不自禁地笑出了声。

还笑得出来，说明没什么大问题。近藤这样想着，又忍不住笑了。

自导自演的悲喜剧的主角。近藤小剧场还在继续表演啊。哎呀哎呀——

从客观的角度审视自己，是近藤这几年学会的情绪控制方法中的一种。

用第三人称视角思考问题。

而并非第一人称。

不要把自己当作故事的主角，要把自己看成驱动主角行动的作家和编剧，站在作家和编剧的立场上反思一切。

近藤并没有看过几本小说，但他认为自己也能写出好的故事，毕竟谁没有在人生的舞台上粉墨登场过呢。

以这种方式思考着，近藤精神的某处产生了一块用以逃避现实的空间，虽然只有小小的一块。

煤焦油还在不断渗出，但没有覆盖整个精神世界。

"再坚持一下吧。"近藤摘掉领带，一边解开沾满汗渍的白衬衫的纽扣，一边小声给自己打气。

虽然很微弱，但他隐约找到了坚持下去的力量。由纪子向厨房走去，看见近藤疲惫的样子，问道："要不要喝啤酒？"

然而，近藤正在犹豫今晚是否服用一些抗抑郁药物，一时间无法回答。

"啊，喝吧。"

由纪子加热卷心菜肉卷时，近藤喝下了三百五十毫升的罐装啤酒。酒精穿过喉咙的感觉很舒服，但期待中的醉意迟迟没有到来。头脑奇怪地清醒着，当天发生的所有事情都像电影片段一样在近藤脑中闪现，每一段都是凄凉的白日梦。

没有食欲，饭菜嚼在嘴里寡淡无味。近藤勉强吃了几口，虽然觉得对不起由纪子，但还是小声说道："我吃饱了。"

"有点事想和你商量。"

由纪子一本正经地说出这句话时，近藤刚刚呷了一口冲好的热茶。

"洋弼说他想去上课外补习班。"

近藤把茶杯放在餐垫上，看着妻子。

"课外补习班？"

"是专门针对升学考试的补习班。"

"是吗？"

近藤的声音里充满了对儿子的钦佩。此时，他终于意识到由纪子话中的"商量"是什么意思。

"高雄君今年开始去四谷大塚补习了，真子去的是沙皮克斯，智久君是早稻田研究会。"

那些都是补习班的名字。"他们都非常积极。我是觉得初中念个公立中学也无所谓，但是孩子说想多学一点，让我们送他去补习班呢。"

"这样啊。"近藤的声音依然满是佩服,"学费很贵吧"这句到了嘴边的话,生生被他咽了下去。

"既然本人说了想要学习,那就让他去吧。"近藤答道。

近藤还在银行工作时,经常听到周围的人讨论升学补习班的话题。因此,他也大概清楚需要多少费用。

补习班费用不菲,但父母怎么也不能因为经济问题对孩子说"不许去"。不论经济方面多么窘迫,父母也应该想方设法让孩子接受良好的教育。近藤是这样想的。

"真的可以吗,老公?"由纪子担忧地问道。

"说了没问题了。"近藤很想愉快地回应妻子,语气中却混杂了轻微的焦躁。

"总会有办法的。"

听了近藤缓和气氛的话,由纪子显得十分不安。

虽然近藤答应了请求,但这相当于在他的肩上又增添了一副重担。

然而,这也是无可奈何的事。

无论怎么想,都很难找出反对洋弥去补习班的理由,毕竟他想要好好学习。只有一个理由除外,那就是近藤的病。但是,如果把这个当作理由,或许会因此失去某些重要的东西。

人生就是如此嘛,近藤想。

总会遇到困难的,只要闯过这些难关,就一定能看见美好的未来。

这话真鸡汤啊。像某个电视广告的宣传曲,或者,像某部老套的青春电视连续剧的主题歌?

我现在需要的，是勇气和希望。除此之外还有什么呢?

"我去泡澡了。"

近藤强行打断了自己的思绪。

3

"近藤那家伙，最近好像过得不太好。"

渡真利说完，一口气把刚刚端上桌的大杯啤酒喝下了三分之一。

时间已经过了晚上十点，窗外下着蒙蒙细雨。半泽坐在神宫前常去的烤鸡肉串店的吧台前，等着渡真利说出"不太好"的理由。

渡真利说，今天上午近藤打来电话，找他商量贷款的事。这已经是第二次了。

"你看过京桥支行的申请记录了吗？"半泽问。

只要登录银行内部的电脑系统，就可以查到哪家支行提交了什么样的融资申请。

"当然，他们根本没有在系统上登记过。"

"没有登记？"半泽惊讶极了，"这到底是怎么回事？"

没有在系统上登记，意味着支行甚至没有着手准备申请。

"我也想知道啊。京桥支行好歹是我负责的，所以打电话问了一下。田宫电机的客户经理倒是接电话了，但那家伙居然若无其事地瞎扯，说申请书现在写不了，首先资料就不过关，业绩预测做得一塌糊涂，还说什么田宫电机的业绩太糟糕。"渡真利阴沉着脸说道。

"再怎么说也是有能力接收银行外调人员的公司，应该不至于。客户经理是谁？"

"一个叫古里的课长代理。"

半泽抬起头看着渡真利。

"这位仁兄曾经负责过伊势岛饭店。"

渡真利眉头紧锁。

"我不相信近藤做的资料有那么差劲。只要古里提交了申请，上面一定会批准。实际上我也催了古里，让他赶快申请。结果那家伙居然让我别多管闲事，真是岂有此理。"

渡真利愤怒地把烤鸡肉串的竹签丢进签筒，"正因为有那种人在，大家才会说旧 T 的家伙都是浑蛋。"

"别说这些没用的，渡真利。"

面对半泽的责备，渡真利说道："有什么关系，反正我也只在你面前这么说。"随后，他把玻璃杯中的啤酒一饮而尽。今天的渡真利或许因为过度劳累，醉得比以往都要快。

"权力斗争什么的根本轮不到我们小喽啰插一脚，只能在这种地方借酒消愁罢了。"

渡真利下了结论，醉眼蒙眬地看着半泽，"话说，那个惹出麻烦的伊势岛怎么样了，应付审查没问题吧？"

"老实说，现在还找不到解决的办法。"

半泽也因为对方是渡真利，所以如实地回答了。

"业绩预测呢？"

"现在连资料都没给齐全呢。"

"那就麻烦了。"渡真利说。

"不管有什么理由，审查的结果决定一切。"

"现在这个阶段，先收集信息吧。"半泽说。

"然后，在那些信息的基础上，摸索出解决问题的办法。只能这么做了。"

"喂，现在可没时间让你慢慢摸索了。这次的金融厅审查，外界都说是黑崎与东京中央银行的对决。实际情况并非如此，应该是黑崎与半泽的对决。那家伙可是很难对付的，你得当心。"

半泽一声不吭地拿起装着烧酒的玻璃杯，作为无声的回应。

4

星期六下午过六点，近藤一个人坐在办公桌前，把文件铺在桌面上。

前一周，近藤主要忙于跟银行的融资交涉。因为京桥支行的客户经理古里要求近藤把中期事业计划做出来，以备日后不时之需。

并非近藤自视甚高，但田宫电机确实只是家前途未卜的中小企业。

在田宫不配合的情况下，做出有证可查的数据报告是非常困难的事。

六月的最后一天——这是近藤向古里提出的希望贷款入账的日子。但古里不顾近藤焦虑的心情，毫不留情地提出了一个方案。

"让我们把定期存款取出来用？"

果不其然，田宫听到这个方案后勃然大怒。

近藤现在的处境没有那么乐观，并不是只要忍耐一段时间就会有所改善。对近藤而言，他在公司里的风评已经惨不忍睹，再这样下去，或许会和之前的外调人员一样——"重返"银行。

"那样或许更好。"

这是由纪子的意见，与其勉强待在现在的公司，不如让银行帮忙寻找其他工作单位。

"这样一来，或许能遇到更好的公司呢。"

会这样吗？

暂时回到银行，然后再次被外调，就一定能顺利地遇到好公司吗？如果下一个公司也和田宫电机一样，又该怎么办？再次返回银行吗？

工作不是儿戏，近藤想。

首先，如果在这种情况下被冠上不公正的评价，最后被开除，那么放弃购房订金搬到东京的做法就失去了价值。近藤不想让妻儿的牺牲变得没有意义。

过去忍耐的八个月中，近藤觉得最苦恼的是公司内部的沟通问题。

得不到社长田宫的认可也无可奈何，毕竟近藤没有为公司做出多么了不起的成绩。问题与其说在田宫，不如说在野田。

在制作一份资料也得经过野田同意的情况下，近藤原本具备的能力、专业知识根本得不到充分发挥。

平日里，野田总是把档案柜锁得严严实实。在银行，结束完一天的工作之后，锁上办公桌抽屉和档案柜是常识，但普通公司很少这样做。公司内部也有人调侃，说这是"铁幕"一样严格的信息管理手段。

"找什么都得费好大力气。"

近藤小声嘟囔着，打开了眼前的档案柜。他早在野田不知情的状况下拿到了备用钥匙。

他抽出前年的会计资料，查找自己需要的数据。

然而，近藤突然停下了抄写数字的手。

有什么地方，很奇怪。

这是在银行这一职场长期审阅企业财务报告产生的直觉，这份资料和之前看到的，感觉很不一样。

近藤再次站在档案柜前。分类账簿①被排成了一排，他凝视着账簿书脊上的标签。

这时，他发现了另一本贴着同样年度、同样信息标签的账簿。

是复印件吗？不对——他翻开后发现数字是不一样的。

晚上八点过后，近藤抱着找到的账簿离开办公室。回家的路上，他先坐了地铁，然后换乘JR②。

一边站在埼京线③上左右摇晃，一边俯视着荒川④漆黑的河面。

---

① 分类账簿，是指按照分类账户设置登记的账簿。分类账簿是会计账簿的主体，也是编制财务报表的主要依据。

② 泛指日本铁路公司（Japan Railways）经营的铁路线路和新干线。

③ 连接日本东京都品川区的大崎站至埼玉县埼玉市大宫区的大宫站的东日本旅客铁道（JR东日本）路线名称。

④ 日本自西北至东南流经关东平原西部的河，流经埼玉县、东京都等地区，下游分出的旧河道称为隅田川。

此时此刻，他的脑中并没有工作结束后的充实感，取而代之的，是疑惑。

野田之所以将自己的工作领域视为不可侵犯的圣域，或许是因为其中隐藏了某些不想让近藤知道的秘密。

近藤的脑海中浮现出野田的样子。每天早上，他都像税务师或律师一样提着沉甸甸的公文包来公司上班。

"怎么了，脸色这么可怕？"

端着麦茶过来的由纪子有些担心，偷偷观察近藤的表情。

"出了点问题。"

听完这句话，妻子的表情变得阴郁起来。

"你没有勉强自己吧，老公？"

"不用担心。"近藤回答道。

侵蚀着自己精神世界的煤焦油，似乎正在一点一点地向后退却。

他只是有一种感觉，一直以来充满艰辛的职场环境和一味忍让的人际关系，或许即将迎来新的转机。

田宫电机里一定隐藏了什么秘密，并且这个秘密决不能让银行出身的近藤知晓。

所以，野田才会采取那样的态度。

这个刚刚发现的事实，点燃了近藤熄灭已久的好胜心的火苗。

他浏览着两年前的账簿，甚至忘记了时间的流逝。

5

　　"怎么回事啊，近藤部长？贷款失败后公司已经拿出定期存款周转了，为什么还需要准备这种东西呢？"

　　星期一，田宫瞥了一眼近藤重新做好的中期计划，面色不悦地抗议道。

　　"银行说今后或许用得上，让我们提前准备好。"

　　"我是不清楚银行说了些什么，但是我希望你不要一味地顺从银行。那个词怎么说来着，公司的自我主张？你应该在他们面前强硬些。"

　　"我认为即使银行没有要求，也应该制作中期计划。"

　　回应近藤的是田宫的叹息声。

　　"到底该怎么说你才会明白呢？"

　　这话应该由我来说，近藤想。但他没有反驳。他沉默着，忍耐着，继续站在社长的办公桌前。他知道背后的野田一定正向他投来冰冷的目光，但他不在乎。

心灵的某处，漆黑的煤焦油开始蠢蠢欲动。但这次它们只起了个头，之后便消退了。我已经不是原来的我了，近藤对自己说。

"总之，不如以此为基础，动员全公司制订一份正式的中期计划怎么样？"

"净做些没用的事。"二代社长靠在椅背上，扬扬自得地叹了口气，"计划这玩意儿，只要经营者心中有数不就够了吗？当然，也有些平庸的经营者认为，只要做好了计划就万事大吉。但那是不对的。计划说到底只是计划，重要的不是形式而是内容，明白了吗？"

计划说到底只是计划——带着这种想法，公司经营不可能顺利。只有想着千方百计地按照计划，或者超出计划完成指标，才能产生方向性。

"计划不是形式，社长。是未来的设计图。"

"所以工匠难道不是我吗？"田宫不由得发笑，"只要我心里清楚就没有问题。我不是说过嘛，那些东西都装在这儿呢。"

他一边说着，一边指了指自己的脑袋。

近藤想仰天长叹。

田宫脑袋里所谓的设计图，完全是胡说八道。近藤经过这两天的调查已经认清了这一事实。

星期六发现账簿之后，他又在第二天偷偷来到公司，再次掀开了"铁幕"。

这次总共找到五本暗账①。五年的暗账中隐藏着田宫电机不为人知的真相，这个真相与每年盈利不多但总能勉强达到黑字②的表面决算截然不同。

近藤一言不发，俯视着还在指着自己的脑袋扮演天才的田宫。

这个男人不但欺骗了银行，还想欺骗出身银行的近藤。此刻，他的脸上蔓延着一种不怀好意的冷笑，饱含对近藤的蔑视。

明账和暗账，在比对两本账簿不同点的过程中，各式各样的信息与情绪向近藤涌来。有些事弄明白了，有些还不明白。但不论明不明白，它们都迫使近藤想起了一样忘却已久的东西——身为银行职员的骄傲和愤怒。

"事到如今，还搞什么中期计划！"野田厌恶地对近藤说道。

此时，近藤已经回到自己的座位，在此之前他得到了社长的口头承诺，说暂时考虑一下。

"你不觉得一直没有中期计划才是不正常的吗？野田课长。"

"随随便便写几个数字，然后做成一览表，那种东西能叫计划吗？"

"当然不能。"

近藤答道："但这种话，只有从没正经做过计划的人才说得出

---

① 亦称机密账、内账，企业为保持营业机密而由企业所有者亲自或其他高级管理人员掌握，不予公开的一部分账目。

② 经济术语，意为盈余。财政年度内财政收入大于支出的差额。与赤字相对应。

口。我们公司别说中期计划了，连年度计划都做得一塌糊涂，所以也难怪你会这么说。"

野田偷偷看了一眼近藤。

他察觉到近藤身上有一种跟以往不同的气质——心无挂碍。此时的近藤感到束缚心灵的枷锁被卸了下来，用一句话概括——

如释重负。

"野田课长，我有事想问你。"

野田没有站起来的意思，不知道是没听见，还是听见了故意不理会，他继续对着电脑敲打键盘。

"野田课长。"近藤尝试再一次呼叫野田，这次语气强硬了许多。

"又怎么了？"野田粗鲁地回应道。

"能问你几个问题吗？有关决算的事。"

野田像是故意要近藤听到一般，响亮地咂了下嘴。然后，像被老师叫起来的不良中学生一样，慢吞吞地站了起来。

"去年决算报告[①]上的数据，不奇怪吗？"

"奇怪？"野田发出一声短促的冷笑，挑衅地问道，"哪里奇怪？"

"比如说，这里——"

近藤把决算报告递到野田面前，用圆珠笔指着其中一块数字，

---

① 企事业单位及其他经济组织某一年度预算执行结果的书面总结。它的作用主要是总结一年来的收支情况、年度预算完成情况等。

库存①。

"和我们的存货盘点表②对不上，这个数据是怎么回事？"

"存货盘点表？"

野田的眼中突然浮现出戒备的情绪。

"是的，存货盘点表。"

近藤窥探着野田的眼神，心中的猜疑越来越强烈。

"我不记得给过部长那种东西。"

"是我自己确认的。"

近藤凝视着野田眼中泛起的怒意和疑惑。如果是以前的近藤，或许会惊慌失措，不知该做些什么来缓和气氛。但是现在——

近藤没有丝毫顾虑和犹豫，就这么静静地看着下属恼羞成怒。

"你在哪里看到的？"

"这不重要。"

近藤故意没有正面回答。

"你能不能不要擅自行动？"

"擅自行动？"近藤说道。

"一直以来我都想问，身为部长，我为什么不可以看资料？如果你有合理的解释，我倒想听一听。"

"在那之前，请容许我问一个问题。部长大人，您对会计做账

---

① 企业内留存的产品、在制品和原材料等。

② 存货盘点表又称盘存表，是记录盘点日财产物资实有数的原始凭证，通常一式两份，一份由实物保管人留存，一份送交会计部门与账面记录核对。

了解多少？我可听说银行不会教这种东西。"

"那又怎么样？"近藤满不在乎地反问。

"怎么样——"野田气得七窍生烟，"不怎么样，如果门外汉碰过的话，资料有可能被弄乱，甚至丢失！所以我拜托你不要再给人添麻烦了！"

野田怒吼道，那气势仿佛要把一整张办公桌掀翻。同在一个办公层的员工都目不转睛地看着近藤与野田的交锋。办公层最里面，坐在社长办公桌前的田宫，也忍不住把目光移向他们。

"很不巧，我并不是什么都不懂的门外汉，你的担心是多余的。现在，能不能回答一下我的问题，野田课长，为什么数据对不上？"

就在两人对峙的当口，田宫突然喊道："近藤部长，你过来一下！"野田的嘴角浮现出得意的微笑。近藤转过头，发现田宫正在向他招手。

"你这么做我很为难啊。"

田宫斜靠在椅背上，整个身体的重量似乎都靠椅背支撑着，他从下往上看着近藤。

"怎么让您为难了？"

"我说过，会计工作已经交给野田君了。请身为总务部长的你不要再做超出权限的事。"

"会计也从属总务部，怎么能说是超出权限呢？社长。"

"那只是组织架构上的权宜之策。"

田宫说出了令人费解的话。

"权宜之策？"

"要是有不懂的地方可以问野田。总之，请你不要再插手会计事务了。听懂了吗？"

田宫用犀利的眼神看着近藤。

"那么，可以请您把这话原样跟银行说一遍吗？"

"你什么意思？"

田宫不禁怒上心头。

"请您向银行说明，您不想让我插手会计事务。调来这里之前，银行说过这是包含会计事务在内的总务部长职位，实际情况却不是这样。"

"那是银行和你的问题吧，近藤部长。你跟我抱怨也没用啊。我希望你做的，从头到尾都只是筹措资金而已，可是你连这件事也做不好。不过幸好还在试用期内，对吧，近藤部长。"

田宫使出了撒手锏。他的潜台词是，只要他愿意，他可以让近藤打道回府。

"因为银行拜托我接收外调员工，我才勉为其难地答应下来。现在你既然这么说的话，只有请你高抬贵手，放过我们小公司吧。我也不想公司再被银行的人搅得鸡犬不宁。"

银行的人吗？

"如果您认为指出决算上的可疑之处等同于把公司搅得鸡犬不宁，那您继续这么认为好了。但是，公司是不会因此变好的。"

"别说得你好像什么都懂似的。公司经营这方面，还轮不到你来教育我。"

这是近藤第一次正面顶撞田宫。

平日里的近藤小心翼翼，不，甚至是卑躬屈膝。无论对方讥讽也好，提出蛮横无理的要求也好，近藤总是默默承受，以息事宁人的态度处理一切。

他对所有事情态度暧昧，不敢轻易下决定。害怕被公司抛弃的心情使他陷入被动，夺走了他身上原有的积极性。

不，近藤陷入被动，或许从很久以前就开始了。

那时，他背负着所有人的期待调往秋叶原的新支行，为完成上级下达的指标疲于奔命，终日承受着支行长的谩骂侮辱。从那个时候开始，近藤的人生已经陷入了被动。

意气风发的二十岁，畏缩不前的三十岁，垂头丧气的四十岁。

然而，在这个周末，近藤改变了。

面对把自己称为"银行的人"的田宫，近藤一直感到委屈：为什么不把我当作公司职员看待，我明明那么想成为公司的一员。

但现在，近藤醒悟了。他察觉到自己依然是一名银行职员，确切地说是"骨子里的银行职员"。如果不能理解自己精神层面上的这一特质，并基于这种理解成为一名被人认可的公司职员，那么近藤无论去到哪里都找不到自己的容身之处。

狂妄自大地表示经营计划书装在脑子里的田宫看不起自己，处处和自己作对的下属野田，就算一直忍让也得不到他们的认可。既然如此，索性尽情地说自己想说的话，把真实的自我彻底地展现出来，就算依旧不被认可也没什么好遗憾的。

这样想着，近藤阴暗负面的精神世界里，不知从什么地方照进来一束光。对近藤而言，垂头丧气的四十岁，一下子变成了昂首挺胸的四十岁。

"那么，请允许我问一个问题，去年的赤字到底有多少？"近藤问道。

田宫目不转睛地盯着近藤的脸，假装听不懂他的话。

"去年的赤字？你在说什么，去年不是黑字吗？"

"那么，去年年终决算时公司的库存有多少？社长，麻烦您告诉我。"

田宫沉默不语，代替他回答的是近藤。

"两亿四千万日元，库存水平是五年前的一点五倍。在营业额没有明显增长的前提下，为什么会出现这种情况？野田课长——"

近藤知道野田一定在背后敛声屏息地关注他与田宫的对话，于是高声喊道。

"把去年的存货盘点表拿过来。"

远处的办公桌，野田用极度不快的表情看着近藤。他慢慢地起身，打开背后的档案柜。他的动作极其缓慢，脸上的表情显示出对近藤无声的反抗。

"快点拿过来，野田！"

近藤发出了一声怒吼，全公司人的视线齐刷刷地转向他。

野田像被雷电击中一样挺直了脊背，瞪大了眼睛。他随即从档案柜里抓出一本文件，伴随着一阵猛烈的脚步声，站在了近藤的斜后方。他的脸庞因为屈辱涨得通红。

"给我。"

近藤说着打开了那本盘点表。

"有什么问题吗？"

田宫绷紧了因愤怒而变得苍白的脸。

近藤打开的那本盘点表上，两亿四千万日元的在库金额赫然在案。

也就是说，这是用来与决算报告上的数据相互证伪的虚假资料。

"这是谁做的？"

"谁做的？"

野田没好气地说道："肯定是我啊，除了我还有谁做这种东西？"

"是社长命令你做的吗？"

野田快速地瞥了一眼田宫，"算不上什么命令吧，决算报告不是必须要做的吗？"

"社长，您认可上面的数字吗？"

田宫抱着胳膊，冷漠地看着近藤。

"你这不是废话吗！你到底——"

"您能不能跟我说实话？"

近藤的这句话让田宫心中一惊，他眼都不眨地注视着近藤，仿佛想把他整个人看穿。

近藤转头盯着野田。

"存货盘点表还有一份吧，拿出来！"

五十五岁的野田，发际线严重后退的额头开始泛红，他还在努力地虚张声势。

"你，你在说什么，我听不懂！"

"是吗？那算了。"

近藤掉转脚步，往野田办公桌的方向走去。是档案柜！回过神来的野田立刻追了上去。他抢在近藤前面，叉开双腿挡住了档案柜的柜门。

身后的田宫也追了上来。

"近藤部长，你到底在想些什么？"

"请您闭嘴！"

近藤对着田宫大喝一声，用尽全力推开了站在档案柜前的野田。总务课长屁股着地摔在地板上。与此同时，档案柜的大门毫不设防地敞开着。

形势已完全在近藤的掌控之中。

转眼间，他抽出一本绿色的文件夹，用尽全力砸在野田的办公桌上。

他打开那份文件，把上面的数字指给田宫看，在库。

两亿日元——

"到底哪个才是对的，野田！"

多出的四千万日元，按照公司损益的记账规则将被计算成收益。去年，田宫机电虽然黑字但却接近收支平衡，如果去掉捏造的这部分库存，实际上应该存在四千万日元的赤字。

野田的眼中失去了光芒。

他转过头，看着面色苍白、满脸错愕的田宫。

"您知道的吧，社长。"

"那是因为，那个——"

田宫开始慌乱起来，他拼命地思考着借口。当初从容不迫地说能够理解莫扎特心情的模样已经荡然无存。现在站在那里的，只是一个做假账被人揭穿，除了惊慌失措什么都做不了的愚蠢男人。

"怎么了，我在问您知不知道这件事呢！"

田宫不禁后退一步。

"这，这个再怎么说也只是内部资料，对吧，近藤部长——"

"那么，这又是什么呢？"

近藤走到自己的办公桌，从最底层的抽屉里取出一样东西。已经站起来的野田"啊"地叫了一声，表情凝固在脸上。田宫彻底惊掉了下巴。

事到如今，已经不再需要说明了。

因为，这是怎么狡辩都狡辩不了的铁证。

近藤把暗账依次摆在办公桌上，然后不紧不慢地坐回座位。他抱着胳膊，静静地看着田宫和野田两个人。

营业总额八十亿日元，员工人数三百名，营业历史四十年。这样的公司，居然落魄到必须伪造区区几千万日元的利润。

田宫努力维持强势的形象，在外调人员近藤面前装腔作势，自诩为天才莫扎特。但实际上，田宫电机的本质，是一艘如果得不到银行融资就随时可能沉底的泥船。

对田宫而言，接收银行外调人员无疑是把双刃剑。

一方面有助于和银行建立亲密的关系。但另一方面，也增加了假账被发现的风险。

田宫虽然给予近藤等人总务部长的头衔，却绝不会将会计做账的工作托付给他们——不对，正因如此才不会托付给他们。

田宫把外调人员称为"银行的人"，主观上并不承认他们是公司的一分子。因此对田宫而言，假账的秘密绝不能被他们知晓。"铁幕"就是田宫和野田为此修筑的防护壁。

但现在，近藤将帷幕后的秘密暴露在了光天化日之下。

田宫的眼神变得空洞，手臂无力地垂在身体两侧。野田已凝固成一座混凝土雕像，仿佛是从蒙克①的《呐喊》中跳出来的人物。

"你，你会向银行——告发吗？"

时间不知道过去了多久，田宫的嘴里终于发出声音。那声音微弱、纤细、时断时续，仿佛还来不及到达近藤的鼓膜，就坠落在地板上。

田宫的眼中充满恐惧，瞳孔深处的光，像即将消失的冷烟花一样飘忽不定。

"怎么处理，完全取决于您。"

田宫的视线动摇了。

"不要这种小心眼，把心思完全放在重振公司业绩上。如果您真想这么做，我会从旁协助的。"

对此，田宫没有选择的余地。

"我该怎么做呢？"

---

① 爱德华·蒙克（Edvard Munch，1863 年 12 月 12 日—1944 年 1 月 23 日），挪威表现主义画家、版画复制匠，现代表现主义绘画的先驱。代表作有《呐喊》《生命之舞》《卡尔约翰街的夜晚》等。

田宫终于开口。

"是啊，到底应该怎么做呢？社长，您不是莫扎特吗？"近藤冷淡地说，并鄙夷地睨着这位二代经营者。

"我当然是想积极地重振公司业绩呀。"田宫脸上浮现出做作的笑容，"你如果愿意和我们一起努力，那当然再好不过了。"

"那么，首先请您把脑子里装的事业计划落实成文字和数据，明天之前交给我。之后，召集课长以上的全部管理层，把方案细化。"

听到事业计划的那一瞬间，田宫的眉头皱了起来。

"明天吗？能不能再给我一点时间，近藤部长？"

"被史肯尼德催促时，莫扎特会找这么无聊的借口吗？"近藤说。

"请您用行动展示诚意，而不是嘴巴。如果做不到的话，我就带着这几本暗账回银行，试用期到此结束。"

田宫目瞪口呆地看着近藤。此刻，近藤脑中的煤焦油已消失得无影无踪。

6

渡真利发出一声惨叫。

"这家也是，那家也是，世上难道就没有正经公司了吗！"

星期三晚上十点，新宿站^①附近的一家日式餐厅里，三个人围坐在一张餐桌旁。

"找找总会有的吧。不过，这里好像是没有的。"

半泽轻描淡写地结束了这个话题，转头问近藤："暗账的问题弄清楚了吗？"

"单纯从明账和暗账的对比来看，田宫电机从五年前就开始亏

---

① 日本东京都新宿区最主要的铁路车站，使用新宿站的铁路业者包括东日本旅客铁道（JR东日本）、小田急电铁、京王电铁、东京地下铁及都营地下铁等。

损了。那时，因为无论如何都需要一笔银行贷款，他们就想到了做假账，这似乎是一切的源头。"

"假账只要做过一次，就很难停下来啊。"渡真利说道。

如果将库存恢复成原来的数据，那么第二年，账面上就会减少相应金额的收益。捏造的那部分收益，必须调整到某个或某几个项目中，以便年终决算的数据能够账账相符①。但是，对于原本就长年赤字的公司来说，把账做平是件很难的事。

"造假的只有库存吗？"半泽问。

将库存调高可以说是比较传统的造假手段。

"不，还有捏造营业额、不计入进货成本、调高应收账款②，造假手段简直五花八门。太多我都记不全了，所以他们才会做一本暗账用来内部管理。"

"不会出什么问题吧？"渡真利惊讶地问。

"跟他们谈好了。目前，先试试能不能重振公司业绩吧。"

"要是不行的话就回银行吧，近藤。"

面对渡真利的提议，近藤不假思索地反驳道："带着这种想法，还能成为一名合格的外调员工吗？"

"当然，如果最终结果还是不尽如人意的话，只能回银行。但

---

① 指多个会计账簿进行对账、核算、审查的时候，不存在账面上的差错。

② 指企业在正常的经营过程中因销售商品、产品、提供劳务等业务，应向购买单位收取的款项。

是，那样也是一桩悲剧，对谁都没有好处。我被外调后，才第一次意识到自己是个多么纯粹的银行职员。但是，我已经在心里把返程车票扔掉了。如果没有破釜沉舟的决心，就没办法让公司重新振作，必须豁出去。"

半泽暗自惊叹，眼前自信满满的近藤和曾经那个不知什么地方被阴影拖拽住的男人，哪里还有半点相似之处。

"但是，假账的事必须告诉银行吧。既然已经知道了，也没有帮他们隐瞒的道理。"渡真利有些担忧。

"明天，我就去向京桥支行的客户经理说明一切。我已经说服了田宫社长，告诉他不坦白的话问题就得不到真正的解决。改革的第一步，就是摆脱秘密主义①。"

"这样做很对。"半泽说。

"但是近藤，你也知道，通常情况下做假账做到这种程度的公司会有什么下场吧。"

渡真利说出了结论。

"中止一切业务往来。"近藤平静地把啤酒杯送到嘴边，"但是，只要我在公司一天，就不会允许这种事情发生。"

"喂，了不起啊，大师兄。"渡真利忍不住笑了，"你真的成长了不少啊。"

"只是变回以前的近藤而已。"半泽微笑着说道。他叫来服务员，点了一份蔬菜棒，"今天真是太高兴了。"

---

① 秘密主义指将所有信息隐瞒的思想。

"伊势岛那边怎么样了，在那之后？"

近藤改变了话题。

"明天我约了社长面谈。"

其余两人忍不住抬起头，看着半泽。

"汤浅社长吗？那位仁兄简直就是家族企业经营者的代名词，还是烦恼缠身的那种。"

"我知道。但是，如果只和财务相关的负责人接触，事情似乎永远得不到解决。再这样下去，我要是审查官也会把伊势岛分类的。"

"喂喂，拜托你了，半泽老师。要是被分类的话，数千亿日元的利润可就泡汤啦。"

渡真利夸张地叹着气，半泽的脸色却变得严肃起来。

"我们现在还没有找出填补投资亏损的办法，只是站在一旁什么都不做是解决不了问题的。我不清楚汤浅社长是什么样的人，是难以亲近，还是任性妄为，这些我一概不知。但我知道现在只有一条路可走，那就是请他出面，由上至下推进伊势岛的改革。"

半泽反复与伊势岛饭店打了多次交道。但无论是羽根还是原田，对公司业绩的认知都过于浅薄。

"如果没有根本性的解决措施，只是一味地强调赤字是暂时性的，恐怕很难过关。"

正如渡真利所言。一旦伊势岛被定为分类债权，将很难再次得到银行的资金支援。这足以对伊势岛的资金运转造成直接冲击。

"伊势岛那帮家伙明明也知道分类之后会有什么后果。"

"那帮家伙有自己的小算盘。"半泽说。

"小算盘？"近藤探出身子，"什么小算盘？"

"自羽根专务以下，把持伊势岛饭店财政大权的那帮家伙，从上代经营开始就心怀不满，他们似乎暗中活动，试图让伊势岛摆脱家族经营。如果就这么被分类的话，伊势岛饭店将会陷入经营危机之中。如此一来，让汤浅社长下台的声音就会出现在公众视野。在那帮家伙看来，这也算是好机会。"

"伤敌一千自损八百啊。半泽，你干脆加入他们那边吧。"渡真利说，"反正我对于维护这种家族经营体制，提不起兴致。"

"羽根根本不配做经营者，他是个为了得到贷款不惜隐瞒亏损的浑蛋。"

半泽说："那种家伙值得信任吗？这是讨论经营能力之前的问题了。"

"可是，你的工作偏偏就是在这种状况下阻止伊势岛饭店分类。老实说，太艰难了。"渡真利叹出一大口气，"如果我在你的位置上，可能会因为心力交瘁住院吧。话说回来，虽然不知道能不能帮上你，你要不要见白水银行的人？"

"白水的？"

"前段时间，我和学生时代的朋友一起喝酒，里面有一个人是白水审查部的，正好负责伊势岛。"

半泽不由得抬起头。

"向他打听的话，或许会知道些什么。"

"如果你方便的话，帮我引荐一下吧。"

"包在我身上。"

渡真利从公文包中拿出记事本，开始查找空白的日期。

7

田宫在自己的房间拨通了那个人的手机号码。

"他说会把假账的事告诉银行。这下麻烦可大了，您能不能想想办法？"

电话的另一端寂静无声。

"你承认做假账了吗？"对方的语气有些惊讶。

"算是吧。"田宫支支吾吾起来，"被他抓到证据了，实在是没办法……"

"证据？"

"隐藏的账簿被他找到了。"

"怎么会——"

电话对面的人似乎倒吸了一口凉气。隔着听筒，能听到音响播放的原声吉他的声音。

"只有暗账被发现了吗？"

"嗯，应该是。他好像还没有察觉到那件事。"

"既然暗账已经在他手里，那件事迟早会被发现吧。"

"在那之前，我会把那几页资料换掉的。"

通过听筒，可以感觉到对方松了一口气。

"拜托你了，田宫社长。那件事要是暴露了，我会很为难的。"

"明白。另外，我们公司的事，您能不能想想办法？"

电话对面似乎在专注思考着什么，沉默了好久。

"以前我也说过，我这边好歹是整个机构在运作，该合规的地方还是要合规的。"

这次轮到田宫彻底沉默了。

"但是你也别担心，我会尽量帮你打点的。"

"给您添麻烦了。"

田宫放下电话，舒了一口气。

第三章　金融厅审查对策

1

房间里没有开灯。

时间是下午五点多，窗帘被拉开了，夕阳透过玻璃窗照进室内，投下令人眩晕的阴影。

窗户的正前方摆着一张巨大的办公桌，一个男人坐在办公桌后面的座椅上，他在逆光中注视着进入房间的半泽。

"我是东京中央银行的半泽。"

男人没有回应。他慢慢地从座位上站起，示意半泽坐到沙发上。秘书端着茶水走进房间，顺便打开了灯。此时，半泽才看清男人的样子——他身材瘦削，眼神严肃而犀利。正是伊势岛饭店的社长，汤浅威。

"在半泽次长眼中，敝公司是什么样子的？"

汤浅的声音低沉、富有磁性。他与半泽只相差两岁，年纪并不算大，但或许是身居高位的缘故，言语行动中透着一股威严。

"一头缺乏攻击力的巨象。"半泽答道。

"要想打破目前的僵局，需要一些特别的办法。汤浅社长，您想出来了吗？"

汤浅闭上眼睛，沉默了许久。半泽的提问虽然唐突，却直言不讳地指出了要害。虽说如此，汤浅要是因此发火也并不奇怪。但此时，他还在一言不发地思考着。

"就算想出了办法，恢复业绩也需要一段时间，银行会支持我们吗？"

"会，只是不知道您会不会信任我们。"

半泽没有丝毫犹豫。汤浅一动不动地审视着半泽的双眼，想窥探出他内心真实的想法。对待这个男人，说场面话恐怕是行不通的，只有真心话才能打动他。

半泽打破了这种平静，说："不好意思，有件事忘了。"然后，拿出了自己的名片。

汤浅接过名片放在茶几上，突然像想起什么似的，一言不发地往自己的办公桌走去。他打开抽屉，拿出了一张名片。

半泽以为那是汤浅自己的名片，正要伸手去接，突然愣住了。

因为，那竟然是半泽自己的名片。头衔是总行营业四部调查员，是半泽在以前的部门时使用的名片，距离现在大概有十年的时间。

半泽惊讶地看着汤浅。

汤浅对他说："私下请求中野渡董事长，让半泽次长负责伊势岛饭店的人，是我。"

"这张名片，是在什么地方……"

"我曾经在大东京饭店的企划部工作过，是那个时候拿到的。我们以前见过。"

半泽抬起头，他的视线从名片转移到了汤浅身上。那时的半泽负责过好几家客户，大东京饭店是其中的一家。

"说到大东京饭店的企划部，莫非是那个时候……"

"没错。"

汤浅郑重地答道："我从学校毕业之后，就在那里实习了。"

大东京饭店，是一家比伊势岛饭店更注重传统的老字号。但是，他们由于过分看重传统，反而招揽不到多少客人，饭店的业绩因此恶化。主力银行减少了相应的资金支持，饭店的资金运转逐渐出现困难。

最终，管理层内部掀起了一场革命，创始人被驱逐，跟随创始人打下江山的元老级员工组成了新的领导团队，打算重振饭店业绩，但……

"那时，以主力银行为首的各家银行纷纷采取袖手旁观的态度，只有几乎没什么业务往来的产业中央银行积极地给予支援，拯救饭店于水火之中。那时的客户经理，为了落实贷款，努力地在银行内部斡旋，后来，甚至出席了我们的经营企划大会，为我们出谋划策，帮了不少忙。我迄今为止见过各种各样的银行职员，却没有一个人像他那样。那个人就是你，这张名片，是企划大会时你给我的。"

"原来如此。"

这么一说，汤浅的脸好像是在哪里见过。

"感谢当时对我们的帮助。"

汤浅说着对半泽鞠了一躬。

"大东京饭店的经营者是有问题的，但是，新任的经营者们了解问题所在，也知道怎样解决问题，剩下的只是具体的执行层面的问题，所以我才会帮他们。"半泽淡淡地说道。

"你很有预见性。"汤浅答道，"父亲曾对我说，银行是一个只看得见过去的地方。事实上，大东京饭店深陷困境时，我也切身体会到了这一点。但是，只有你不一样。领导层的革新会带来怎样的变化，大东京饭店将来会变成怎样，只有你正确地预见了所有结果。所以，即使其他银行抽身离开，你也愿意留下来，坚定果敢地帮助我们。"

"您言重了，其实没有那么夸张。硬要说的话，可能是身为银行从业者的嗅觉吧。"

"即便如此，我也觉得没有哪个银行职员拥有这种嗅觉。"

"不是这样的，社长。"半泽表情严肃地纠正道，"那时，应该有人预见到了大东京饭店的重生，但是，他们没有施加帮助，为什么？因为万一事情进展得不顺利，责任就会随之产生，而承担责任是最可怕的。"

"但是，你给了我们贷款，这是为什么？"

"因为我相信大东京饭店一定会振作起来，或者说，我决定拼尽全力也要让它振作起来。毕竟，那个时候还年轻嘛。"

"原来如此。"

汤浅的脸上浮现出笑意，那是一种很难从神情冷酷的人脸上看到的笑容，更像是身体已经长大，但内心依旧是孩童的人才会展现的笑容。

随后，他快速地收回笑意，把铺在办公桌上的资料拿了过来，交给半泽。

"一直以来，我们过于看重高级老字号饭店这块招牌，因此，极有可能步大东京饭店的后尘。四月份开始，我和事业开发部一起推敲出了一份方案，就是你手上这份，你觉得怎么样？"

半泽把资料从头到尾浏览了一遍，有些惊讶。

"空房率下降了呢。"

这就意味着，顾客数量增加了。

四月份以来的空房率不到三月份的一半，到了五月份更是接近满房的状态。

"这个月的情况跟五月份差不多，我们只是把目标客户的范围扩大了，就产生了这么明显的差距——我们把范围扩大到了亚洲。"

"亚洲？"

"特别是中国。一直以来，我们的客户主要来自日本国内的富裕阶层和欧美国家的上流阶层的顾客，所以，我们尝试调整策略。现在在中国，存在着许多富有程度远超日本高收入群体的大富豪。我们初步和一家总部位于上海的大型旅游中介公司签订了合同，效果非常明显，每位顾客的单价虽然有所降低，但空房几乎被填满了。与此同时，我们计划在中国扩大知名度，支出广告费用。接下来还将配置互联网，开发可以直接在网上预订房间的系统，配套推出会员服务。除此之外，还将采取增加接送机服务、与东京市内出名的餐厅展开合作、提供国内观光优惠福利等一系列措施。最后，我们计划做一些努力，使中国发行的信用卡也能用于日本国内结算。"

"这个计划说穿了，是伊势岛饭店的门第意识和陈旧传统的解放。"半泽评价道。

"正是如此。"

与此同时，这也意味着汤浅威将彻底推翻前代社长、现在退居会长的汤浅高堂推行的不顾及企业利润、游戏人间式的经营方式。

"三年，我当社长已经三年了。"

汤浅重重地靠在椅背上，眼睛凝视着远方。"每天都是一场恶战。想要打破父亲创立的旧体制，与父亲旧部下之间的纠葛，我身处两者的夹缝中，无时无刻不在思考什么是我自己的经营方式。是大东京饭店的经营危机给了我提示。正当我苦恼不已时，突然想起实习时期发生的事，我不想伊势岛饭店变成那样。说到底，饭店本就是迎来送往的生意，哪有挑剔客人的道理？将客人分成三六九等的做法根本算不上真正的待客之道。我想到这些，就冒出了刚才那些念头。"

"或许，这套方案是能够成功的。"半泽抬起头，视线离开了列满详细成果的资料，"IT系统的开发什么时候完成？"

"计划年内完成，并正式投入使用。我叫你来，就是为了告诉你这些。还有——"

汤浅说完，调整好站姿，极其恭敬地鞠了一躬，"我想为没有及时通报投资亏损的事道歉，真的非常抱歉。"

"请不要试图用投资来提高收益了。"

"虽然有些难以启齿，但我本人，从来没有那么想过。"

汤浅咬紧嘴唇，说出了心里话。

"也就是说，这是羽根专务擅自……"

"我知道羽根的意图，他一方面想追究我在主营业务下滑方面的责任，一方面又想财务部趁此机会立下大功。附和他的董事会成员也不少。"

汤浅在公司内部的处境将变得十分艰难。

"我认为应该给羽根处分。"

"我当然会这么做。但是在那之前，还得铲除公司内部的羽根势力，只处罚他一个人的话，可能后患无穷。我的想法，是在今年年终决算之后的股东大会上提出罢免羽根的请求。在那之前，我想把精力集中在夯实业绩上。"

因此，汤浅的经营计划能否实现成了问题的关键。

"流动资金①也是必需的。如果我们被金融厅'分类'的话，在资金筹措方面可能会陷入困境。"

"不，我不会让这种情况发生的。"半泽目不转睛地看着对方，"审查，我会想办法，一定能找出解决问题的方法。"

---

① 指企业在生产经营过程中占用在流动资产上的资金，具有周转期短、形态易变的特点。拥有较多的流动资金，可以在一定程度上降低企业的财务风险。

2

六月最后一个星期六，在渡真利的安排下，半泽见到了白水银行审查部的板东洋史。

为了照顾因金融厅审查无暇脱身的半泽和渡真利，见面时间特意选在休息日。约定的时间是下午六点，板东则提前到达了餐厅，等待二人的到来。虽说是初次见面，但半泽觉得，这个男人身上有种特殊的气质，莫名地让人感到亲切。

"不好意思，休息日还劳烦你跑一趟。"

因为板东也在大型商业银行的授信部门工作，论资历，和半泽等人同属一辈，所以没多久，大家就兴致勃勃地聊开了。泡沫经济期，就职于十三家都市银行的银行职员中，四十岁以后还能留在升职轨道上的人少之又少。从这层意义上来说，板东也是生存战的幸存者。

一旦进入银行工作，每个人都会坐上一辆在看不见的轨道上滑行的过山车。

最初车子行驶缓慢，渐渐地，周围的环境变得险恶起来，最后不得不横渡湍急的流水，在悬崖峭壁之间飞驰。这段漫长的旅程，沿途崎岖坎坷，布满了一道又一道的暗礁险滩、高山沟壑。

入行后大约第四年，第一道急转弯出现了。从弯道坠落的人们在下一次加薪日时，会发现自己的基本工资与别人有了差距，在课长代理的竞争上也丧失了优先权。

二十岁左右的年轻职员里，已经可以看出谁有升迁的潜力，谁最终碌碌无为。四十岁之后，预言变成现实，当初乘坐过山车的同伴最终四散各处，命运大不相同。

泡沫经济时期，银行前所未有地录用了大批员工。这一时期入行的年轻人不得不面对如此残酷的竞争。毋宁说，正是因为银行的大量录用，甄选机制才变得比以往更加严格。现在还紧紧地握着过山车扶手的人只有最初的几分之一；并且，依旧坐在过山车上的人和早已下车的人之间，无论在经济层面上还是心理层面上，都产生了无法填补的鸿沟。

"实际上，今天约你出来是有原因的。"

一阵闲谈过后，渡真利开口了。

桌上的酒已经从啤酒换成了红薯烧酒①，板东的脸颊在酒精的作用下微微泛红，他接话道："是那家伊势岛的事吧？"

---

① 蒸馏酒的一种，以红薯为原料制成的烧酒。日本鹿儿岛的特产。

"你怎么知道？"渡真利瞪大了双眼。

板东笑了，他用食指一下一下敲打着半泽的名片。

"东京中央银行营业二部，谁不知道这是新近负责伊势岛饭店的部门。顺便告诉你们，伊势岛饭店内部对贵部的负面评价相当多——不过比不上我们多。"

半泽忍不住笑了。

"谁评价的？羽根专务那边的人吧。"

"这点就任凭你想象了。但是你们还算好的；至于我，他们简直把我当成了仇人。"

白水银行指出了伊势岛饭店投资失败的事实，叫停了计划发放的贷款。虽然不至于造成多么严重的后果，但对伊势岛饭店的资金运转而言，这种行为无疑是雪上加霜。

"虽说如此，为什么要从法人部换到营业总部呢？"

板东抓住了敏感的部分。

半泽不能透露福斯特有意注资的事，只好搪塞道："大概因为我们最清闲，所以才塞过来的吧。"

板东似乎没有相信这种说法，"我记得，东京中央银行的营业二部好像主要负责同资本系的企业，大概和这个有关吧。"

这个男人洞察力很强。

"这位慧眼如炬的板东先生，有件事想请教一下。虽然说出来有点丢脸，但我们银行的法人部确实没能看出那笔亏损。为什么您一眼就看穿了呢，能否指点一二？"

板东沉默良久，才说出答案。

"是内部检举。"

听到这个回答之后，半泽和渡真利不由得面面相觑。

"有人直接向白水银行举报吗？"半泽问。

"很不可思议？"板东反问。

"把身为主力银行的我们抛在一边，这一点我无法接受。"渡真利说。

"还有，检举究竟是怎么回事？"

"某人向我们提供了一条情报，情报的内容就是伊势岛饭店因为投资失败产生了巨额赤字。"

"什么时候的事？"半泽问。

"大约三个月以前。"

半泽再次与渡真利面面相觑。

那时东京中央银行尚未向伊势岛饭店发放两百亿日元的贷款。但是，伊势岛饭店没有向银行报告投资失败的消息。

"太过分了，居然为了贷款故意隐瞒。"渡真利愤怒地说。

"但是，为什么又要向第二合作银行的白水银行举报呢？这有点不合情理吧。会不会有什么原因？"

"说是信不过东京中央银行。"板东低声笑道。

"这也太狠了吧，我们哪里得罪他了？"渡真利的脸上写满了不快，"你知道举报人是谁吗？还是说，这个人是跟你特别要好的会计部职员？"

板东似乎在思考怎样回答这个问题才比较妥当。

"就算你们知道是谁，对银行而言，也没什么意义吧。"

"或许吧。"半泽说。

"但是，我想知道检举的内容是什么，为什么不向我们银行举报。我觉得，伊势岛饭店和我们银行的矛盾点就凝聚在这些问题里面。"

"原来如此。"

板东盯着玻璃杯的边缘看了一会儿，抬起头，"伊势岛饭店有一家零售业的子公司，叫作伊势岛贩卖，你们可以去那里找一个叫户越的人。"

"户越？是子公司的职员吗？"

"那个人经手过那笔投资资金，最后却成了替罪羊，被踢到子公司。事情的真相究竟如何，你们可以直接问他本人。"

面对神情惊讶的半泽，板东意味深长地点了点头。

3

　　伊势岛贩卖，位于新宿站南出口附近的一栋多租户大厦。

　　半泽与小野寺在前台登记完毕后，被带到了一间会客室。会计科的办公室也在同一楼层。

　　约定的见面时间是上午十点。

　　两人进入会客室后不久，门外响起了敲门声。一个气色不佳，看上去有些病态的男人走了进来。

　　"让两位久等了，我是公司的会计森下。"

　　森下低下已经谢顶的脑袋，向他们做了自我介绍。此时，门外再次响起敲门声，又一个男人走了进来。

　　是伊势岛饭店的原田。

　　"早上好。哎呀哎呀，什么风把二位吹来了呀。"

　　原田的脸上堆满讨好的笑容，他从背后绕过森下的椅子，径直坐在了半泽的面前，"不介意我旁听吧？"

"百忙之中，真是辛苦您了呢。"半泽的语气中夹杂着轻微的讥讽。

"哪里哪里，我才应该道谢呢，又给你们增加工作量了。"原田不甘示弱地回敬。

随后，他又补充道："对了对了，前些日子的贷款没能返还贵行，实在是抱歉。还有，趁我还没忘，有个建议还是得提一下。你们能不能不要擅自和我们的关联公司接触，事先打声招呼不是基本的礼节吗？"

原田的眼中散发着敌意。

"明白您的意思了，但是这次的谈话，您不方便在场。"

半泽用毫不留情的语气回击多管闲事的原田。

"子公司的资料不是已经交给你们了吗？"

原田的语气变得粗鲁起来。

"我们只是想看看这是一家什么样的公司，也想确认一下主要子公司的经营范围。这种情况不方便您在场，森下课长也会因为顾忌您而无法畅所欲言吧。"

"我在或不在，森下说的话都是一样的，对吧。"

被母公司部长瞪着的森下，用有气无力的声音答道："是的。"

半泽陆续问了森下几个问题，对方回答得很官方，半泽一边敷衍地点着头，一边寻找机会，以达成自己真正的目的。

时间差不多过去了一个小时，原田被没完没了的谈话弄得心烦气躁，他忍不住插话，"再聊下去也是浪费时间。如果你们需要的话，我可以把文件的复印件拿过来，你们带回去自己研究怎么样？"

"不必了。最后一个问题，能不能把公司组织架构图和员工名单给我们看一看？"

"为什么要看那些东西？"原田警惕地问道。

"因为我们需要掌握基本的组织架构。伊势岛饭店正处于是否会被金融厅分类的关键时期，因此，了解到的信息越多越好。希望您配合。"

原田的脸上浮现出怀疑的神情，他思考了一会儿，对森下说："去把资料拿过来。"

伊势岛贩卖的员工大约有两百名。名单不是按照五十音①的顺序，而是按照部门的顺序排列的，因此，要找出特定的某个人，需要花不少时间。

但是，这份名单中，姓户越的只有一个人。

户越茂则，职位是总务课长。

"由于个人信息保护法的缘故，我们不能提供员工名单的复印件。"原田说。

半泽回答："没关系。"之后，他随意找了个理由中止谈话，和小野寺回银行去了。回到银行后不久，小野寺把一份打印资料交给半泽，资料上记录着户越的银行交易信息。

①　日语基本假名的表，包括所有清音的假名，以及只是作为子音一部分的特殊音ん（ン）。在日本，经常使用五十音图的顺序排列事物。

"他开了好几种存款账户，但只有活期账户里有余额，其他账户都是零。他最近好像取消了定期存款。"

信不过东京中央银行——

从板东那里听到的话突然在半泽脑中划过。户越勉强保留活期存款，也是由于公司指定工资账户必须开在东京中央银行的缘故。

"他在哪家支行开的账户？"

"新宿支行。"

半泽拿起办公桌上的电话，按下了新宿支行的号码。

4

　　银行柜台窗口前坐着一个四十岁左右的男人，斑白的头发剪得像手工艺人一样短，一丝不苟地贴在头皮上。他穿着一件蓝色衬衫，看起来有些神经质。

　　"不好意思，您是户越先生吗？"

　　半泽出现在负责接待的女性银行职员身后，向男人搭话。男人用询问的目光仰视半泽。"能耽误您一点时间吗？"

　　"只是销一个活期账户而已，为什么需要那么长时间？"男人用嘶哑的声音问道。

　　半泽从手里的名片夹中抽出一张名片，递了过去。

　　"是有关伊势岛饭店的事。"

　　"事到如今，说什么蠢话呢？"户越厌恶地说道。

　　"我从白水银行的板东先生那里，听说了您的事。"

户越混浊的双眼一动不动地盯着前方虚无的空气，目光中除了漫无目的的焦躁之外，什么情绪也没有。

关于户越，半泽只知道他曾经就职于伊势岛饭店的会计部。十五年前，户越开设活期存款账户时，填写的就是这个地址。现在，户越正是为了给这段为期十五年的银行交易画上休止符，才来到这里。

应该有什么理由，促使户越做出这个决定。

"请您跟我们谈一谈，拜托了。"

户越"啧"的一声咂了咂舌头，随后，用审视的目光打量着半泽。

"拜托您了。"半泽再次向户越鞠躬。

"真拿你没办法。"

户越站起身，小野寺趁机将他带往会客室。

"话说在前面啊，我的午休时间只到下午一点。"

户越说完这句之后，便整以暇地等着半泽接下来的话。

"您能不能告诉我们，伊势岛饭店投资失败的详细经过？"

户越没有回答，他点燃了香烟，沉默着吞云吐雾，眯起的双眼在烟雾中打量半泽。

"问这个问题等于在别人伤口上撒盐。"

"或许吧。但是，我无论如何都想知道答案。现在伊势岛饭店的所有业务由我负责。"

户越重新瞥了一眼半泽的名片。

"营业二部吗？营业二部的人会为了向我问话特意追来这里啊。"

"只要能获得重要信息，天涯海角我都会去。"

半泽用锐利的目光看着户越。

"能不能把对白水银行说过的话，原原本本跟我们说一遍？"

户越冷笑一声，晃了晃肩膀。他一口气把香烟吸了一半，剩下的一半被他摁进了烟灰缸。

"已经过去的事说再多也没有意义，仅此而已。"

半泽难以置信地抬起头。小野寺紧紧地盯着户越，一句话都说不出来。

"这么说，伊势岛饭店出现了亏损，造成这么多麻烦，也统统没有意义了吗？"

户越重新点燃了一根香烟，他用混杂着愤怒与不信任的目光瞪着半泽，"我奉命管理总额五百亿日元的投资资金，是去年一月份的事。原本提议用投资赚钱的是羽根专务，不知道他是野心终于藏不住了，打算趁主营业务下滑的时机让财务部出风头，还是听信了证券公司销售的花言巧语。总之，我被安排的工作，是经常性地向他汇报投资情况。事先说明一下，我从来没有负责过股票的买卖，这种事也不符合我的性格。然而，某一时刻突然就出现了数十亿日元的亏损，为了填补这些亏损，我们尝试了保证金交易①。这都是羽根专务的命令。结果，我们运气太差，损失像

---

① 又称信用交易或垫头交易，是指证券交易的当事人在买卖证券时，只向证券公司交付一定的保证金，或者只向证券公司交付一定的证券，而由证券公司提供融资或者融券进行交易。

雪球一样越滚越大，最后竟然亏空了一百二十亿日元。"

"即便如此，您也必须承担责任吗？"

户越向半泽投去酸楚的眼神，却又马上把眼神移向别处。

"总要有人承担责任的。如果有人要怪我没能阻止投资，我也没法反驳什么。"

"实际上挪用资金的是羽根专务吧？"

"这就是集体，我既然默认并服从了它，就不能说我是完全没有错的。"

与被追究责任并被外调至子公司的户越相比，羽根和原田只不过被扣除了百分之二十的工资。客观来看，这样的处分无异于把所有的责任推到了户越一个人身上。

"在那帮家伙看来，我可能挺碍眼的，是个不肯加入羽根派系、脑袋不知变通的小会计。我想你也知道，羽根专务并不是那种会因为我的劝说而放弃投资的人。想要阻止他，只能依赖主力银行——当时我对此深信不疑。现在想想，我就是个笨蛋。"户越愤怒地说道。

他的性格虽然执拗，但并不是一个坏人。小野寺用锐利的目光看了半泽一眼。是的，户越话里的意思，是说他曾经向东京中央银行汇报过投资失败的事。如果真是这样，那么户越告知的对象——一定是当时与伊势岛还有业务往来的京桥支行。

"您是什么时候把这件事告诉我们的呢？"半泽问。

"去年十二月，我跟京桥支行一个叫古里的客户经理说过这件事，古里后续怎么处理的我不知道。在那之后，我被撤职。亏损的事暴露出来以后，他们就把我调到了子公司。"

沉重且压抑的沉默覆盖了整个房间，只剩下墙角桌子上的时钟还在发出秒针走动的声音。秒针走过的十来秒里，半泽一直凝视着户越倔强的脸庞。

某种意义上来说，户越是受害者。

他是被伊势岛饭店这一集体，不，无论出于什么样的理由，也是被东京中央银行背叛过的受害者。

"十二月的时候，亏损至少有一百亿日元。之后虽然又亏损了，但是，他们也只是撤了我的职，并没有向银行报告这一消息。不仅如此，提供的有价证券明细也是投资之前的数据。你知道，他们为什么要做到这个份儿上吗？"

要想从银行获得贷款，就不能让公司账面出现赤字。

"那不就相当于诈骗了吗？明明早就变成赤字了，这完全是恶意欺诈啊。"小野寺说道。

或许如此，但是，他们本有机会阻止这份恶意被隐瞒。

"谁下令隐瞒的？"半泽问。

他想知道，伊势岛饭店是否全员参与了此事。

"是羽根。我想，社长被告知这件事，是在我被撤职的时候。在那之前，羽根一直拼了命地要抢社长的风头。某种意义上，这也可以说是伊势岛饭店结构上的问题。"

户越看穿了伊势岛饭店的本质。

"这次金融厅审查，伊势岛饭店将变成审查的重点。"

听到半泽的话，户越的表情变得严肃起来。

"你的预测是什么？"

"汤浅社长新制订的经营计划正在逐渐产生效果。但是，光凭这个是无法填补巨额亏损的。无论业绩改善到什么程度，还是不足以通过审查。因此，我们需要采取一些措施来弥补投资损失。"

"一些措施啊。"

倔强的会计为了与半泽对视，把脸转了过去，"我已经不是伊势岛饭店的人了。这个问题，你还是去问羽根或者原田吧。"

"已经问过那两个人了。"

小野寺说："因为他们也想不出好办法，所以才问您。"

然而——

"如果他们也没有办法——"户越固执地盯着前方虚无的空气，"就更轮不到我来插嘴了。"

与户越的谈话到此结束，半泽和小野寺将他送出支行门口。

直到户越的身影消失在熙熙攘攘的人群里，小野寺才激愤地说道："次长，京桥支行早就掌握了伊势岛饭店亏损的消息，然而，那帮家伙却知情不报，若无其事地把客户移交给法人部。真是让人难以置信！"

"关于这件事，我们应该好好问一问，"半泽依旧注视着户越消失的方向，"那位叫古里的客户经理。"

5

"我说，我也是很忙的，你们适可而止吧。如果还有问题想问，就去问法人部的时枝调查员吧。"电话的另一边，古里气势汹汹地说道。

"伊势岛饭店投资失败那件事，还有些地方没弄清楚。"

"事到如今，还管那些做什么？"古里愤然说道。

"该弄清楚的地方还是要弄清楚的。方便的话，想和您当面谈谈。"

"我得提醒你，半泽次长。你的上一任不是我，是时枝调查员。为什么非要找我呢？"

"我认为，您是最了解伊势岛饭店的人。"

那边传来令人不快的咂舌声。

"事关审查，还请您配合。"

"什么时候？"

"三十分钟之后。"

半泽无视那边疯狂的叫喊声，淡定地放下电话。然后，和小野寺一起离开了总行的办公大楼。

＊　＊　＊

"真是的，你们也别太过分了。"

京桥支行用来会客的包厢内，古里满脸不耐烦地瞪着半泽。然而……

"伊势岛饭店原来的会计课长户越先生，您认识吗？"

半泽这一句话，让古里的眼神瞬间黯淡下来。

"户越？认识啊。那又怎么了？"

古里戒备地观察着半泽的态度。

"刚才，我去见他了。"

古里没有回应。

"因为我想了解亏损产生的原因。"

"真不知道你想说什么。"古里表现出置身事外的样子。

"你早就知道亏损的事了，对吧。"半泽的语气陡然一变，直截了当地问道。

"你这话太没有礼貌了，我要是知道了还能什么都不说吗？"

"户越先生说他告诉过你。"

"我没听过！"古里的脸涨得通红，他把头扭向一边，"那只是降职后，对伊势岛饭店心怀怨恨的男人的胡言乱语罢了！你要

114

是不信，就去问羽根专务或者原田部长好了！"

"听我说，古里。"

半泽用平静的口吻对情绪激动的课长代理说："想坦白的话只能趁现在，之后找到证据，我是不会放过你的。"

"哼，别以为你是总部的次长我就会怕你。旧S的人别太得意了，当初不就是你们说京桥支行配不上伊势岛饭店这样的大客户，才把它从我们手里抢走的吗？事已至此，与其胡乱怀疑别人，不如花点时间想想怎么应付审查，毕竟那才是你应该做的。我这么说可是为你好。"

古里说完这通话，毫不犹豫地从座位上站了起来。

6

"您说的话我明白了，但是，事情可能有点棘手。"

贝濑说完，面露难色地看着摆在面前的决算资料。他是一个皮肤黝黑、五官端正的男人，根据事先从渡真利那里获取的情报，他曾在海外支行工作多年，如今虽然坐上了支行长的位子，实际上却是个有名无实的"傀儡"。

因为渡真利嘴上不饶人，所以他的话只能听一半信一半。但即便如此，精致文雅、丝毫不接地气的贝濑，还是让近藤觉得无从下手。他感觉自己仿佛在和一个没有感情的机器人打交道。

贝濑的旁边坐着客户经理古里，古里手中举着一张 A4 纸，表情一如既往地阴狠。

这天上午十点，近藤和社长田宫一起来到东京中央银行京桥支行。之后的一个小时，近藤都在讲述账目造假的来龙去脉和田宫电机目前的经营状况。

"事到如今还有什么好说的？"发难的是古里，"近藤部长，你是什么时候调到田宫电机的？明明发生了这么严重的造假事件，你还能在这儿不慌不忙地要求银行贷款，我不能理解你脑子里都在想什么。"

"事已至此，我也无法辩解什么，您说的话我都接受。但是，我们会在下次决算时修正造假的部分，让账目恢复原状。今后也会尽力避免类似的事。所以，能否请两位酌情地处理这件事呢？"

贝濑把看过的决算报告放在茶几上，一言不发地向沙发靠背倒去。他眼角皱纹的深度正在诉说他本人为难的程度。

"这件事，只能汇报给总行，请求他们的判断了。"

最终，贝濑说出这么一句话。他没有表示自己会为此争取什么。简而言之，他是在"逃避"。

"另外，重要的是今后。今后还会继续出现赤字吗？"

"这是中期事业计划书。"

近藤说着把一份文件推到茶几上。昨天晚上，部长、课长以及更高层的干部聚在一起头脑风暴，几乎通宵加班才完成了这份计划书。近藤对计划书的内容很有自信。

"今年收支平衡，明年达到黑字，是吗？"

贝濑草草浏览了一遍，语气中流露出并不十分相信上面的预测。支行长把事业计划书交给客户经理古里，立刻传来了造作的叹息声。

"你的预测太缺乏依据了，每次都是这样。我早就跟你说过这样是行不通的。与其说这是田宫社长的责任，不如说是你近藤部长的责任。"古里断言，"你要是稍微有点逻辑，写出任谁看了都挑不出毛病的计划书，不就什么问题都没有了吗？现在这份东西，甚至看不出你们对未来的构想。"

你这是睁着眼睛说瞎话，近藤很想这样反驳，却还是忍住了。

"既没有市场调研，也没有证据表明销售额的增加和成本的削减会按照计划实行。有的只是前定和谐式①的数字。不过，如果田宫社长说这个数字可行，我倒还相信一些。"

古里像往常一样，一再说出偏向田宫的言论。

"总之，你们的诉求是这样的，对吧？"贝濑在一旁默默听着，此时突然睁开双眼，"为了隐瞒赤字，贵公司五年来一直在伪造账目。但是田宫社长决定努力改善业绩，促使业绩在未来三年达成黑字。因此，你们希望银行手下留情，不要中断与贵公司的业务往来。是这个意思吧？"

"希望支行长助我们一臂之力。"

近藤向贝濑鞠了一躬，后者却表现出躲闪的态度。

"这件事也不是我能决定的。总之，我会先向总行汇报。负责此事的是融资部，他们怎么处理我就不知道了。但愿会手下留情吧。"

与京桥支行行长的谈话在一种无法释然的气氛中结束了。

---

① 原本是德国近代哲学家莱布尼茨提出的哲学概念，后被引申为"任何人都按照预定的过程前进发展，所有行动的结果也与预期无异"。

那天下班后，野田瞥见近藤的身影闪过楼梯口，他立刻从座位上站起，向窗外张望。不一会儿，手臂上搭着上衣外套的近藤就出现在了一楼入口处。野田一直等到近藤的身影消失在视野中，才回到办公桌，启动了会计核算的电脑系统。

目标画面出现在电脑显示屏上，他按下打印键。打印机随即印出他需要的资料。

随后，他打开办公桌最上层的抽屉，拿出了一把崭新的钥匙。

制作这把钥匙费了不少功夫。因为近藤现在亲自保管包括备用钥匙在内的所有办公桌钥匙。真不愧是银行职员，警惕性比一般人强太多。但是，近藤的行动也并非全无破绽。白天的时候，那些钥匙一直就放在办公桌正数第一个抽屉里。

上午，近藤和田宫一起去银行的时候，野田趁机打开近藤的抽屉，完成了制作备用钥匙这道工序。

"真是的，害我吃了不少苦头，混账银行职员！"

野田骂骂咧咧地打开近藤的办公桌，从最下层的抽屉里拽出暗账。以前这些账簿都由野田保管，事情败露之后统统被近藤没收，锁在了自己的抽屉里。

野田要做的事情很简单，抽出那页要命的资料，换上打印好的新资料。前期准备虽然花了不少时间，替换那页纸却在一瞬间完成了。

他把账簿放回原来的地方，把抽出的资料放进办公层角落的碎纸机里。

听着纸张被粉碎的声音，野田满足地叹了一口气。随后，他回到自己的办公桌，拿起电话。

"社长，已经搞定了。"

"辛苦你了。"

短短的一段对话，却让野田的心中涌起无法抑制的成就感。到头来，拯救这家公司的不是近藤，而是社长和自己。

野田关好电脑，简单地收拾了一下办公桌，离开了公司。此时，距离近藤离开办公室只过去了十五分钟。

"别得意得太早。"

喃喃自语的野田很快被包裹在六月湿重的空气里。他松了松领带，快步走下通往地铁站的台阶。

7

"田宫电机的事，京桥支行已经上报给了融资部。"渡真利说道。

"性质相当恶劣，跟诈骗没什么两样。要我说，干脆让他们把迄今为止所有的贷款都还回来算了。"

周末的白天，半泽三人聚在了一起。地方定在渡真利常去的新宿的荞麦面馆。虽说是荞麦面馆，实际上和小酒馆无异，常常有人点了天妇罗和板山葵①做下酒菜，从白天就开始在店里喝酒。

"对不住，给你添麻烦了，你估计这事会怎么处理？"近藤小心翼翼地问。

"许多人认为应该看在接收外调人员的分儿上从轻发落。我也是这么想的，如果不是因为你被调到那里，那种不像话的公司

---

① 日本菜肴的一种，把带板鱼糕切成小块盛在碟子里并加上芥末泥。

还搭理它做什么。另一方面，也有人主张严肃处理。最糟糕的是，京桥支行行长给出了否定性意见，说并不反对中断业务往来。"

"真的吗？"

半泽想起贝濑那副社会精英式的冷漠表情，不由得停下筷子，"那个浑蛋……"

"他就是那种人。你和时枝去拜访他的时候，他不也是那么招人讨厌吗。"

渡真利说："因为直接跟田宫电机接触的支行表现出这种态度，所以有人主张中断所有业务往来。就这么来回争论了好久，最后的结果，基本的业务关系算是保住了。"

近藤松了口气。

"有什么隐情吗？"半泽注意到渡真利微妙的措辞，不禁问道。

"上面好像有人发话了，说要宽大处理。"

"上面？"

半泽把目光转向近藤，"你托了关系吗？"

"不是我。"近藤摇了摇头，"我可没有那种门路。"

"这就是所谓的政治性灰色决策吧。虽然内情不得而知，但田宫电机的事总算告一段落。只是，申请的三千万日元贷款恐怕没那么容易批准，一切又被打回原点。不过，这些都不是最要紧的，最大的问题是伊势岛。"

渡真利用犀利的眼神看着半泽，"吃了京桥支行这么大的亏，你居然咽得下这口气，就这么灰头土脸地回来了，半泽？"

"当场跟他们吵起来也解决不了任何问题。"半泽说。

"那你打算怎么办？"渡真利的语气变得粗暴起来，"古里那个浑蛋，不仅无视前会计课长的建议，还故意隐瞒亏损。这件事要是真的，他切腹都不足以谢罪。我们不如把他抓起来严加拷问，逼他招供。"

"那种人没那么容易招供的。他脑子里满是陈腐的派别意识，自尊心又强，肯定打算装蒜到底。对那家伙，我们没有证据。"

"真气人，明明知道真相，却什么都做不了。难道时枝要一直蒙受不白之冤吗？"

"我不会让这种事发生的。"半泽端起杯子，呷了一口荞麦烧酒，"没有证据我就去找证据，直到找出为止。"

"你有什么想法吗？"

"我不认为这事是古里一个人干的。那家伙虽然嘴上强硬，说到底不过是个小角色。隐瞒亏损这件事里，应该藏着不为人知的内情。我一定会调查清楚。"

"啊，你打算动真格啦。"渡真利的语气充满期待。

"揪出违规的人也是负责人的使命，这跟有没有金融厅审查没有关系。"

"说得没错，半泽。"渡真利坚定地附和，"你好好地调查吧，直到查出真相。反正一直沉默，火星也会溅到脸上，想把它们掸开，只能趁现在。"

8

位于西新宿①的这家餐厅里，或许因为时间尚早，只坐着零星几位顾客。

中间摆着一张餐桌的四人座席与邻桌隔断开，形成了一个简易的包厢。餐桌上方悬挂着一个明晃晃的灯泡，灯泡上罩着老式灯罩，颇有古典氛围。

包厢中坐着一个男人，男人的面前摆着一个装满啤酒的玻璃杯。他的头发很短，其中混杂着少许白发，锐利的眼神中，包含着一种不允许妥协的固执。

"您的朋友到了。"

服务员走过来同男人说。随后，包厢里出现了一道人影，男

---

① 日本东京新宿区内的一个地域名及町名。

人却还是纹丝不动地坐着。

"啊呀啊呀，真是好久不见，户越先生。不好意思，我来晚了。"

古里故作亲昵地说着，大模大样地坐在了男人的对面。他吩咐服务员："啊，给我也来一杯啤酒。"

服务员退下后，古里说道："我现在可忙了，忙着为金融厅审查做准备。这个时候把我叫出来，我会很为难的。"语气像是在责备户越。

"对不住。"户越说道，"这次的审查，伊势岛饭店似乎变成了众矢之的，不是吗？"

古里停住了用热毛巾擦脸的手。他慢慢悠悠地把毛巾叠好，放回餐桌。整个过程中，脸上透着一种若有若无的狡黠。

"您知道得可真清楚。是这么回事，托您的福。"

"什么叫托我的福？"

户越猛然表现出不快，古里却丝毫不为所动。

"这有什么关系，反正户越先生也已经被人从主屋'切割'出去了。"

户越的眼神变得锋利起来。古里丝毫不介意，他略略举起端上来的啤酒，喊了一声"干杯"，伴随着喉头有规律的抖动，喝下了杯中三分之一的啤酒。他抬起手背，擦了擦嘴角的泡沫，再次看向户越的眼神多了几分嘲讽。

"怎么样，新地方待着舒服吧。比起伊势岛饭店那种弱肉强食的地方，是不是要轻松许多？"

"你这话是认真的吗？"

户越呵斥道，随即喝下一大口啤酒。

"至少，我不认为你想在羽根专务或者原田部长的手下工作。"

"那些家伙没救了。"

户越说："即使把烦人的部下调走，公司也不会因此变好。"

"可多亏了他们，伊势岛饭店才获得了贷款啊。"

"为了借钱就可以不择手段吗？"户越的声音变大了。

古里连忙劝道："别激动，别激动。"

"话虽这么说，可弃车保帅也是人之常情嘛。说到底，还是因为汤浅社长的经营战略有问题，才导致了现在的局面。"

"你就是什么都不知道才会这么说。"

"是吗，到底是谁不知道啊？"古里脸上浮现出嘲讽的笑容，"多管闲事的人一般都没有好下场。"

"你是在讽刺我吗？"

面对勃然变色的户越，古里故作惊讶地说道："怎么会呢，我说的是白水银行啊，这不是显而易见的吗？"

"伊势岛投资亏损的事，我也告诉过你。"

户越锐利的眼神射向古里，后者收起了一直挂在脸上的笑容。

古里没有回应。

"你为什么置之不理？隐瞒不报到底是谁的主意，是你的，还是银行的？"

"有什么区别吗？"终于开口的古里像闹别扭一样说道。

"你向上司汇报过吧？"

"那是当然。"

"向谁？"

"那个……当然是支行的领导。"

古里的回答闪烁其词。

"贝濑支行长知道吗？"

"我向他汇报过。"

"那么，他为什么没有出手阻止？"

"什么为什么……"

古里好像彻底厌倦了似的，抬头看着头顶的灯泡。

"在别人忙得四脚朝天的时候把人叫出来，还以为要说什么大不了的事，原来又是这些。事情都过去那么久了，现在翻出来又有什么意义呢？户越先生。"

"听说后来，伊势岛饭店的管理权从京桥支行移交到了总部？就是你常挂在嘴边的旧S。听说那个时候，你们也没有公开亏损的消息。"

"这跟户越先生没什么关系吧。"古里故作平静地说道。

"明明知道出现了亏损，却隐瞒不报，身为银行职员，这么做不是违背职业道德吗？"

"有什么关系。最后大家不都如愿以偿了嘛。伊势岛饭店也幸运地获得了贷款，如果管理权还在京桥支行的话，肯定没戏——"

古里忽然闭上了嘴巴。

原本以为空无一人的邻桌，居然传来了有人故意咳嗽的声音。

"最近银行职员里，出了不少蠢货啊。"隔壁桌的人突然大声说话。

听到声音的古里，脸上渐渐失去血色。

"连隔壁坐着什么人都没弄清楚，就敢口无遮拦地大声讨论内部信息，真怀疑他脑子里装了什么。"

古里瘦削的脸庞扭曲了。

"明明知道亏损却不汇报，岂不是有违职业道德吗，古里君！"

一个男人用揶揄的口吻说道，随后"哈哈哈"地笑了起来。

"实在对不起。"另一个声音附和道，"因为，我原本就是个脑袋空空的大草包啊！就算户越先生告诉过我伊势岛饭店隐瞒亏损的事，我也不会往外说一个字！我就是个无可救药的蠢货！"

隔壁哄堂大笑起来。古里的脸颊开始抽搐。

户越冷眼看着古里。此时，隔壁传来了脚步声。

嵌在墙上的玻璃窗出现了两张脸，正窥视着户越和古里的包厢。

"啊！"

古里惊掉了下巴。

他的表情，仿佛一个摔在水泥地板上的玻璃杯，支离破碎，四分五裂。他的瞳孔因为狼狈和恐惧，就这么冻在眼眶里。

隔壁桌的两个人，步履悠闲地走进了户越和古里的包厢。

"大姐，这里上两杯啤酒。"近藤喊道。

远处的服务员应了一声"好"，尾音拖得老长。

古里开始哆哆嗦嗦地发抖。

半泽冷静地看着他。

"别跟我开玩笑了，古里经理。"半泽说。

"不是，刚才那些话——"

"事到如今，你就别再狡辩了，真的很丢人。"

近藤狠狠地补了一刀。他不知什么时候坐在了古里旁边的座位。此时，啤酒也端了上来。近藤举起酒杯，喊道："干杯。"

回应他的只有半泽和户越。

"接下来，跟我们说说吧。"

半泽开始切入正题。

"说，说什么啊？"

古里还在努力地虚张声势。

"亏损的事，为什么不向上面报告？"

"我怎么知道，反正我报告了。"

"前几天，你不是还说自己不知道这件事吗？"

被半泽质问的古里支支吾吾，说不出个所以然。

"所以，那是在骗我们喽？"

古里没有回应。

"到底怎么回事？"

尚未喧闹起来的餐厅里，响起了半泽刻意压低的声音。

"非常抱歉。"古里的肩膀无力地垮下，他终于坦白，"我也是没办法。你要是在我的位置，你也不会承认的。"

"放任伊势岛饭店隐瞒亏损，是谁的命令？"半泽问道。他的声音不大，却暗含巨大的愤怒。

"是，是支行长。"

"贝濑吗？"

古里眉头紧锁。

"我想，或许是伊势岛饭店暗中拜托了支行长。"

"胡说！"旁边的近藤开口，"你们不就是想让法人部抽到乌龟①吗？"

"不是我。"古里争辩。

"我把户越先生告诉我的事，原原本本汇报给了上级。这是真的。"

"是贝濑自己的决定吗？"半泽问。

古里思考许久，回答："我不知道。"

"贝濑曾经向伊势岛饭店询问过投资亏损的事吗？"

半泽向一旁观战的户越问道。

"至少，我没有听说过。不过，即使上层有过类似的沟通，消息也不会传到我这里。"

"你，你们想怎么样？"古里问。

表面的威势已经不复存在，他一边瞪着半泽，一边低声下气地哀求："求你们了，这件事能不能到此为止？我也有我的立场。"

"你的立场和我有什么关系。"

半泽的话让古里的表情变得绝望，"你不就想把责任推到贝濑身上吗？说到底，你才是知情不报的罪魁祸首吧。"

"不，不是这样的！"

---

① 一种纸牌游戏，开局前抽走一张牌作为乌龟牌。抽到乌龟牌的人无法结成对子，手牌无法打完，最终输掉游戏。

古里慌慌张张地否认，眼里有一种近乎拼命的情绪。

"那么，把证据给我们看看。"半泽说道。

"证据？"

"你向上司汇报过的证据，你该不会是口头汇报的吧？"

"那，那个……"

古里吞吞吐吐起来。

"你写的报告在哪里？"

法人部时枝拿到的交接资料里，当然没有这份报告。

"应该混在这次金融厅审查的疏散资料里了。"

"疏散资料在哪里？"

古里的眉头紧锁。

"在贝濑支行长家里。"

近藤无奈望天。

"去拿过来！"半泽冷淡地说道。

"不行啊，这是办不到的！"古里愕然地抬起头。

"少说废话，让你拿你就去拿。"半泽盯着这位意志力薄弱的课长代理，"你总能找到借口混进去吧。"

古里的鼻子皱在了一起，他眉头深锁，牙齿紧咬着嘴唇。

"如果做不到的话，我只有报告上级，说是你隐瞒了重要的情报。那个时候，贝濑还会包庇你吗？恐怕他会直接毁了那份报告吧？你必须在那之前把报告取回来。如果还想在银行生存，这就是你唯一的出路。"

"我把报告取回来以后，你们会保护我吗？"

半泽冷冷地看了古里一眼。

"谁会保护你这种人啊。取回报告，顶多让你受的处分轻一点。"

"要是，取不回来呢？"

"那我一定会把你从银行赶出去，以惩戒性解雇 ① 的形式，那样你就别想拿到退职金 ② 了。"

古里害怕地瞪大了眼睛。

"知，知道了。"古里小声答应着，肩膀无力地垮下。面对这位万年课长代理，半泽又发话了。

"还有，田宫电机流动资金贷款的申请，听说你迟迟不肯动笔，又是因为什么？"

古里的眼中混杂着困惑和焦虑，他小心翼翼地瞥了近藤一眼。

"不是我不肯动笔，只是必要的资料还没准备齐全——"

"快写。"半泽干脆地打断古里。

"回去以后马上写，明天早上提交给融资部。你这种人根本没有资格做授信判断。如果以后，你继续找借口拖延，我一定会狠狠地教训你。"古里惊讶地抬起头。

他的脸上满是惊恐，眼睛瞪得大大的，甚至忘记了眨眼。

"明，明白了……"

---

① 日本劳动法的规定，指为维护企业秩序，用人单位对扰乱企业秩序的员工基于就业规则实施的制裁措施。

② 企业对连续工作达一定年数的职工于退职之际发放的金钱。根据其退职时的地位、工资、工龄等计算出数目。

＊　＊　＊

“真受不了你。”目送古里垂头丧气地走远之后，户越说，“不过，我喜欢。”

“多谢夸奖。”半泽说，“但是，仅仅弄清楚伊势岛饭店过去发生了什么是不足以应付审查的。这是两回事。”

“问题在于，如何填补亏损。”

户越说完，静静地注视着墙上的一点，“但是，半泽次长，就算我说出来，你觉得羽根和原田会听我的吗？”

“你想到填补损失资产的方法了吗？”

听到半泽的问题，户越思考片刻，终于开口。

“如果指的是主营业务之外，变卖以后足以填补亏损的剩余资产，伊势岛饭店也并不是没有。”

“是连羽根他们都不知道的资产吗？”半泽突然问道。

“不，他们倒是知道，大概心存顾虑吧。”

“顾虑？”

“因为那笔资产和上代经营者有关，是伊势岛饭店神圣不可侵犯的圣域。问题在于，汤浅社长能不能打破这条禁忌。”

户越像是自己问自己一样小声嘟囔。紧接着，他的眼神变得严肃起来，陷入了沉思。

9

那天，半泽等人在羽根和原田不知情的情况下拜访了伊势岛饭店。

"你是……"

汤浅瞥见了随行的户越，向半泽投去问询的目光。

汤浅的表情有些僵硬，毕竟在他的印象中，户越应该是为投资失败承担责任的人。

"我不知道羽根专务对您说了什么，但是我们需要户越先生。讨论如何重建伊势岛饭店，户越先生的意见必不可少。"

"有没有关联公司的清单？"

听到户越的话，半泽立刻把准备好的一览表拿出。表上记录了公司名称和资产内容概要。

户越一言不发地查阅着一览表，他的表情十分专注。衣服因为吸了汗水有些发皱，他从外套的内口袋中拿出一支圆珠笔，每核对完一家公司就在表上做一个记号。清单上的公司接近一百五十家。对长年管理这些公司的户越而言，各家公司的业绩和资产内容早已像电脑数据一样储存在他的大脑中。

户越的手在名单上的一家公司停住了。

汤浅实业株式会社——汤浅家的资产管理公司。户越的脸慢慢抬了起来。

"这家公司应该有画。而且，还有土地。"

"画和土地？"

半泽把视线转向汤浅，后者的表情突然变得不悦。

"这是怎么回事？"

"会长的兴趣是绘画。于是用公司的钱，从世界各地买来许多名画。"汤浅的表情显得极其不愉快，"绘画对会长有很重要的意义。把它们卖掉，我于心不忍。因为那会打碎会长最后的梦想。"

"最后的梦想？"

"是美术馆。"汤浅说。

"修建伊势岛美术馆是会长的梦想。建美术馆的场地也已经准备好了。就像你知道的那样——"

户越的表情没有丝毫变化。

"这家公司是伊势岛饭店百分之百出资的子公司。高更、马奈、莫奈、雷诺阿——印象派的名画都被收藏在那里。卖掉那些画，再清算掉公司资产，就能获得一笔额外收益。填补百亿日元左右的亏损是绰绰有余的。"

"别把问题说得这么简单。"

本以为汤浅会表现出不快的样子，出人意料地，他的脸上浮现出惊讶的笑容。

"这是个机会，社长。"

户越说道："业绩是不可能一帆风顺的。但是，也有一些事情只能趁业绩恶化的时候才好下手。我们为什么不利用这个机会，斩断伊势岛饭店的旧习，让大家看看汤浅社长真正的手段呢？"

汤浅抱着胳膊，沉默不语。

"不知不觉中，或许我的潜意识也开始回避这一点了。"他喃喃自语，"现在，我总算意识到了。半泽次长——我来说服父亲，然后办理好卖画的手续。这样可以吗？"

"这么多画，卖得掉吗？"半泽问。

"卖得掉。"汤浅的语气十分肯定，"国内外的美术馆还有私人收藏家，想买这些画的人多不胜数。年内卖掉这些画，一点问题都没有。"

半泽他们曾苦苦寻找应对金融厅审查的方法，不知不觉走进了死胡同。如今这条死胡同里，终于照进来一束亮光。

10

　　三鹰站附近的一幢豪宅，古里诚惶诚恐地站在玄关入口处。

　　接待他的是贝濑的妻子。贝濑本人外出应酬客户，并不在家。

　　虽然因为半泽的胁迫，不得已才来到贝濑家。但编造借口混入上司家中寻找资料这件事，还是让古里冷汗直流。

　　"疏散资料中似乎混入了需要使用的资料。十分抱歉，能不能让我去您家把资料取回来？"

　　听完古里的话，贝濑的眼中出现了近乎鄙视的情绪。似乎下一秒，他就要痛骂古里是蠢货。贝濑这个人，对待犯错的下属总是不讲情面。如果那些错误可能影响到他的仕途，他就更不会手下留情。然而，此时的贝濑只是黑着一张脸，给家里去了通电话，同意了古里的请求。

　　"辛苦你了，请进吧。"

或许因为长年在国外生活，贝濑家中摆满了西式家具。和古里位于千叶的普通公寓相比，可以说一个天上一个地下。虽然古里早就听说贝濑出身名门，但怎么也想不到贝濑家竟然是如此豪华。即便在高级住宅区中，这幢豪宅也十分引人注目。更加令人恼火的是，贝濑的妻子还是一位美女。

　　这位妻子将古里带到一楼最靠里的西式房间。房间似乎是贝濑的书房，地板上近十个硬纸箱堆成了一座小山。豪华的房间里堆满脏兮兮的硬纸箱，这画面多少有些古怪。但箱子里装的毕竟是机密文件，总不能草率地丢在车库。

　　"打扰了。"

　　古里说完这句话，打开了离他最近的箱子。

　　这些箱子里，必然有一个装着他要找的报告，可他不知道究竟是哪一个。时间转眼过去了三十分钟。房间里明明开着冷气，古里的额头却开始冒出豆大的汗珠。

　　中途，古里喝了贝濑妻子端来的冰镇麦茶。稍作休息后，又开始寻找。

　　大约一个小时后，古里打开了将近一半的箱子。此时，他发现了一本文件夹，上面写着"伊势岛饭店"几个字。主要的文件已经移交给营业二部，因此，这本文件夹里只剩下没被移交的资料。

　　"该死。究竟放到哪里去了？"

　　时间已经超过晚上九点。不算晚，但如果贝濑回来的话，事情会变得很麻烦。古里想到这里，不由得焦躁起来。

　　古里一张一张地查找。又过了大约三十分钟，他终于看到了那份盖着自己印章的报告。

"找到了……"

古里当场瘫坐在地板上。整个房间，只能听见空调吹出冷风时安静的嗡嗡声。不同的出身，导致两个人的生活天差地别。贝濑的书房恰到好处地诠释了这种差异。古里身处其中，感到非常愤怒。古里出生在普通的工薪家庭，家中有三个孩子，他是第二个男孩。他无法从父母手中继承家产，还了三十年贷款终于到手的公寓，也因为泡沫经济崩盘①贬值了一半。此时，古里的心中产生了一股强烈的自怜，仿佛自己的人生全都变成了贝濑之流的垫脚石。

"浑蛋！"

古里小声骂着脏话，然后，把刚刚找到的资料放进公文包，把硬纸箱堆放到原来的地方。

事情终于办完了。他向贝濑的妻子道谢后，迅速地离开了幽静的住宅区。天上没有星星，有的只是一大片梅雨季节特有的阴沉沉的天空。古里忍受着饥饿和疲劳走到车站。一辆中央线快速电车正好开了过来，他迅速地跳上车。车里冷气开得很足，他坐在空无一人的车上，用后脑勺抵住玻璃车窗，长长地舒了口气。

总之，半泽交代的事已经办完了。把这份报告交给半泽，接下来能做的只有一件事，那就是祈祷飞溅的火星不要波及自己。

---

① 指 20 世纪 90 年代初泡沫经济破裂，日本经济出现大倒退，此后进入平成大萧条时期。

但是，这份资料一旦公之于众，将会引起多么巨大的骚乱呢？

古里尝试想象，却不得不在叹息声中停止了思考。那幅景象，光是想想都让人不寒而栗。他曾听别人婉转地提起，说半泽这个人不是寻常之辈。现在，他自己倒是切身地体会到了这一点。

但是，论起银行界内的地位和人脉，贝濑也不见得会输给半泽。

不管怎样，面对这场即将展开的攻防战，古里能做的，也只是屏住呼吸静静观望而已。

11

《关于伊势岛饭店产生投资亏损一事的报告》
京桥支行　融资一部　古里则夫

　　本日下午，该公司会计课长户越先生造访我行，主要汇报了会计部管理的有价证券投资专项资金产生亏损的相关情况。

　　该笔专项资金，在该公司羽根专务、原田部长等的指示下，专门用于特定股票的购买，投资规模达到五百亿日元。由于投资股票的下跌，该公司因保证金交易已产生超过一百亿日元的投资亏损。照此情况发展，损失极有可能扩大到一百几十亿日元规模。

　　该笔投资资金虽获得过汤浅社长批准，但规模已远超初始计划。现由羽根专务出任部门财务部管理。虽采取变更股票品种等补救措施，但证券公司已向该公司提出追加保证金要求。考虑到股票市场行情，年度内几乎不可能挽回投资亏损。

　　财务部主张继续投资以挽回亏损。但户越课长认为，继续投资会增加亏损风险，依照现有体制，挽回亏损的可能性接近于零。

　　因年度亏损增加，该公司年度业绩预测已由黑字下跌至赤字。如果预测成真，该公司业绩连续两年赤字，授信管理方面将面临严峻形势。为避免损失进一步扩大，户越课长向我行提出请求，希望我行对该公司投资方针提出指导性意见。

　　该公司今后预计产生数百亿日元规模的流动资金贷款需求，但在业绩预测赤字的情况下，我行难以提供资金支援。这将对该公司资金运转造成一定困难。

　　请尽快研究本案应对措施。

特此报告

12

古里的这份简易报告上，贝濑手写的批示和阅览印赫然在案。批示的内容是"不日给出应对措施"，日期是去年十二月。

那时，古里也一定想不到，最后给出的应对措施会是隐瞒不报吧。

"这不是挺有趣的嘛。如此一来，京桥支行也有把柄在你手上了。"

营业二部的小型会议室里，渡真利开玩笑一般地说道。就在刚才，他们收到了京桥支行的古里用行内快递寄来的报告。那之后的第二天，田宫电机的贷款申请也提交到了融资部，因为渡真利的事先疏通，申请当场获得批准。

半泽又逐字逐句地检查了一遍报告的内容。他思考了一会儿，小声嘟囔："还是搞不明白啊。那个贝濑，确实是个讨人嫌的家伙。但是他一个人，应该没胆量隐瞒这么大的事吧？"

"也就是说，这并非贝濑个人的判断。那么问题来了，到底还有谁牵涉其中呢？得把这些人揪出来。你打算什么时候动手，半泽？该不会是金融厅审查正当中的时候吧？"渡真利问道。

"这份报告要是被黑崎看见了，业务整改令是逃不掉的。"半泽慎重地说，"那样的话，我们辛辛苦苦想出的应对金融厅审查的方法都会变成无用功。现在绝对不能公开。"

"真让人头疼。"渡真利咂了咂舌，"可是，半泽，这份报告也不能塞进伊势岛饭店的信用档案里吧，那样一定会被审查官发现的。"

"把它当作疏散资料处理吧。"

半泽做了决定。渡真利点点头，他的眼神似乎在说这是唯一的办法。

"京桥支行的账以后再算。但是在那之前，我们有必要送贝濑一份大礼。"

"越来越像从前的你了。"渡真利低声笑道，"管他什么旧 T，什么老牌支行，居然做出这么不像话的事。一定要狠狠地收拾他们，半泽。"

"那是当然。"半泽说。

他大体上相信人性本善。**但人若犯我，我必加倍奉还。**这是半泽直树的处世原则。

突然，渡真利的表情变得严肃起来。

"但是半泽，疏散地点一定要找个隐蔽的地方，要是被黑崎发现了的话，你这职业生涯就彻底断送了。那帮家伙不是傻瓜，肯定知道我们银行也有疏散资料。这么做无异于一把双刃剑。不过，你心里肯定比我清楚，我这么说不过是班门弄斧罢了。"

渡真利用力拍了一下半泽的肩膀，然后走出会议室。

13

　　前一天的应酬，贝濑喝得有点多。他忍着轻微的头疼和胃部的灼烧感，像往常一样，在八点三十分到达银行。

　　他把上衣挂在椅子的靠背上。刚在支行长专用办公椅上坐下，就发现桌垫上夹着一张便笺纸。

　　打电话的人是营业二部的半泽次长。时间是十分钟以前，也就是八点二十分。事件一栏是空白，不知道对方打电话的目的是什么，便签纸上只写了一句"请求回电"。

　　"喂，融资课长。"贝濑冲正前方的办公桌喊道，"半泽，说什么了？"

　　"那个，他没说为什么找您。"

　　"是吗？"

　　贝濑毫不犹豫地把便笺纸捏成一团，扔进垃圾桶。

不说自己为什么打电话，反而要求别人回电，不懂礼貌也该有个限度，简直不把我放在眼里。

贝濑一边这样想，一边和往常一样，拿起待处理盒中融资部职员的业务日志读了起来。这个时候，桌上的电话响了。

"刚才，我应该拜托了你们的融资课长，让他跟您说请您回电。"

电话的另一端，传来半泽冷静的声音。

"啊，是有这么回事。但是上面毕竟没有写打电话的原因嘛。如果是急事的话，你就应该说一声。支行和总部不一样，我们可是很忙的。"贝濑挖苦道。

"真是失礼了。不过，这件事是不能跟接电话的融资课长说的。"

"你能不能别拐弯抹角的，反正又是伊势岛的事吧。"

"您真聪明。"

半泽揶揄的态度，把自视甚高的贝濑激得怒火中烧。

"我说，半泽次长，有句话必须说在前头，伊势岛饭店的前任管理部门不是我们，是法人部。况且你们已经缠着古里问了不少问题了——"

古里把这些事写进了业务日志。"你们又不是小孩子，请不要什么事都来问我们行不行？真怀疑你们的应对能力。"

"应对能力吗？"

这次，电话另一边响起了笑声。

"有什么好笑的，你太没礼貌了。"勃然大怒的贝濑吸引了整个办公层惊讶的目光，"有话快说！"

"我想跟您确认某份报告。"

"报告？"

"没错，标题是《关于伊势岛饭店产生投资亏损一事的报告》。"

听到标题的那一刻，贝濑感受到一种胃部被人狠狠揪住的紧张感。

"那个时候，伊势岛的课长向你们报告了投资亏损的消息，贝濑支行长，上面还有你的阅览印和手写的批示。你不是不知道亏损的事吗？"

贝濑彻底沉默了。

该怎样搪塞过去呢？宿醉后的大脑里，肾上腺素飞速地流淌着，却凝结不出一句辩解的话语。此时此刻，只有一句话出现在脑海中。

"我听不懂你说的话，你不要血口喷人。"

"那么，接下来我会传送一份文件，你看了大概就能想起来。想起来之后记得给我打电话。"说完光泽就挂断了。

贝濑紧握着发出忙音的听筒，呆愣了片刻。他的耳边响起了心跳的声音，心脏像刚刚经历了百米冲刺一样疯狂地跳动着。

"您怎么了，支行长？您的脸色看起来不太好。半泽次长到底……"

听到对话的融资课长担心地问道。

"没什么。"

此时，放在楼层角落的传真机响起了提示音。贝濑急忙跑了过去。看到传真机吐出的文件时，他感到脑子里的血液一下子被抽空了。

这确实是那份文件——那份绝不可能被外人看见，已经被封印起来的文件。

这份文件，为什么偏偏落在了半泽手里？！

"古，古里君——"

贝濑用沙哑的声音喊出下属的名字，率先走进支行长办公室。

"这，这份文件——你，保管在哪里？现在在什么地方？"

走进房间的古里，脸上失去了血色。他没有回答贝濑的问题。

"你该不会交给半泽了吧！"

贝濑的声音近乎惨叫。

"对不起，支行长。"此时，古里的脑袋无力地耷拉下来，"我实在没有办法。"

"大蠢货！"

贝濑发出一声非人的怒吼。与此同时，他也明白——

一切都太迟了。

第四章　金融厅的讨厌鬼

1

七月第一个礼拜的一天，金融厅审查官黑崎骏一用嘲弄的目光打量着聚在一起的银行职员。他浑身上下都在表现令人作呕的精英派头。看得出来，他的教养很好。同时，也看得出来，他内心的某个地方已经严重扭曲。

"今天起，金融厅审查正式开始。"黑崎一本正经地说道，眼神里却藏着幸灾乐祸。

此时此刻，他正用这种眼神观察着在座的每一个人。

这个男人给人的感觉相当古怪。最开始，大家以为他是仗势欺人的傲慢官员。和国税局那帮监察官一样，活像一只穿深色西装的道伯曼犬①。

---

① 犬的一种，肩高约 65 厘米。毛短而有光泽，呈黑、褐或青灰色等。该犬种是极为出色的警犬和猎犬，原产于德国。

然而，黑崎和那帮家伙完全不同。

他穿着颜色鲜艳的西装站在银行职员面前的样子，既像某种大型装饰品，又像不谙世事的小少爷一夜之间变成了大人，却还顶着一张稚气未脱的童颜。

并且，他下达了一条极其特别的命令："召集所有授信管理部门的负责人。"

会议时间定在上午九点半。有大约两个人迟到。黑崎当着所有人的面把迟到的人痛骂了一顿，然而——

"你们到底在想些什么？没听见人家说九点半集合吗？"

黑崎用的是女性用语。

训斥的对象是半泽认识的融资部次长。面对这突如其来的"口头攻击"，融资部次长只能目瞪口呆地定在原地。

"对不起。实际上，出门的时候遇到点麻烦——"

"人家不想听！"

黑崎驳回了次长的申辩。黑崎是个三十岁左右的毛头小子，虽然任职于管理银行系统的政府部门，但按照银行里的资历，他不过是比调查员级别高一些的新手审查官。而他居然敢训斥东京中央银行内部公认优秀的次长，这让事情的走向从一开始就变得非常怪异。

这出人意料的一幕让围在会议桌前的人们感到吃惊，他们纷纷看向业务统括部的木村直高部长代理。半泽还是西大阪支行的融资课长时，曾经狠狠地斥责过这个男人。业务统括部，是行内应对金融厅审查的中枢部门，木村则担任部门里的核心职务。

然而，木村充分发挥了他欺软怕硬的本性。他非但没有居中调停，反而脱口说道："喂，好好向黑崎审查官道歉！"让众人大失所望。

"非常抱歉。"

黑崎对次长的道歉嗤之以鼻。

"有能耐道歉，不如别迟到！东京中央银行就是这么管理员工的？"

这个男人十分擅长引起别人的不快。

"真的，对不起，黑崎审查官。"

木村一边用手帕不停地擦着额头的汗珠，一边开始对黑崎点头哈腰。

对银行而言，作为主管部门的金融厅是最需要花心思的对象，这一点是毋庸置疑的。但不管怎么说，木村的态度都过于低三下四了。

坐在会议桌角落默默关注着一切的半泽，和正好坐在对面的渡真利交换了眼神。

从各种意义上来说，黑崎骏一的出场都给人留下了前所未有的深刻印象。

金融厅的讨厌鬼，银行界集体厌恶的对象，终于以及其迅猛的方式攻入了东京中央银行。

黑崎一大早把所有次长级别的干部聚在一起，目的之一当然是为了表演这出大戏，好树立自己的威信。但半泽认为，除此之外，或许还有其他目的。

半泽已经收到消息，在今天早上，金融厅的现场检查小组已经进驻东京都内三家，札幌、仙台、名古屋、大阪、高松、福冈各一家，共计九家支行。

现场检查小组会去哪一家支行，不到检查的当天根本不可能知道。总行对于被检查的支行给出的指令是，在业务统括部的检查应对小组到达之前，切勿轻举妄动。因为总行确立的体制，是将应对检查的工作从支行切割出去的分工体制。现在，这个体制因为这场临时召集的会议，陷入了机能不全的困境。

自木村以下，业务统括部的次长们全体脸色苍白。原因在于，他们本该马不停蹄地赶往支行现场，却意外地被困在了这间会议室。

此时此刻，金融厅的审查官们正踏进支行的大门。支行长以下，四下忙碌的银行职员们即将变成案上的鱼肉，任人宰割。

审查官们会打开办公桌抽屉，调查电脑里储存的文档，清点营业窗口的资金余额，评估银行职员的态度。那些原本被告诫不要开口的年轻行员，也将在他们的诱导下不断说出满是破绽的言论。

黑崎如果是在预测到以上事态的基础上策划了这场大戏，那么他就不仅仅是一个爱发脾气的娘娘腔。

木村平日傲慢自大，此刻眼中却充满了焦虑。他的视线有片刻划过半泽的脸庞，然而他似乎连表现出不愉快的心情都没有了。

"以后别叫他黑崎了，干脆叫娘崎吧。"

黑崎这场一个小时左右的独角戏唱完之后，众人终于重获自由。目瞪口呆的渡真利第一时间发表了上述评价。"真是百闻不如一见啊。这次的审查好像会变得很有趣。"

＊　＊　＊

第二天下午，半泽作为伊势岛饭店的负责人，接到金融厅的传唤。

坐在会议桌对面的是三名审查官。首席审查官黑崎坐在最边缘的位置，他的身体靠在椅背上，懒散地跷着二郎腿。剩下的两个人，则用一种警察审讯嫌疑犯的表情迎接半泽和小野寺的到来。满脸紧张的木村跟在半泽的身后进来了。

因为金融厅传唤了伊势岛饭店的负责人，应对审查的业务统括部便派出了部长代理木村旁听。

这次的金融厅审查，势必分出黑白对错。只要看过黑崎的脸，确认过双方的表情，就会明白，私下达成和解的灰色解决措施根本不可能存在。

"你就是负责伊势岛饭店的次长？"黑崎看看业务统括部准备的名单，又看看半泽，说道，"伊势岛饭店的资产调查是这次审查最重要的一项，希望你有这个思想准备。"

他又补充："审查的结果，将很大程度影响贵行业绩。因此，我们决定慎重且彻底地审查这个案子。你没有意见吧？"

"接下来，请允许我介绍一下该公司的授信情况。"黑崎翻开厚厚的伊势岛饭店资料时，半泽开始了陈述，"过去的业绩正如附加资料显示的那样。目前，该公司处于业绩持续低迷的状态。

157

公司业绩最终在去年下跌至赤字，这是该公司二十年来的唯一的赤字。业绩不振的最大原因，当然是饭店住宿客人的减少。而造成这一情况的主要原因，则是主力消费人群的年轻化导致伊势岛品牌效应的弱化。"

半泽没有丝毫停顿，"针对这一点，伊势岛饭店正在进行新市场的开发。他们把目标客户从国内的高收入群体扩大到国外，特别是亚洲的观光客。从试算表可以看出，今年四月份以来，持续低迷的空房率得到了回升。从结果上看，主营业务已在上半年达成黑字，该公司也建立了足以使全年业绩达成黑字的事业基础。不幸的是，由于投资失败，账面产生一百二十亿日元的财务亏损，但该公司计划用变卖公司资产所得的额外收益填补此项亏损。因此，基本可以确定，该公司今年的最终业绩将实现扭亏为盈。今年之后的利润额预测也已添附在资料中。该公司具备足以归还我行贷款的资金储备，因此，我行将伊势岛饭店判定为正常债权。"

黑崎目不转睛地盯着数据。

"谁知道呢，因为上半年是黑字，所以全年一定是黑字，你不觉得这种预测过于天真了吗？"

面对黑崎突如其来的刁难，半泽反驳道："伊势岛饭店已经和上海××旅行公司签订了三年的复数年合约。虽然多少牺牲了利润率，但我们不该用'加法'，而应该用'乘法'的眼光看待这次战略合作。伊势岛的全年业绩，必然是黑字。"

"有句话得说在前头。"黑崎慢悠悠地坐直身子，"我认为，收益也好亏损也好，没有什么是意外发生的。黑字就是黑字，赤字就是赤字。出现非常损失①的公司，一定会一而再，再而三地亏损。如此一来，也就谈不上什么意外亏损。不论理由说得多么天花乱坠，都应该把这部分损失当作经常性亏损看待。关于这一点，你怎么看呢？"

"我认为应该具体问题具体分析。您的想法也有一定道理。"

半泽答道，他还没猜透黑崎的意图。

"那么，你凭什么断定和上海××旅行公司签订了合约的饭店能继续盈利？还有，如果我没看错的话，伊势岛饭店今后数年的收益中，都要拿出一部分用作 IT 投资。如此一来，你又拿什么担保往后会持续盈利？"

"国内目前没有和上海××旅行公司签订过合约的饭店，所以没有可供参考的实例。预计营业额虽然只是基于这几个月的数据做出的推测，但也是经过我们严格测算的。"

"就算如此，没有下跌的可能性了吗？"黑崎的疑虑并没有被消除，"况且，还可能发生意料之外的亏损或事故。也不能保证上海那家公司一定会按照合同支付货款。这家公司尝试过用股票投资来赚钱，可见原本就有些投机心理。从这次投资亏损的应急处理来看，公司内部的管理也不够完善。这种公司的事业计划，应该打个折扣来看。"

黑崎的指摘也不无道理。但是，无论什么样的事业计划，只要存心想挑毛病，怎样都能挑出毛病。

---

① 经济术语，指企业由于非常事故所引起的各项损失。

"如果用挑剔的眼光来看，世上所有公司的事业计划都是站不住脚的。"半泽说，"但是，这样的评价公平吗？"

"那么，你所谓公平的评价，就是盲目地相信这种不可能实现的事业计划？"

黑崎的视线里混入了一些尖锐。

"您说不可能实现的依据是什么？只是单方面批判的话，谁都可以做到。没有理由的批判，相当于中伤。"

"没有理由的批判吗？"黑崎用手指托住下巴，"那么，问你一个问题，IT系统的开发商是谁？"

意料之外的提问。

半泽旁边的小野寺开始翻查手头的资料。他翻到了记载相关信息的那页，把资料递给半泽。

"是一家叫纳鲁森的系统开发公司，总部在品川区五反田。"

"伊势岛饭店在这家公司投入的资金，已经超过了一百亿日元。相反，你们又是怎么管理这家公司的？你调查过纳鲁森吗？"

半泽不由得警惕起来，与黑崎的这场辩论，似乎正向意料之外的方向发展。

"如果是信用调查①的话，当然做了。也在给您的资料里了。"

紧接着，黑崎说出了让人震惊的话。

"纳鲁森，快要破产了。"

---

① 信用机构接受委托后，按照委托的事项与目的对相关组织和个人的信用信息进行征集、分类、分析的工作总和。

半泽被黑崎的话弄得发蒙，他花了好长时间才明白对方到底在说什么。

"什么意思？"半泽问。

"纳鲁森的营业总额四百亿日元，今年的经营性亏损 ① 预计八十亿日元。这些情况，你应该不了解吧？"

黑崎念出这些数字的一瞬间，半泽不由得抬起头。信用调查报告里只简单罗列了到去年为止的业绩情况。

此时此刻，黑崎宣之于口的事实，是半泽根本不曾预料到的。

"造成亏损的原因，在于无法回收大宗客户韦斯特建设的应收账款。伊势岛饭店在这三年内，向纳鲁森投入了总计一百亿日元的开发资金，这笔资金目前虽然算作资产，但纳鲁森实际上已经濒临破产。你明白这意味着什么吧？听好了，有传言说纳鲁森已经提交了破产申请，他们的顾问律师事务所也开始介入了。"

黑崎探出身子，用胜利者的目光看着半泽，"如果纳鲁森破产了，那么这笔开发资金将会如何呢，半泽次长？IT 基础系统的开发中途受阻，重振计划还能顺利实行吗？投资亏损，加上 IT 系统投资的失败，伊势岛应该找不出足以填补两笔巨额亏损的资产吧？"

"那家叫纳鲁森的公司，不考虑重建，而是直接申请破产？"小野寺面色苍白地问。

"没错。破产，不是重建。"幸灾乐祸的黑崎审查官如是说道。

---

① 经济术语，指企业由于生产或经营管理不善而造成的亏损。

半泽紧紧咬住嘴唇。

"那么，让我们重新梳理一遍这份经营计划吧。"

审查正在向着糟糕的方向发展。再这样下去，半泽等人将被对手逼出场外，提前宣告失败。"你说全年总业绩将扭亏为盈，盈利多少？五十亿日元？嗯，你们把纳鲁森的破产考虑进去了吗？别跟我说因为是非常损失所以不计入考虑。IT系统投资的亏损必然导致伊势岛饭店和竞争对手产生差距。与此同时，也不能保证与上海××旅行公司的合作能达到预期效果。到了现在这个地步，我只能用一句话评价你们的业绩重振剧本——'太天真'。不仅如此，你们判定伊势岛是正常债权的依据也已经不存在了。还有什么想说的吗，伊势岛饭店负责人！"

黑崎尖锐的声音充斥整个会议室。

"您的依据是什么？"半泽平静地问。他的眼睛，静静地注视着捂住嘴巴以免让自己笑出声的审查官。

"你什么意思？"

"所以，您能不能告诉我依据呢？"半泽问，"您断定纳鲁森濒临破产的理由是什么？谁能证明您刚刚披露的信息一定是正确的。"

"我说，半泽次长啊。"黑崎收敛了笑容，"提出问题的人是我，而你，没有提问的权利。绝口不提自己信息不足的事实，反而质疑金融厅情报的正确性，说出去简直让人惊掉下巴。你要是认为我说的是谎话，那就去调查好了。不过事到如今再怎么调查，也改变不了伊势岛饭店的命运。"

"就这么办吧。"半泽答道，"请让我们确认纳鲁森的业绩状况。调查完之后，我们会给出让您满意的答复的。这样岂不是皆大欢喜吗？"

"哼，本来以为要举白旗投降了，没想到居然还不死心。这样好吗？乖乖投降比较好吧。"

这句话，是说给战战兢兢观战的木村听的。

"放弃无谓的挣扎吧，反正伊势岛饭店迟早要被分类。我建议你们在余下的审查期里思考思考如何善后，毕竟聪明的人一般都会这么做。"

"啊，好的。那个……"

"感谢您的忠告。"半泽打断惊慌失措的木村，不卑不亢地答道，"但是对您，我也有一条忠告。身为金融厅的审查官，居然无凭无据地宣扬一家企业的负面信息，这样做合适吗？"

"希望你确认过纳鲁森的业绩后，还能这么说。"黑崎露出嘲讽的微笑，回敬道，"你也最好反省一下自己的态度。"

* * *

"喂，半泽。"

与金融厅的面谈结束之后，木村气势汹汹地叫住半泽，"你到底在干些什么？偏偏让审查官指出那么严重的疏漏，伊势岛差一点就要被分类了啊！"

"重点不是这个。"半泽回过头，冷冷地看着木村，"这个问题我们会调查的。还有——如果你们只会毫无理由地道歉，那要检查应对小组何用？不如当场解散算了。"

"你说什么，你这个浑蛋！"

半泽和小野寺迅速地钻进电梯，木村的恶言恶语被隔绝在了电梯门外。电梯里，只剩下不可思议的静默。

小野寺抱着胳膊，脸上是一种无法释然的表情。

"怎么办，次长？"

"去伊势岛。"

十分钟后，银行门口，半泽和小野寺拦下了一辆出租车。

2

　　"纳鲁森要破产了？"汤浅目瞪口呆地问。

　　"您没听说过吗？"

　　"怎么会……"

　　汤浅用办公桌上的电话拨打羽根的座机，不一会儿，羽根带着原田走进了社长办公室。

　　"有消息说纳鲁森濒临破产。你知道这件事吗，羽根专务？"

　　"纳鲁森吗？"羽根皱起眉头。

　　"说起来，财务部有个职员调去了那里，确实听他说起过纳鲁森的业绩不太好。但是，破产也……您是从哪里得到的消息呢？"

　　"据说是金融厅。"

　　"金融厅？"羽根惊讶地和原田交换了眼神，"为什么金融厅会……"

　　"或许，是和纳鲁森有业务往来的银行走漏了风声吧。"

"纳鲁森的主力银行应该是白水银行。"

如果信息来源是白水，那么消息应该是准确的。

"你听说过他们的业绩不太好？"汤浅的脸色变了，"为什么不向我报告？"

"一家制作计算机系统的公司，本来业绩也好不到哪里去。况且，我也没想到他们竟然到了要破产的地步啊。"

"如果纳鲁森破产，会对财务状况造成什么影响？"

"迄今为止的投资资金，都是以资产的形式计入账目的。一旦破产，这部分资金将全部亏损。金额大约一百亿日元。"羽根答道。

"金额也是个问题……真让人心疼……"

汤浅的肩膀无力地垮下。看着他阴郁的侧脸，半泽一时不知道该说些什么。

"有没有可以填补亏损的资产？"小野寺问。

"我会尝试找一找，但应该很难。"汤浅说。

现在，汤浅脑中那幅关于伊势岛未来的蓝图，正逐渐地变得模糊。

"算了。"汤浅叹出了一生中最沉重的一口气。他打发了羽根和原田。房间里只剩下汤浅、半泽、小野寺三个人。

"该怎么办？"汤浅自问，深深地叹了一口气。

"首先，当务之急是查清纳鲁森的情况。"半泽说，"之后，再思考应对措施。一定会找到解决问题的方向。"

"但愿如此。"

汤浅抬起头，眼神里充满苦闷。

3

"半泽次长，来一下大和田常务的办公室。"

第二天上午九点过后，木村部长代理给半泽打了电话。

半泽被秘书引导着，走进办公室。进入房间后，映入眼帘的是大和田常务那张极度不愉快的脸。

大和田穿着藏青色的西服，西服紧紧包裹着据说是在大学时期的相扑部锻炼出来的健壮身体。大和田常务像看相扑场上的对手一样，死死地盯着半泽。

大和田的旁边，坐着业务统括部部长岸川慎吾。他悠闲地跷着二郎腿，浑身散发出长期在海外生活的人特有的矫揉造作的气质。外界评价他是一个非常讲究着装的人。果不其然，他穿着外资系银行职员一样时髦的衬衫，系着鲜艳的领带。只要不是眼神特别不好的人，隔着很远的距离也绝不会错认他。

"请允许我汇报昨天和金融厅面谈的情况。"

岸川旁边的木村不怀好意地说。谁也没有让半泽坐下，所以半泽只好就这么站着。

"听说，你在审查中，被审查官指责准备不充分。到底怎么回事？"岸川问道。

"关于这一点，我们正在调查。"

"现在调查有什么用，金融厅不是已经知道了吗？"岸川说，"不管有什么理由，你确实没能掌握全部事实，这一点无从狡辩。另外，针对你昨天的表现，金融厅那边提出了批评，说要你端正审查态度。这种事可是闻所未闻的。"

与其说是金融厅，不如说是黑崎本人的公报私仇。

"太不像话了！"

此时，岸川对面的大和田发出了一声怒吼。

他圆润硕大的脑袋上头发稀薄，头皮因为亢奋微微发红。大和田，是旧 T 阵营里处于顶点的男人。一眼看过去就知道，他是那种精力旺盛，并且容易激动的人。

"居然比金融厅审查官收集到的信息还要少！你也太大意了，半泽次长。"

"不是单纯因为信息不足而被指责，事情没那么简单，常务。"

听到半泽的反驳，大和田怒目圆睁。岸川的眼神则变得锋利起来，表情中渗入了怒意。

"你——"岸川的语气刺耳了许多，"非但不承认自己的错误，反而用这种态度跟上级说话。"

"如果真的是错误，我一定道歉。但这是和伊势岛饭店的经营性质密切相关的问题。还有，等事情解决之后，该我的责任我一定悉数承担，您不必担心。"

"你这什么态度，不像话！"岸川的嘴唇因愤怒而扭曲，"审查不是儿戏。如果你平时老老实实地按规矩办事，无论对方掌握了什么信息都不用担心。"

不切实际的漂亮话。但岸川并没有停下来的意思。

"银行这种机构，不容许出一点差错。明明因为投资亏损的事，才刚蒙受了奇耻大辱。就因为你平时做事漫不经心，到了关键时刻才会露出破绽。可你居然一味地责怪别人。身为次长，你太不称职了！"

"投资亏损的事，请等我日后慢慢汇报。"半泽盯着对方的眼睛说道，"但是，这次的审查官是个非同寻常的对手。我认为即使循规蹈矩，也过不了这一关。"

"你就是这一点有问题。在你眼里，什么都是别人的错！"岸川显得非常惊讶，"我不管你怎么想。但是，你别自作主张地认定这次是特殊情况。回头搞出个妨害审查的罪名，你担当得起吗？"

岸川担心的是，疏散资料会被发现。

"平常应该做的事，我正在做。"

半泽隐晦地说明了疏散资料的存在，岸川的脸色因愤怒而变得苍白。

"我是不知道你平常在做什么。但是，之所以需要隐藏资料，难道不是因为你的授信态度出了问题吗？"

"您说得没错。"半泽说,"如果说,有人因为授信态度的问题导致伊势岛饭店变成了众矢之的,我敢肯定,这个人不是我,也不是法人部。那些不能让金融厅看到的文件,基本上出自京桥支行。"

"浑蛋,你到底想说什么。别胡说八道!"

大和田激动得唾沫横飞。

这个男人在四年前,曾经在京桥支行做了三年支行长。大和田任职支行长期间,因支行业绩水平急速提升而受到褒奖,并以此为契机爬上升职的阶梯。对旧 T 而言,京桥支行是通往董事位子的登龙门。

"我没有胡说八道。即使疏散资料全部公开我也无所谓。但是,到时候为难的可是京桥支行的相关人员。我记得二位曾经做过京桥支行的支行长,你们也无所谓吗?"

"你说这话可是要负责的。"大和田说道,"到底是怎么回事?"

"根据内部消息,京桥支行在去年十二月已经掌握了伊势岛饭店投资失败的事实。"

现场的空气,仿佛在一瞬间冻结了。"然而,他们并没有采取措施,反而隐瞒消息,将伊势岛移交给了法人部。虽然下命令的是贝濑支行长,但我不认为这是他个人的决定。"

"你想说什么?"

岸川的声音支离破碎,他费心置办的这身华丽装束,也变得黯淡无光。

"伊势岛饭店与京桥支行关系密切。贝濑究竟受了谁的指使,这一点，我会彻底调查清楚。”

“你有证据吗？”大和田问道。

“我有贝濑支行长知情不报的证据。”

大和田一动不动地盯着半泽，他没有问证据是什么。半泽的脑中，有什么在飞速运转着，模糊不清的关系图逐渐变得清晰起来。大和田之后任职支行长的是业务统括部的岸川，贝濑是岸川的接班人。如果没有意外，贝濑很可能晋升为总行某个部门的部长。

也就是说，对这两个人而言，伊势岛饭店也是重要且关系密切的客户。

“总有一天，我会查清楚究竟有谁参与其中。但是，这件事不能在金融厅审查期间公开。”

“你现在应该做的，是应付金融厅吧。”岸川语气冷淡地说，“你不要本末倒置，现在伊势岛饭店的负责人可是你。”

门关上之后。

“那个男人，究竟怎么回事！”

房间里立刻传出大和田怒不可遏的叫嚷声。和往常一样，紧接着响起的是木村满是借口的道歉声。不过此时，半泽已经走远了。

4

那天晚上，半泽接到了户越的电话。

"金融厅的消息属实，纳鲁森内部确实有类似的动向。"

两人约在离户越公司很近的新宿的居酒屋。

"不好意思，百忙之中还麻烦你跑一趟。"

"毕竟是我们出资的公司。你告诉我消息，我应该感谢你才对。"户越说道。

紧接着，他说出了特意去总部打探到的消息。

"韦斯特建设购买了纳鲁森开发的系统，但现在的状况似乎是，韦斯特债务不履行①，七十亿日元的应收账款无法回收，这对

---

① 法律术语，指债务的届期已满，债务人没有履行债务，而使债权人的权利受到侵害的行为。

纳鲁森的资金运转造成了巨大的压力。领导层和银行正在秘密研究解决措施，但确实有传言说，他们在准备破产手续。"

"是传言吗？"半泽问。

"啊，话虽如此，我打听消息的那位会计部的熟人知道的也不多。不良债权①怎样处理，事情进展到什么地步，很遗憾，他都不太清楚。"

如果情况属实，外部人员想知道准确信息，只能通过银行途径。

身为审查官，黑崎可以利用金融厅审查弄到各种各样的企业内部信息。以他的身份地位，获取这种绝密信息也并非不可能的事。

"有可能破产。"户越说。

"还有，纳鲁森的董事里有一名伊势岛饭店的外调人员，恐怕羽根早就从外调人员的口中知道了破产的消息。不过，那名外调人员的情报可能不那么准确。纳鲁森是家族企业。据说，有资格参与公司经营的，只有从社长到常务董事在内的家族成员，以及一位从白水银行借调过来主管会计事务的董事。其他董事，是被排除在领导层之外的。"

"但是，羽根明明已经听到破产的传闻，为什么不向社长汇报呢？"半泽问。

户越歪头沉思。

"因为消息不确定所以不好上报？又或者有其他的隐情……

---

① 指公司企业的资金、商品、技术等借与或租借到其他公司企业，但面临无法收回或收回少量的现象。

这一点，我不太清楚。"

"还有，我怎么也想不通，为什么纳鲁森不申请民事再生[1]，反而研究起破产手续来了？像纳鲁森这种规模的公司，通常情况下应该优先选择重建。其中恐怕有什么内情。"

"我也觉得匪夷所思。但是今天去完纳鲁森的总部之后，我终于知道了原因。这件事请务必保密。"户越压低声音，"纳鲁森与反社会势力有来往，对方是关东真诚会[2]的龙头企业。据说，社长的弟弟年轻时曾经离家出走，一直在干些不入流的勾当。这十几年来，纳鲁森每年都会以咨询费的名义，向对方输送数亿日元的资金。"

"白水银行知道吗？"

"白水银行负责韦斯特建设的客户经理，似乎私下找过那名主管会计事务的董事，向他确认过了。"

"也就是说，现在白水银行也不能向纳鲁森提供资金援助了。"

如果贷款给向反社会势力输送资金的企业，银行方也会被问责。

"羽根专务知道这件事吗？"

"恐怕不知道吧。知道这事儿的人真的不多。但是，如果信息来源是白水的话，那位审查官倒是有可能知道。"

---

[1] 泡沫经济失败后，日本公布《民事再生法》，旨在通过政府干预，维持事业继续，防止陷入困境的债务人经济状况进一步恶化，避免由于进行破产清算引起资产减少等经济损失。

[2] 虚构的暴力团体名称。

户越表情严肃地抱紧胳膊，"总之，这样下去的话，纳鲁森的破产是避免不了了，伊势岛也会因此产生数百亿日元的亏损。"

"能不能想办法填补这笔亏损？户越先生。"半泽问。

"再这么下去，金融厅就会以赤字为理由对我们穷追猛打，那样就麻烦了。"

然而，这位经验丰富的会计却没有立刻回答半泽。

"这次真的困难。主营业务之外可以变卖，并且能够转化成资金的剩余资产，包括子公司在内也已经找不出了。我们真的走进死胡同了。"

有没有破局的办法呢？

半泽陷入了沉思。此时，他的脑海中出现了一个模糊的身影，是通知他被任命为伊势岛饭店负责人时的三枝副部长。

半泽抬起头，户越向他投去了问询的目光。

* * *

"哎呀，今天常务怎么一个人过来了？"

汤浅踏进董事专属楼层的那间豪华会客室时，突然感觉现场的气氛有些微妙。时间已经超过下午七点，银行的营业时间早已结束。但大和田并不在乎这些，依旧登门拜访，这很符合他的行事风格。汤浅认为既然已经来了，不如邀请对方吃个晚饭。但是，这个提议被大和田委婉地拒绝了。于是汤浅大致上猜到，对方要谈的大概不是什么轻松的话题。

"这么晚，打扰您休息了，社长。"

大和田起身的同时，早就在会客室的羽根专务也从座位上站起。两人都在等汤浅坐下。

"给你们添了不少麻烦。"

大和田要谈的事大概和金融厅审查有关。一直以来，汤浅都和营业二部讨论相关事宜。现在，信赖的半泽不见踪影，取而代之的却是大和田。

"关于金融厅审查，我有一句话不吐不快，所以冒昧来访。"

大和田的眼神变得锋利起来，"老实说，现在的情形不容乐观。"

"您的意思是，伊势岛会被分类？"

常务依旧面无表情地看着汤浅。

"我不希望变成那样。"

大和田郑重地说，语气反映出银行的情势已相当急迫，"但是，为了避免被分类，您必须重新考虑公司的事业计划。"

听到"事业计划"这几个字，汤浅把喝了一半的麦茶放在桌上，抬起头。

"既然金融厅已经知道了纳鲁森的事，现在的事业计划就显得过于随便了。"大和田严肃地说道。

"您到底想说什么？老实说，我确实不知道纳鲁森破产的事。但是这个问题，光靠变更事业计划——"

"或许吧。"大和田轻声自语道，"只要不让纳鲁森倒闭不就好了吗？"

大和田的话让汤浅十分意外。

"不让纳鲁森倒闭？不好意思，您的话我不明白。"

汤浅满是问号的眼中，浮现出大和田从容不迫的身影。

"可以收购纳鲁森。"

汤浅倒吸一口凉气。大和田继续说道："那样做，也能减少成本。"

"您别开玩笑了！"汤浅反对。

"虽然不知道那家公司有多少员工，但我并不打算为此承担一笔固定费用①。大和田常务，我们也没钱了。"

"不，常务的意见值得考虑。除此之外，您还有其他的办法吗？社长。"

旁边的羽根突然插话，他的声音与以往不同，带着压迫感，"现在，那笔超过一百亿日元的投资如果打了水漂，我们公司的业绩可就真的坠入谷底了。不，不仅仅是亏损的问题，IT系统的开发也会落后于人。"

"但是，也不能因为这些就收购……"

汤浅的话说到一半说不下去了，大和田开始动之以情、晓之以理。

"我并不是让您现在就下决定，社长。但是，这样下去，伊势岛一定会被金融厅分类的。我不希望看到那种情况发生。"

---

① 经济管理学名词，短期内不随企业（或单一工程、单一设备）产量（工作量）的变化而变化的费用，如企业管理费用、销售费用以及车间生产管理人员工资、职工福利费、办公费、固定资产折旧费、修理费等。

"可我既不想收购纳鲁森，也没有钱收购。您究竟在说些什么呢，常务？我们的主营业务可是酒店行业，计算机系统开发连周边业务都算不上。"

"乍看之下或许绕了远路，但实际上是一条捷径。这种事也是世间常有的，社长。"

大和田的话耐人寻味。

"我得纠正您一点，社长。钱的话，公司是有的。"

说这话的是羽根，"我们不是从东京中央银行拿到了两百亿日元的贷款吗？"

"如果用那些钱收购的话，眼下的资金储备怎么办？资金运转会有麻烦的。"

汤浅惊讶地说："而且最重要的是，银行也不会同意吧。"

大和田往前凑了凑，"如果变更贷款用途能够让伊势岛饭店重新振作的话，我会想办法说服银行。中野渡董事长那边，就让我去游说吧。不过，我有一个条件。"

大和田用责备的目光看着汤浅，"总要有人为这件事负责。您应该明白我的意思吧，汤浅社长？"

"你的意思是，让我退位？"

大和田没有回答。他端起面前的麦茶一饮而尽，然后看了眼会客室的挂钟。

"这是伊势岛内部的问题，社长。但是，现在没有时间了。照目前的形势，除非能说服金融厅，否则伊势岛一定会被分类。或者，您能找出填补亏损的额外收益吗？"

"这个……"

汤浅一时语塞。

"在不改变经营体制的情况下，能不能渡过目前的难关。我希望您好好思考这一点。"

"我从没听半泽次长提起过这件事。"

面对大和田唐突的要求，汤浅忍不住抗议。

"啊，他啊。"

大和田眯起眼睛，似乎想努力看清远方的某样事物，"他的能力还不足以处理贵公司的业务，行内正在考虑对他的处分。"

"处分？"

汤浅惊讶地抬起头。

"说要找出应对金融厅的策略，可他根本没有做好自己分内的事。就因为他办事不力，才逼得我像现在这样亲自出山。因为董事长钦点半泽负责此事，我也不好说什么。可是，他确实辜负了大家的期待。伊势岛果然还是应该让我们旧 T 来负责。总之，我想说的话已经说完了。汤浅社长，我希望您好好考虑。您的一个选择就能决定伊势岛饭店的存亡。"

大和田从座位上起身，羽根随即把他送出门外。

独自留在房间的汤浅，一边小口小口调整呼吸，一边思考大和田的提议。会客室昏暗的窗户上，倒映出他沮丧的身影。

"在这儿等着我呢……"汤浅自言自语道。

这恐怕是大和田和羽根联手设下的局。羽根早就知道汤浅会在今年的股东大会上罢免他，所以先下手为强，使出了逼汤浅退位的撒手锏。

真是群狂妄自大的小人！

然而，自己什么都做不了。这样一个无能的自己，让汤浅感到无比烦躁。

时间不知过去了多久。

桌上的电话响了，电话铃声把汤浅从沉思中拉回现实。

"我是东京中央银行的半泽。"对方自报家门，"我有话想对您说，您有空吗？"

5

营业二部部长内藤，破天荒地接到了人事部部长伊藤光树的电话，对方说希望与他面谈。

"有事想和你商量。虽然这件事还在讨论阶段，但我认为，不问过你的意见不好下决定。"

伊藤动作优雅地从桌上的香烟盒里抽出一支香烟，点燃烟头。伊藤是比内藤早入行五年的前辈，两人的工作类别虽然不同，但都是东京中央银行内部出类拔萃的银行从业者。

伊藤的职务是人事部长。他外表冷静，因此很容易被人认为是善于疏通关系，处事面面俱到的人物。但实际上，他是行内出名的实干派。为人处世虽然带有攻击性，但举止斯文得体。

"实际上，大和田常务向我们提出了人事建议。"伊藤切入正题，"关于你手下的，半泽。"

早有心理准备的内藤一言不发地盯着人事部部长。

"常务说，建议把他调走。"

"调去哪里？"

"这我就不清楚了。不过，常务的意思是要把他调到银行以外的地方。"

"要把半泽外调吗？"

"你的意见呢？"

内藤的脸上突然浮现出戏谑的神情，他看着伊藤。

"你真心想知道我的意见吗？伊藤部长。"

两人静静看着对方的眼睛，都想读出对方的真实想法。时间一分一秒地过去，善于隐藏情绪的伊藤，突然露出奇异的神情。

"怎么可能？"伊藤吐出一口烟，答道。

"难道是应对审查的策略有问题？那样的话，连我一起换掉不是更好？"原本靠在椅背上的内藤挺直身子，表情变得十分认真，"我不管常务怎么想，总之，我不同意把半泽调走。"

"我想你也知道，伊势岛饭店的事只许成功不许失败。如果由大和田常务属意之人接手，哪怕最后失败了，你我的责任也相对轻一些。你不这么认为吗？"

如果说调走半泽是大和田的策略，那么借此机会祸水东引的伊藤也不是省油的灯。两人分明是一丘之貉。

"明明是你们把伊势岛的案子强加给了半泽，这么做不是过河拆桥吗？"内藤难以置信地说道。

银行的派阀意识在这件事上体现得淋漓尽致。

"银行就是这样的组织，你应该也很清楚。"

"我是清楚，但并不赞同。我想伊藤部长也和我一样。"

伊藤并没有反驳这一点，他说出了自己的推测："但是，实际情况上来看，伊势岛饭店资产审核的结果确实不容乐观。再这样下去，一定会被分类的。"

内藤的表情没有丝毫变化。

"所以呢？您想做什么？"内藤问。

"如果金融厅审查继续向糟糕的方向发展，根据情况，我们不得不换掉半泽。"

"半泽是汤浅社长钦点的负责人，董事长也同意了。现在汤浅社长像信任搭档一样信任着半泽，这就是半泽的功劳。我不认为后任者能做到这一点。"

"伊势岛饭店原本就是旧 T 的客户。大和田常务似乎认为，就算没有半泽，也能找出许多与伊势岛关系亲密的银行职员。还有，这件事必须提前让你知道。"

伊藤压低声音，"大和田常务即将在伊势岛饭店的业务上有大动作。听说，他把相关事务交给了融资部企划小组——不过，这也是我偶然间听到的，不确定真假。"

内藤皱起眉头，大和田常务居然越过营业二部，自作主张。

"知道为什么是融资部吗？"

"又是因为旧 T ？"内藤平静的口吻中掺杂着焦躁，"我们还要被这种历史遗留问题束缚到什么时候？按照派系分配人事百害而无一利。常务他，难道比起银行的利益，更看重派系的利益吗？"

"我明白你想说什么。"伊藤平静地说。

"但是，现在半泽的做法很难挽回劣势。如果银行再次在金融厅面前出丑，我们就不得不换掉半泽了。那个时候半泽会是什么处境，希望你心里有数。"

内藤咬住嘴唇，这件事不但关系到半泽，也关系到内藤本人的人事调动。内藤立刻明白了，伊藤想说的，正是这一点。

6

"我正好也想找你。"

晚上八点过后，坐在伊势岛饭店社长办公室的汤浅看到来访的半泽，脱口说道。

"实际上刚才，贵行的大和田常务来过了。"

"常务？"

"他来劝我退位。只要我卸任，他就会疏通银行内部的关节，允许我们把前段时间的流动资金贷款用于纳鲁森的收购。"

大和田无理的要求让半泽怒火中烧。

"我考虑过了——"

汤浅的眼中布满血丝，此时的他筋疲力尽，表情阴郁，"如果我的卸任可以换伊势岛饭店一线生机，那么我也没必要眷恋社长的位子。如果这是最好的选择，我会毫不犹豫地退出。你的意见呢？"

"这不仅是大和田的提议，也是羽根专务的提议。我说得对吗？"

汤浅嘴唇紧闭，盯着自己的脚底看了一阵，又把头抬起。

"没错，那两个人年龄相近。听说在大和田常务还是京桥支行行长的时候，两个人的关系就非同一般。大和田常务的目的，是以贷款为条件逼我退位，再让羽根取而代之。"

汤浅冷静地说出了大和田提案的意图。

"既然您如此清楚他们的目的，我就告诉您吧，收购纳鲁森是不可能的。"

"你说什么？"汤浅抬起头，"为什么？"

"纳鲁森和反社会势力有业务往来，无法被收购。很遗憾，大和田和羽根专务并不知道这件事。"

"怎么会这样？"汤浅满脸愕然，肩膀瞬间垮了下去，"也就是说，即使我把社长之位拱手让人，也救不了公司？"

半泽盯着沮丧的经营者看了片刻，用无比郑重的语气说："汤浅社长，我想非常诚恳地和您商量一件事。这个提议，或许比大和田和羽根专务的提议更让您惊讶。不，或许比他们的提议更加放肆无礼。我本身站在您的立场上仔细想过，现在这个局面究竟能做些什么，应该做些什么。正因为我思考过，所以我确信，接下来我要说的方案是拯救现在的伊势岛饭店，同时也是让未来的伊势岛饭店更上一层楼的最佳选择。"

汤浅没有给出反应。

他只是沉默地等着半泽接下来的话。

半泽直视着这位被严峻形势折磨得身心俱疲的经营者的双

眼，说出了心中酝酿已久的提案。

"请您接受福斯特的注资。"

听到这句话的汤浅，果然瞠目结舌，浑身无法动弹。

"我们已经确认了福斯特方的意向，他们同意汤浅社长继续担任社长，并且有可能提供福斯特已经投入使用的全球订房系统、必要的人才和相关技术；对方也可以通过与伊势岛饭店的合作，快速获得在日本赢利的机会。"

时间不知道过去了多久。

"能给我点时间吗？"汤浅说，"我要好好想想。"

半泽离开了办公室，房间里只剩下独自思考的汤浅。

第五章　挂历与柱子上的钉子

1

"噢，是吗？不过，也花了挺长时间啊。"

新宿餐厅的那件事过去三天后，京桥支行的古里打来电话，告知田宫贷款申请已经获得批准。

近藤已通过渡真利先行得知了这个消息。但是，本该表现得更加高兴的田宫，态度却意外地冷淡。

"只是把简单的事情变复杂了而已。"说出这话的是下属野田。

当然，田宫也好，野田也好，他们都不可能知道近藤等人与古里的交涉。他们看着前银行职员为了区区三千万日元四处奔波的身影，或许只觉得滑稽。

为什么呢？

近藤感觉，假账被揭露之后，大家从零开始制作事业计划时一度凝结起来的凝聚力，正像海市蜃楼一样逐渐消失，像流沙一样从指尖滑落。

近藤不明白田宫在想什么，也无法对野田的想法感同身受。他们和以前一样，拒绝向近藤敞开心扉，仍旧与他保持心理上的距离。

近藤认为只要双方推心置腹地交谈，就一定能够互相理解。但是，某种微妙的"理由"让近藤的这种想法难以成为现实。

尽管如此，贷款获批准的消息，还是给近几天神经高度紧绷的近藤带来了片刻安慰。

过程迂回曲折，甚至听从半泽的提议使用了"非常手段"，不过目标总算达成。

近藤正打算从放置决算资料的抽屉中拿出最近的决算报告。然而，他的手突然停住，因为他发现，文件夹的下面有一张压皱了的资料。

他记得前几天这张资料还好好地夹在文件夹中。

近藤抬起头，目光投向野田。野田坐在稍远一点的办公桌，正全神贯注地盯着电脑屏幕，似乎对近藤这边发生的事一无所知。

近藤打开文件夹，看起来没有任何异常，但是，他的手却在一页资料上停住了。

之所以引起近藤的注意，是有原因的。

原因在于页码。

"1"——

前一页是"294"，后一页是"296"，这一页本该是"295"。

内容是决算资料明细，科目是"长期贷款"，金额大约七千万日元，借款对象几乎都是田宫电机的分包公司①。

资料被人调包了。

"野田课长，过来一下。"

野田扭过头，看见近藤桌上铺开的决算资料，表情有点僵硬。"我不在的时候，你看过这些资料吗？"

"什么？"野田发疯一样地喊，"你的抽屉上着锁呢，谁能看得到啊！"

"你能过来看看这个吗？"

野田不情不愿地从座位上站起，他看清近藤指着的那页资料后，沉默了。

"有什么不妥吗？"

"你看看页码。"

野田脸上的表情消失了。近藤问："为什么会这样？"

"你用会计电脑把这页明细调出来，我想看。"

野田动作僵硬地回到自己的工位，操作会计核算软件，显示屏上随即出现了同一年度的贷款明细。

和近藤手上的这份完全一样。

"哪里奇怪了？"

野田的声音虽然理直气壮，却骗不了近藤。

---

① 指承包大企业部分产品制造与加工的中小企业。一般与订货方实力悬殊。

因为分录^①的编号很奇怪。使用会计核算软件分录时，软件会自动分配一连串的编号。这份明细上的分录，其中之一附带着这样的编号——

37651。

"能给我看看分录的输入页面吗？"

"为什么要看那种东西？"

野田露出怀疑的神情。

"别废话，快调出来。"

野田瞪了近藤一眼，但还是轻点鼠标，调出了近藤需要的页面。

分录页面的最后有"13 月"的字样，表明这是"结账分录^②"。按照常理，并不会出现比这顺序靠后的分录编号。如果出现了，就说明有人出于某种理由，追加了数据。

结账分录最后的编号是 37650。

这一切不言而喻。贷款的分录数据是在这之后输入的，而输入数据的人，只有可能是野田。

"你看够了吧！"野田烦躁地问。

近藤平静地注视着他的眼睛。

"你最近，追加了这份决算报告的数据吗？"

---

① 会计分录亦称"记账公式"，简称"分录"。它是指根据复式记账原理的要求，对每笔经济业务列出相对应的双方账户及其金额的一种记录。

② 在会计期末结账时，为结转计算当期损益的会计分录。发生在每一会计期末，即月底、季末和年度终了时。

野田的瞳孔深处有什么动了动，他随即把目光移开。

"我没做过。"

他连忙操作会计软件，电脑画面随之改变。然而，上面的数据已经深深地烙在近藤的脑海中。

分录编号 37651，长期贷款三千万日元，借款人，费斯电工株式会社——

野田一定隐瞒了什么。

2

　　负责费斯电工业务的是营业部的茂木，电话里的声音听上去像是个年轻男人。

　　"这家公司是做什么的？"

　　"是做试制品的。制造商在企划会议上敲定方案之后就会拿去费斯电工，让他们制作试制品。"

　　"我们有费斯的决算报告吗？"

　　"怎么可能有？"茂木说，"我们是订货方，也就是付钱的那一方。如果供应商是小型企业，一旦倒闭可能给供货造成麻烦，这种情况下倒是会找它们要决算报告，用来作为信用判断的依据。费斯电工的规模不算太小，而且虽说是试制品，好像也是我们一再恳求，对方才帮忙做的。有什么问题吗？"

　　"这家公司从我们公司借了三千万日元。"

"哎，真的吗？"茂木瞪大双眼。

"你知道这笔钱是用来做什么的吗？"

"不知道，这件事我也是第一次听说。"茂木歪着头，一副困惑的样子。

"是你在负责他们的业务吧？"

"是倒是，但这件事恐怕是社长经手的，我从没听说过。"

"社长？"

"明面上虽然是我在负责，但实际上都是社长亲自在和他们交涉。出什么麻烦了吗？"

"没有，没出什么麻烦。谢了。"

野田已经下班了，近藤从他办公桌的书架上拿出那本写有供应商信息的文档，翻到"F"开头的那一页。他把费斯电工的法定代表人姓名和地址抄了下来，然后打电话给东京中央银行的渡真利。

"知道你在忙，不好意思。能不能帮我查查供应商的信用信息？这件事不好拜托京桥支行。"

近藤把费斯电工的基本信息告诉渡真利，顺带说明了事情的原委。

"你待在座位上别动，我马上打回去。"

渡真利没有食言，仅仅几分钟后他就给近藤回了电话。与银行合作的信用信息公司提供的数据表明，费斯电工是一家仅有数名员工的小型企业。

"他们的主力银行是白水银行。我们银行也在往来银行的名单

197

中，但是排名靠下。他们在横滨支行有一笔小额贷款。"

"这家公司向田宫电机借了一笔长期贷款，我想知道这笔钱用来干什么了。"

"贷款？如果向横滨支行打听的话，应该能拿到他们的决算报告，报告里或许能看出些什么。你能给我点时间吗？"

"对不起，这么忙的时候……"

渡真利现在应该为金融厅审查忙得不可开交，但他没有抱怨一句。

第二天下午五点过后，渡真利打来了第二通电话。

"你昨天问的，确定是费斯电工吗？"渡真利开口第一句话，便这样问道，"我问过横滨支行了，他们说费斯电工没有向田宫电机借款。"

"没有？"近藤不由得反问。

"费斯电工确实有田宫电机的订单，但没有长期负债。为了慎重起见，横滨支行还特意向费斯电工确认了，所以肯定没错。"

到底是怎么回事？

"费斯电工有没有可能没把这笔借款计入账面？也就是说，做假账？"

"不可能，那家公司有会计师事务所进驻，他们正在准备上市。"

如果是这样，可供考虑的情况就不多了。

"应该不是借给费斯电工，而是借给其他公司了吧。"

听了渡真利的指摘，近藤微微皱紧眉头。

"我不知道真正的借款人是谁。账簿被人调了包，会计核算软件里的分录也被人修改了，没办法确认。"

"如果是贷款的话，应该有合同之类的凭证。可以通过合同确认啊。"

"没有合同。"近藤说道。

"没有？"电话另一端的渡真利抬高了声音，"这到底是怎么回事？"

"我问过会计了，他说没有签合同。"

"没签合同就把三千万日元借给别人，你们公司的人是智障吗？"渡真利喋喋不休地数落道。

"据说两家公司的社长关系很好，没太当真就把钱借了，所以没有签合同。"

"如果真是这样，那这两个社长也是智障。"

渡真利瞠目结舌。当然，近藤自己也不是真的相信这种解释。

有没有办法确认真正的信息呢？放下电话后的近藤，坐在办公桌前苦思冥想。

突然，脑海中一道灵光闪现。

"对啊……"近藤喃喃自语。

是税务师。

3

　　田宫电机的顾问税务师事务所位于神保町的一栋多租户大厦。近藤从京桥换乘地铁到达目的地。他抬起头，确认了大厦侧面的招牌——"神田敏男税务师事务所"，然后向大厦的入口走去。

　　近藤把名片递给前台的年轻男子，后者为他叫来了渡濑稔。渡濑经常拜访田宫电机，是田宫电机的负责人，他的工位在办公层的最里面。

　　"承，承蒙您的关照。"

　　一路小跑过来的渡濑脸上露出惊讶的表情，他一定对近藤的不请自来感到十分奇怪。

　　"百忙之中突然打扰，非常抱歉。能耽误你一点时间吗？"

　　"啊，好的。"渡濑拼命掩饰着自己的困惑，问道，"今天，野田课长没来吗？"

"这件事与野田君无关。"

渡濑把近藤领进会客室，拉出会议桌旁边的椅子径直坐下。由此可见，他认为这场面谈不需要劳烦税务师神田亲自出面。

"实际上，我想看看公司决算报告的明细。这里应该有副本吧？"

"明细的副本吗？"渡濑露出困惑的神情，"明细的话，贵公司应该也有啊。"

"一部分内容好像被人调包了。"

"那个，这究竟是怎么一回事？"

渡濑探出了身子。近藤把明细的复印件铺在会议桌上。

"我总觉得，这份长期贷款的明细有些奇怪。"

渡濑看向明细的眼神中，读不出任何情绪。"上面显示，公司借给费斯电工三千万日元的长期贷款。然而，这件事根本是子虚乌有。"

"那个，您得到野田课长的许可了吗？"

渡濑的年龄在三十岁左右，由于缺乏锻炼和连日的高强度工作，他的脸呈现出不健康的青白色。此时，渡濑用冷淡的语气向近藤询问。

"许可？我身为部长为什么必须得到课长的许可呢？"

听到近藤的话，渡濑收起了讨好的笑容。

"因为我听说，会计的工作是专门由野田课长负责的。"

"野田，是我的下属。"近藤说。

"为了谨慎起见，我能跟野田课长商量一下吗？"

"没有商量的必要。"

近藤语气强硬地说，渡濑的脸色变得冷淡起来。

"那样的话，就不能给您看了。"

"这件事你做不了主，税务师在吗？"

"他在开会。"

渡濑打算委婉地拒绝近藤。

"呵。"近藤问道，"去年决算报告造假的事，你们事务所也是知情的吧？"

渡濑没有回答，他的眼中浮现出不安。

"你把问题想得太简单了。"近藤没有给对方喘息的机会，"如果继续用这种态度敷衍我，我就解除你们的顾问合同。"

或许由于心中拼命压抑着怒火，渡濑的脸颊开始轻微颤抖。最终，他判断这件事超出了自己的能力范围，于是留下一句"请您稍等"，便离开了房间。

过了很长时间，渡濑也没有回来。

近藤可以想象出他现在在做什么。首先他一定会给野田打电话，野田应该会说"不许给他看"。此时此刻，野田一定已经在田宫电机内部闹开了。

"别来无恙啊，近藤部长。"

渡濑终于带着所长神田敏男回到了会客室。

神田长着一张圆脸，头发稀疏。他的皮肤被太阳晒得黝黑，不太像税务师，反倒像体力劳动者。这家会计师事务所有五十名员工，税务工作都交由事务人员处理，所长神田每日的工作只是陪客户应酬、喝酒、打高夫而已。即便如此，神田每年也有数千万日元的薪酬入账，世上再没有比这更轻松的工作了。

"你好，税务师先生。你听说了我的来意吗？"

近藤的脸上丝毫没有笑意。

"听说了，这件事还请您别为难我们。"

神田故意皱着眉头，显得很轻浮。

"我倒是想请你别为难我，快点把副本拿出来吧。"

"这事不好办啊。"

对方的脸上浮现出一丝狡黠。

"没什么不好办的，本来也是我们公司的数据。客户公司的总务部长要求你们拿出资料，你们推三阻四的才奇怪吧。"

"野田课长不同意给您看，而且，您也没有田宫社长的批准。"

"正是因为野田有可能篡改了数据，我才来问你们。"

"十分抱歉，部长。恕难从命。"

神田坐了下来，把身体深深地埋进椅子里。他从胸前的口袋里掏出烟盒，点燃了一支香烟，"我和野田课长是老交情了，他非常严肃地跟我说，这些资料不能给他和社长以外的人过目。"

"是吗？那没办法了。"

近藤说完，从公文包里拿出一份资料，推到会议桌上。

"这是什么？"

"关于田宫电机账目造假事件的报告，里面也提到了贵事务所。"

神田坐直身子，慌慌张张地读了一遍资料，眼里的神情变了。

"田宫电机为了造假，做了明账、暗账两套账簿。账簿是贵事务所做的吧，为什么要帮他们造假？"

制作两套账簿的技术含量很高，如果没有税务师事务所的协助，一般的公司很难独立完成。

"这个嘛，也是因为老交情了。"神田吞吞吐吐地说。

"因为是老交情，所以就帮忙造假吗？用这种伪造的决算报告申请贷款等于诈骗，你这不是明知故犯吗？"

"我也不想做这种事，但是——"

"你听说过反社会税务师这个词吗？"

近藤打断神田的狡辩，后者立刻闭上了嘴。

"近藤部长，没有的事，我们只是——"

"银行里有一份黑名单，专门记录参与账目造假的税务师事务所。一旦榜上有名，聘请这家事务所当顾问的企业就很难获得贷款。如果我向银行报告，说贵所与这次造假事件牵连颇深，你应该知道会有什么后果吧？"

"怎么会？"神田开始惊慌失措，"请您高抬贵手。"

"贵所目前生意兴隆，可那也是因为有信用度，税务师先生。你要向野田尽情分那是你的自由，可是我劝你好好想想，帮我和帮野田，到底哪一个对贵所更加有利。"

神田的瞳孔深处，疑惑的旋涡在翻滚，但这个精于算计的男人并没有犹豫太久。

"喂，喂，渡濑！快把资料拿来。"

脸色苍白地听着两人对话的渡濑，此时已冲出了会客室。

不一会儿，渡濑抱着厚厚的账簿回来了。

近藤迅速翻阅账簿，很快找到了他要的资料。长期贷款明细，贷款金额三千万日元。

有了。借款人果然不是费斯电工，明细上的公司是——

"拉菲特株式会社？这是什么公司，税务师先生？"

神田把头摇成了拨浪鼓。

"不，不清楚。内容是野田课长输入的，税务师事务所并不知道其中内情。"

"真的不清楚吗？"近藤追问，"如果之后发现你骗了我，我是不会善罢甘休的。"

"真的不清楚。近藤部长，请您相信我嘛。"神田立马讨饶。

"这本账簿暂时由我保管。"

近藤拿着账簿离开了税务师事务所，换乘地铁回到京桥。他把账簿寄存在车站的储物柜里，然后空着手向公司走去。公司里，野田正等着他。

* * *

野田来电时，田宫正在打高尔夫球。

田宫的第一杆向右偏了少许，他正准备从杂草丛生的障碍区域挥出第二杆时，放在臀部口袋的手机开始剧烈震动。田宫响亮地咂了一声，从口袋里掏出手机。如果来电显示不是野田的名字，他大概不会理睬。

"啊，社长，抱歉打扰您了。"

"什么事？"

野田不是那种不知轻重的人，应该发生了什么要紧事。

"神田税务师那边打来电话，说近藤去了事务所。"

"你说什么？"事情太过出乎意料，田宫忍不住对着手机吼道，"他去干什么？"

"听说他想看公司的决算报告，就是那份贷款明细的——"

"岂有此理，不会已经给他看了吧？"田宫愤怒地问道。

"这个……"电话另一端的近藤不知该如何回答，"我叮嘱过他们，绝对不要给近藤看。但是，神田税务师好像——"

"给他看了？"

"嗯，是的。"

"蠢货！"田宫对野田发出一声怒吼，并在盛怒之下挂断了电话。

近藤没有打招呼直接杀到税务师事务所，自然不可饶恕。神田轻而易举地就把账簿给了近藤，也让人恼火。若无其事地打电话报告的野田，也是个实打实的蠢货。真是的，这帮人没有一个省心的！

然而，这份怒意马上被心中泛起的一丝不安取代了。

近藤到底为什么盯上那笔钱呢？是野田做事不干净，露出了马脚，抑或是另有原因？心中泛起的小小疑问，在脑海中挥之不去，开始卷起疑惑的旋涡。

"田宫社长，到你了！"

被同伴提醒后，田宫再次摆出击球的姿势。

他的眼睛盯着白球，心中却将白球换成了近藤的脸，"浑蛋！"

田宫用尽全力挥出球杆，高尔夫球向着远方快要下雨的积雨云飞去，比起田宫瞄准的方向，向右偏了许多。

"完了！"

田宫这样想的同时，草坪前面的池塘溅起了一道水花。

"啊——啊，糟糕！"

远处传来高尔夫球场球童的声音。

4

"百忙之中让您赴约，实在抱歉。"

时间已经超过晚上八点，贝濑比约定的时间晚到了一会儿。田宫对着进入包间的贝濑，深深鞠了一躬。

"哪里哪里，您言重了。不过社长，这顿饭我们还是各付各的吧。因为还有之前贷款的事，最近比较敏感。"

贝濑着重强调了"各付各的"这几个字，似乎想表明他与别的银行职员不同。

"您误会了，支行长。这次请您来不是要谈贷款的事，您不必担心。"

田宫说完，吩咐送热毛巾的女招待开始上菜。

田宫是以"有要事相商"为借口请贝濑吃饭的。此刻，他的脑中回想起邀请贝濑之前发生的种种事情。

前几天，那场狼狈不堪的高尔夫活动结束之后，田宫直接回到了公司。回到公司之后做的第一件事，就是把和平常一样在办公桌前处理工作的近藤叫到跟前。

　　田宫吩咐过野田，在他回到公司之前不要跟近藤提起这件事。此时，田宫回到公司后立刻叫来近藤。野田看到这一幕，也暗自期待着田宫能为自己出一口恶气。

　　"听说今天，你去了神田税务师的事务所。你去那里干什么？你这样擅自行动让我很为难啊，近藤部长！"

　　此时，田宫的情绪前所未有地激动。

　　"因为公司账簿里有些内容被伪造了。"

　　近藤平静地把手里的复印件铺在办公桌上，是账簿的复印件。

　　果不其然，上面印着长期贷款这一科目名称。田宫警惕地问："这又怎么了？"

　　"野田！"

　　近藤没有回答田宫，相反，他冷不防地喊出这个名字。野田从座位上站起，往近藤的方向走去，他脸上的表情已经变得极度不愉快。

　　"这条科目里的内容，被你修改过了吧？"

　　野田瞥了一眼资料，佯装不知。

　　"我不知道你在说什么。"

　　"除了你之外，还有谁会耍这种花招？"

　　"大概是神田事务所的渡濑先生修改的吧。"

　　"撒谎也撒得高明点，野田。撒这种谎，小学生都会嘲笑你。"

野田用极其凶狠的眼神瞪了近藤一眼。

"你也没法证明他在说谎吧，野田君都说不是他干的了。"

田宫这句话一出口，在场的三人不约而同有一种强烈的预感，公司内部的人际关系正向着无可挽回的危险水域行驶。

"那么，立刻打电话给神田事务所的渡濑先生，向他确认这件事，野田。"

野田没有回答，只是用没有情绪的眼神盯着近藤。近藤继续说道："我抽屉里的账簿，有几页被你调换了吧？"

"我怎么可能做得到？"野田愤怒地问，他的脸色变了。

不远处，近藤的办公桌明明上着锁。

"我搜过你的抽屉，里面有我办公桌的备用钥匙。钥匙的制作日期是上周三。杂费的明细中，有一家收款方似乎是制作备用钥匙的商店。"

"你到底想说什么，近藤部长？"

面对田宫近乎非难的提问，近藤寸步不让地逼问："这家叫拉菲特株式会社的公司，到底是什么来头？"

"是我们的客户啊，我跟他们的社长很久以前就认识了。"

"请给我看看借款合同。"

"没有签合同。"田宫答道。

近藤也知道这必然是谎话。

"借给别人三千万日元却连合同都没有签，这也太奇怪了吧？约定的还款日期是什么时候？"

"近藤部长。"田宫从座椅靠背上直起身子，"我请你搞搞清楚，这件事由身为社长的我全权处理，所以请你不要再多管闲事了。"

"那样的话，请社长把自己的钱借给别人。"近藤当即顶撞道。

这回连田宫也找不到反驳的说辞。

"这样的贷款，只会使我们的财务状况更加糟糕。请让他们立刻还款，还款所需的资金就由社长借给他们吧。"

"我会考虑的。总之，这件事能不能交给我处理呢？"

对现在的田宫而言，近藤无疑是世间最大的麻烦。况且，他还全盘否定了自己一直以来坚持的经营理念，是个彻头彻尾的破坏王。在他惹出不必要的麻烦之前，最好拜托银行把他领回去——田宫并没有花多少时间就得出了这个结论。

* * *

"实际上，我想跟您谈谈近藤部长的事。"待两人用餐告一段落后，田宫终于切入了正题，"他在公司里总是和别人起冲突，我实在难以应付。"

贝濑正打算把装着冷饮酒的小酒杯送到嘴边，听到这话，他把杯子放回餐桌，脸上浮现出复杂的神情。

"把外调人员调回银行，面子上可不好看啊。"

不出所料，贝濑的反应绝对谈不上是善意的。

"当然，我也不想做出这样的决定，支行长。实在是迫不得已啊。"

接收外调人员之后将其遣返银行，无论理由多么正当，银行都不会给好脸色。田宫明知如此，却还是下了决定。

"您不能再考虑考虑吗，社长？"

"我也想接纳他，可是，他实在让我束手无策。"

"近藤部长，到底哪方面做得不到位呢？"贝濑用无比郑重的语气问道。

毕竟前段时间刚刚发生了田宫电机账务造假事件，贝濑对田宫多少有些不信任。而田宫也收到消息，说贝濑反对银行与田宫电机继续保持业务往来。因此，两人虽然维持着表面和气，但心中对对方的反感早已生根发芽。并且，田宫偏执地认为，如果没有近藤，公司根本不必面临被银行中断业务的危险。这使得他心中的怒意成倍地增长。

"首先，他太缺乏团队合作意识了。非但得不到部下的信任，连我也为此伤透了脑筋。其次，他还喜欢对公司经营指手画脚，前几天那份经营计划就是他牵头做的，虽然是一桩好事，但计划书的内容却不着边际，董事们的评价也不佳。如此一来，我们公司实在容不下他了。"

贝濑板起面孔，小声说道："实在是难办啊。"

"总之，能否请您跟人事部门谈一谈呢？"

"您的意思我明白了。"

"拜托您了，支行长。"

不管以什么方式，只要能把近藤调走，那笔三千万日元贷款的事就没有人再追究。况且，接收银行外调人员原本就是为了讨京桥支行的欢心，但对贝濑这样的人，这种讨好恐怕是枉费心机。

和东京中央银行打交道的方式或许应该跟着时代好好变一变了，田宫不禁想道。没必要勉强自己，热脸贴别人的冷屁股。

　　田宫目送着贝濑坐上餐厅门口等候多时的支行长专车，随后，他拦下了一辆路过的出租车。在出租车后排坐定的田宫掏出手机，给常去的酒馆打了电话。今晚实在让人郁闷，必须找个地方痛饮一番。

5

近藤拜托渡真利调查了"拉菲特株式会社"的信息。

"同名的公司总共有七家。东京都内有三家，都和田宫电机不是一个行业，两家服装行业，一家似乎是餐饮业。横滨和千叶也有，都是餐饮业的公司。怎么办？"

"能不能先把调查报告传真给我，我要好好想想。"

几分钟后，近藤专注地看着东京中央银行融资部传来的资料，陷入了沉思。

找不到和田宫电机的连接点，这七家公司里，究竟哪一家才是真正的借款人呢？

此时已经是近藤拜访税务师事务所，和田宫发生冲突的第二天。

田宫说没有签订贷款合同，这必然是谎话。但是，即便存在贷款合同，也一定藏在近藤无法找到的地方。

"有没有别的办法呢？"

　　近藤终于想到了一个方法，是在下午，他从未处理盒中拿出银行存折的那一刻。

　　借钱给别的公司时，很少有人会从存款账户里取出现金，然后把现金直接运到别人公司，多数人会采用"银行转账"的办法。因此，只要找出三千万日元贷款的收款人就好了。

　　那天晚上，近藤一直等到野田下班后才开始行动。他要调查的是，公司究竟是在几年前向拉菲特株式会社借出了长期贷款。

　　问题的答案就在往年的决算报告中。决算报告里虽然没有真正的借款人，但一直有一笔资金记在长期贷款那一项中。

　　这笔资金第一次出现的时间是四年前，是从合并以前的东京第一银行的存款账户汇到对方账户里去的，转账日期是五月十七日。

　　近藤去了仓库，开始寻找那一年度的银行汇款申请书存根。财会资料的保存年限是七年。无论处理得多么干净，只要有人把公司的钱借了出去，就一定会留下蛛丝马迹。

　　仓库和办公室同在一个楼层，说是仓库，其实不过是一间空房间临时承担了仓库的功能。走进仓库，扑面而来的是黏稠湿热的空气，空气中混合着不知什么东西发霉的味道。

　　房间里凌乱不堪，两侧的架子上摆着营业部使用的试制品，和一些不知道是商品还是破烂儿，抑或是残次品的机械零部件。大量的财务资料被堆积在仓库的最深处。

　　近藤挪开脚边随意堆放的硬纸箱，走到贴有不同年度标识的货架前。他把若干个积满灰尘的纸箱搬到地板上。徒手打开箱子，手指立刻被灰尘染得乌黑。

箱子里塞满了贴着发票的剪贴簿和各种记账凭证。近藤开了好几个箱子，终于，他的手在一张陈旧的汇款申请书存根上停了下来。

就算是田宫和野田，也一定不会细心到把这份资料藏起来。

申请书上的字迹规规矩矩，一看就知道出自野田之手。

收款人是拉菲特株式会社，汇款金额三千万日元，汇入的银行账户是白水银行日本桥支行的活期存款账户。

近藤抄下了账户号码。他回到自己的座位上，拿出渡真利传真过来的调查报告，开始在里面查找与白水银行日本桥支行有业务往来的公司。

符合条件的公司只有一家。

6

这家服装店的目标客户，应该是三十岁到四十岁左右的女性。

衣架上挂着的服装以高雅时尚的设计为主，并不花哨。近藤
的眼前挂着一条连衣裙，他翻开连衣裙上的价格标签，六万五千
日元，至少对近藤家的经济状况而言，这个价格的连衣裙不是轻
易能入手的。

店里还有一位客人，店员一直陪在客人身边介绍店内的服装。

近藤所在的地方是日本桥站附近的百货商场。他调查后发现，
这家商场里有一间和"拉菲特"同名的实体店铺。

"那个，不好意思。"近藤向不远处站着的一位店员搭话。

店员是一位三十岁左右的女性，气质沉稳娴静，和这个品牌
给人的感觉很相似。

"这个拉菲特是原创品牌吗？"近藤问道。

"是的，这里的服装全都是公司独立设计的。您是要送人吗？"

"嗯，算是吧。"近藤含糊其词地说道。

渡真利的调查报告显示，拉菲特株式会社的总部办公室位于地铁日本桥站附近的一栋多租户大厦。

"那个，如果您知道对方尺寸的话，我可以帮您搭配。对方有什么特别的喜好吗？"

"我不太清楚。"

听到近藤的回答，店员的脸上露出失望的表情。"因为是对方让我来的，所以我觉得她应该会喜欢这里的衣服。我们打算这周日正式过来挑选，有没有宣传册之类的资料可供参考呢？"

服装店的中央放着一张桌子，店员从桌子抽屉里拿出一本印有模特展示页的手册，向近藤走来。

近藤道谢后接过册子，便急忙离开了服装店。

宣传册上没有企业相关信息，但是，上面的公司地址和调查报告上的完全一致。毫无疑问，这家公司就是田宫电机的借款对象。也就是说，田宫把三千万日元借给了一家拥有自主品牌的小型服装公司。

近藤坐在女装卖场角落的沙发上，重新看了一遍印满时尚服装设计的宣传册。这一次他想确认信用调查报告上的法定代表人姓名。

棚桥贵子。

地址是大田区内。虽然连年龄是四十七岁这样隐私的信息都查到了，但其他信息不得而知。

是田宫的女人吗？

近藤手里拿着地图，走向下午六点后依旧闷热的市中心街道。终于，他在一栋位于背街小巷的大厦前停下了脚步。大厦玻璃质地的外墙倒映着沉重的天空。

这栋大厦的一楼就是拉菲特的总部办公室。透过半开的百叶窗可以看到房间内部的样子。办公室小巧舒适，很适合这家年营业额不满一亿日元的小型公司。

近藤站在窗外观察了一会儿，终于下定决心向一楼侧面的入口处走去。随后，他打开了办公室的大门。

刚一踏进办公室，近藤就感受到一种奇怪的压迫感。大概是因为室内堆满了硬纸箱，甚至有些已经摞到了天花板。工作人员正在忙着拆开硬纸箱，分拣箱子里的货物。公司的员工都很年轻。近藤打了一声招呼，一位坐在办公桌前文员模样的女员工立刻站了起来。

"我是田宫电机的人，请问社长在吗？"

文员接过近藤的名片，仔细地看了好久，然后向他投去困惑的目光。

"田宫电机吗？"

她问道："您和社长约好了吗？"

"没有，碰巧在附近办事，所以想过来打声招呼。"

文员的脸上，怀疑的神色愈加浓厚。

"对不起，您和社长究竟——"

对方似乎误以为近藤是推销人员。

"不好意思，我是田宫电机总务部的人。"名片上就是这么写的。"你跟社长说，我来是为了谈公司借款的事，她应该就明白了。我不是做上门推销的，请放心。"

文员似乎终于认可了近藤的说法，她说了一句"请您稍等片刻"，便拿着名片走进了最里侧的房间。

"您这边请。"

没过多久，文员回来了。她把近藤领进最里侧的房间，那里坐着一位女人。房间似乎被当成多功能室使用，摆着一张会议桌。女人面前的桌面上铺满了服装设计草稿。一名员工和近藤在门口擦肩而过，她似乎刚刚结束了和那位女人的碰头会。

"您到这来，有何贵干？"

女人从座位上站了起来。她的眼镜上缀着两条金色的防滑链，此刻，她正透过镜片打量着近藤。

"您是社长吗？"因为对方没有给出名片，近藤只好这样问道。

"是的。"对方说完对近藤招了招手，示意他坐到空椅子上。

"我是田宫电机的总务部长，敝姓近藤。这次冒昧来访，是想问您一件事。"

近藤从公文包里拿出前几天在仓库里找到的汇款申请书复印件。然而，他只是把资料拿了出来，并没有给对方看。棚桥贵子探究的目光变得锋利起来，让近藤感到犹如芒刺在背。

"我想问的，是田宫电机借款给贵公司的事。"

对方没有接话，近藤继续："我听说因为您和田宫私交甚好，所以他才把钱借给了贵公司。但是，您连借据都没写，实在让我们很为难。田宫电机在四年前借了三千万日元给贵公司，这一点没错吧？"

"你说的话真奇怪。"棚桥的语气中带着刺，"这件事你可以问田宫啊，为什么要专门找我确认呢？真让人费解。况且，没写借据这一点根本就是胡说，我明明写过。这难道不是你的片面之词吗？"

棚桥展露出了性格中尖锐的一面。

"因为这是我的工作。"近藤答道，"只要公司有债权，我就应该了解还款计划。"

"田宫社长本人说了要我们还款吗？"棚桥反问，她的脸上露出了不愉快的表情。

"田宫本人并没有这样说过。但是公司里有一笔不知什么时候才能回收的借款，实在让人伤脑筋。棚桥社长，您到底是怎么想的呢？"

"我有必要跟你说吗？"棚桥明显表现出对近藤的不信任。

"我身为财会负责人，有必要了解相关情况，以作为今后经营计划的参考。"

"那样的话，就暂时保持原状吧。"

"您说的暂时，是到什么时候？"

"我也不知道啊。"棚桥烦躁地说，"你知道什么叫巧妇难为无米之炊吧。况且，这又不是你们公司的钱。"

棚桥脱口而出的这句话有些奇怪。

"不是我们的钱？"

近藤抬起头看向棚桥，后者连忙把视线移开了。由此可见，她本人也知道自己说了不该说的话。

"这究竟是怎么回事？"

"你不是说因为我跟田宫社长私交甚好所以才借钱给我们吗，既然如此，跟你有什么关系呢？你追根究底又有什么意义？"

"请您搞清楚，那可是我们公司的钱，棚桥社长。您和田宫到底是什么关系？"

"关你什么事！"棚桥的态度只能用傲慢来形容。

"如果与我无关，我就不会出现在这里了。"

听到近藤尖锐的反驳，棚桥的眼神变得无比严肃。她回敬道："说到底，你不过就是个总务部长。我跟你没什么好说的，请你出去！"

7

"他说自己是财会负责人吗？"

今天是举办各公司法人代表会议的日子。晚上八点过后，参会的社长们向酒店的宴会厅走去。此时，田宫的手机响了。

"他是这么说的，你有什么头绪吗？"

"有一个从银行过来的外调人员做了公司的总务部长，我猜应该是他。"

田宫响亮地咂了咂舌，"我已经千叮万嘱让他不要插手这件事了，真是个烦人的家伙！"

"他突然找上门，让我很为难啊。"

"十分抱歉，我也没想到他会这么过分。"

众人已经在干事的带领下碰过了杯，逐渐喧闹起来的宴会厅角落，田宫正用手捂着手机听筒，小声说道。

"这个人相当难缠，跟他的前任根本没法比，无视我的命令对他来说也是家常便饭。我明明跟他说过那件事由社长全权处理，让他不要碰的。现在我正拜托银行把他调回去呢。"

电话的另一端传来重重的叹息声，田宫顺势问出了那个让他有些难以启齿的问题。

"我也知道这事不该提，但是那笔钱您打算什么时候还呢？"

田宫握着手机离开了喧闹的宴会厅，他走到安静的大厅，看见一把空椅子，便坐了下来。

田宫的眼前似乎浮现出对方眉头紧锁的脸庞。在对方看来，田宫这句话确实问得不合时宜，另有所图的人原本就是田宫。

"总得让我们的业绩喘口气吧。不管怎么说，服装行业的竞争也很激烈呢。"

就算公司没钱了，你自己的荷包不是鼓鼓的吗？田宫差一点就要把这句话说出口，但他忍住了。他自欺欺人地说道："没关系，我们还撑得住。"

"如果有什么难处，不妨说出来，我会考虑的。"

难处早就有了。然而，田宫只是说了一句"我明白了"就把电话挂断了。

田宫把结束通话的手机盖上，塞回长裤的口袋里。他的心里突然腾起强烈的怒火，愤怒的对象既有打电话的人，也有近藤。

原本田宫一直在大型企业做着自己心仪的工作，但多年以前，父亲的突然离世，使他不得不放弃一切接手家族企业。在田宫的心里，这种奇怪的被害者意识最终变成了任性，"既然如此，这家公司我想怎么经营就怎么经营"。田宫在自己的公司是名副其实的国王，根本没有下属敢忤逆他的意思，反驳他的言论。

然而近藤这件事，不是不分青红皂白地斥责他一顿就能解决的。

因为田宫并不明白近藤的意图。他强行闯入拉菲特的总部，究竟意欲何为？他知道自己快要被调回银行了，所以报复性地找田宫电机的麻烦吗？

没有哪家中小企业是完全查不出问题的，当然，田宫电机也不例外，它被自身固有的局限性狠狠地束缚着。田宫认为，这不过是为了生存下去不得已而为之的事，类似于税金，是向社会这所学校缴纳的学费。

田宫从一开始就不信任银行。

这与父亲向他灌输银行恶人论有很大关系。因为银行曾经单方面破坏了与田宫电机的贷款约定，导致田宫电机差一点开出空头支票。事情发生时，田宫约莫还是初中生。那天晚上，回到家的父亲气得满脸通红，他把客厅里的玻璃座钟用尽全力砸在地板上，玻璃碎片摔得到处都是。那只座钟是银行周年庆典时送给客户的纪念品，背后用烫金字体写着当时东京第一银行的名字。肆意宣泄着怒火的父亲仿佛变成了非人的恶鬼，但田宫只能在一旁怯生生地看着，什么都做不了。

不要相信银行职员，哪怕已经签了合同，钱不到账上都不能掉以轻心。父亲一直这么教育田宫。与此同时，银行也像父亲说的那样，一直做着不配让人信任的事。

父亲的训示变成了田宫对待银行的基本方针。在此基础之上，田宫又加入了自己的理解，那就是"利用银行"。

虽然田宫打从心里眼儿厌恶银行，可一旦银行中断融资，企业经营就免不了陷入困境。为了继续从银行获得贷款，为了强化与银行的关系，他接收了像近藤那样的外调人员。因为这种阳奉阴违的处理方法，近藤之前虽然调来了好几名银行职员，但那些人最终都因为"个人资质问题"离开了公司。田宫电机表面上一直为银行职员准备着职位，向银行卖着人情。但实际上，田宫无论如何都无法信任这些调来的银行职员。久而久之，两者之间难免产生摩擦，银行职员们在公司待不下去，承受不了压力，便一个接一个地回到了银行。

田宫对近藤的态度也是如此。只有一点不同，近藤这个人和以往那些银行职员都不一样，他居然一步步地踏入了田宫电机的"禁区"。

对田宫而言，银行的外调人员只是单纯的装饰品，是用于笼络银行的外部姿态。

他已经向银行提出了调回近藤的申请，但心中的烦躁感却丝毫没有减弱的迹象。

7

"前几天你去税务师事务所的时候我就说过，让你不要擅自行动。"

近藤"突击"拜访拉菲特总部的第二天，田宫这样说道。他那因为憎恶而眯起的双眼，正试图探究出近藤的真实想法。

社长与总务部长本该是公司最亲密的两个人，现在却沦落到了彼此疏远、互相揣测对方心思的关系。

"账务造假、不知道什么时候能回收的三千万日元借款，如果对这些视而不见，我都不知道自己从银行调来这里的意义是什么！"近藤说道。

"不管从哪里来，你都不能无视上级的命令擅自行动吧。"

"那么，可以让他们把那笔钱还回来吗，社长？"近藤再次问道。

"这件事不需要你操心。"

"那笔三千万日元的钱款，如果还回来了对我们公司会有很大帮助，至少能解决目前资金运转困难的问题，为什么不回收呢？"

对公司有很大帮助——听到这句话之后，田宫的瞳孔中似乎有什么在跳动。

然而，这份情绪转眼间被隐藏在冰冷的面孔之下，化作"近藤部长"这一句混杂着叹息声的话语。

"跟你说也是白费工夫，总之，请你不要再擅自行动了。"

扔下这句话后，田宫匆匆忙忙地拿起外套，拜访客户去了。

又是一拳打在空气上了吗？

近藤无精打采地回到自己的座位。不远处的野田装作毫不知情的样子敲打着会计专用电脑的键盘，但脸上难以掩饰的得意已经出卖了他。

作为会计，野田的业务能力无可挑剔。但他缺乏向田宫提出意见的魄力，他只是上司的应声虫。他从不考虑公司利益，只会看社长的脸色行事，是典型的"不求有功但求无过"型职员。

比起公司更看重私人交情的经营者、帮助公司做假账的税务师事务所，再这样下去，这家公司迟早要被毁掉。

——又不是你们公司的钱。

近藤的脑中再次响起了名叫棚桥的女社长的这句话。不是田宫电机的钱，这句话究竟是什么意思呢？

近藤不是没有怀疑过，四年前，田宫电机真的有余力借给别人三千万日元吗？至少从田宫电机目前的经济状况来看，这件事是难以想象的。

近藤从财务文件的书架上抽出了当时的决算报告。

当时的公司确实是盈利的，但与近藤推测的一样，业绩并没有好到足以借出三千万日元的地步。近藤翻开《总分类账》[①]时，正在操作会计核算软件的野田突然停止了动作，他不耐烦地咂了咂舌。

"你翻开那种东西究竟想干什么？"

"不关你的事，继续干你的活，有问题我会问你的。"

"社长刚刚才叮嘱过，让你不要擅自行动。"

"所以我上厕所也要向社长报备吗？田宫电机什么时候变成幼儿园了。"

近藤没有理会愣在一旁的下属，他把视线重新落在账簿上。

三千万日元的资金来源，一定就藏在某个地方。

找到了。

借款给拉菲特的两周前，有人向田宫电机的存款账户汇入了三千万日元的资金。

然而，备注栏里的信息却让人大吃一惊，上面写着"东京第一银行"的名字。

种种线索都指向一种可能性。

"你们把银行贷款借给拉菲特了吗？"

---

① 总分类账也称总账，是按总分类账户（会计科目）进行分类登记的账簿。总分类账能全面、总括地反映和记录经济业务引起的资金运动和财务收支情况，并为编制会计报表提供数据。因此，每一单位都必须设置总分类账。

银行界称之为企业转贷。

然而，转贷——亦即"为了借钱给别的公司而申请贷款"，这样的理由是无论如何都不会被银行接受的。

假如转贷的资金是以流动资金贷款的名义申请下来的，那就毫无疑问是违法行为。

"野田。"近藤冷着脸走了过来，"借给拉菲特的资金，是挪用的银行贷款吗？"

野田的眼神中充满了黏稠不堪的焦躁，他盯着近藤。

"我怎么知道？"野田佯装不知。

"你们有必要这样做吗？"

野田似乎在考虑怎样回答才比较妥当，然而，他最后说出口的那句话却是"谁知道呢"。

"我不过是遵照上级的命令处理事务罢了，你还是去问社长吧。"

"不用了，我直接问银行。"

野田的表情变得凶狠起来。

他长期经手会计事务，自然知道把流动资金贷款转借给别人的公司会是什么下场。

"这样下去真的好吗？"

近藤索性与他摊牌，"你们从银行拿到了三千万日元的贷款，却擅自转贷。并且，资金借出后的四年内完全没有还款迹象。田宫电机确实是家族企业，但它同样关系到包括你在内的每一位员工的切身利益。然而在这家公司，居然找不出一个敢对社长说不的人。结果，田宫电机就变成了现在的样子，连三千万日元的银行贷款都批不下来。你作为旁观者，见证了全过程。你扪心自问，这样下去真的好吗？"

宛如肮脏的河面上，垃圾被水流裹挟着冲向远方一般，野田的脸上也有一瞬间出现了异常复杂的情绪。

"你知道什么？"被敌我意识蒙蔽内心的野田愤怒地说道，"你干得不顺心还有退路可走。像你这种人，能明白不拼命攥住这个饭碗就活不下去的人的心情吗？"

"我明白。"近藤说，"我并没有什么退路可走，你好像误会了。哪怕回到银行也没有我的立足之地。事情并不像你看到的那么简单，我是抱着为这家公司鞠躬尽瘁的决心来到这里的。所以，我发自内心地希望它好起来。你愿意做社长的应声虫那是你的自由，但是，野田课长，我是绝对不会那样做的，只要这家公司还有振作的可能性，我就会拼尽全力地争取到底。对我而言，这是理所当然的。你不是会计吗，世上应该没有人比你更清楚这家公司的财务数据了。如果你出于对社长的恐惧而不敢直言以对，那么至少请你闭嘴，不要再干涉我的事，可以吗？"

近藤本以为野田会对自己怒目而视，然而，野田此刻的表情却充满了不甘与委屈，像极了被母亲责骂后的孩子。

"你在这里充什么英雄好汉！"野田用手指擦了一下泛着油光的鼻尖，"你别搞错了，我也想让这家公司好起来。但是，我可是万年课长，一辈子都得被像你这样空降而来的银行职员压在下面的万年课长。总之，在社长看来，我就是这种无足轻重的小角色。这样的小角色一旦对社长指手画脚，你知道会有什么下场吗？"

此时的野田，周身散发出与以往不同的哀伤气质。近藤突然发现，自己好像理解了这个男人的辛酸与不甘。

"我也向社长提过建议。"野田悔恨地把视线移开，"但是社长对我说'你只要乖乖地完成上级的命令就可以了'。我在这家公司二十年了，二十年都只是个课长。我就像一根钉在柱子上的钉子，你明白吗？哪怕墙上的挂历每年都会换成新的，也跟我没有任何关系。我只能一动不动地待在那儿，直到身体变得锈迹斑斑，最后被人拔走。这样的人生，你能想象得出来吗？"

"人生是可以改变的。"

野田死水一般的眼中，突然闪过小小的惊讶的火花。近藤继续说："但这需要勇气。现在的你，彻底地暴露了上班族的软弱，成了一个寒酸的糟老头子。**比起说'不'，对上司言听计从当然要轻松许多。但是，我们上班族一旦变成了只会对上司点头哈腰的应声虫，工作还有什么意义呢？**"

近藤突然感到一种似曾相识的炽热情感翻涌而来，他咬紧了嘴唇。

那个时候，近藤在万众期待下入选新支行的筹备委员会。他至今也没有忘记，接到调令时心中涌起的那份喜悦。某种意义上来说，这是一种很纯粹的感情，与他之后经历的地狱般的日日夜夜形成了鲜明的对比。

不管怎么努力，业绩都达不到期望的水准。那时的近藤终日在支行的客户之间奔波，磨破了好几双皮鞋。他内心深处某些重要的东西也和鞋底一样，在无尽的奔波中被损耗、被消磨。每天早上，营业前召开的例会上，近藤都会被急功近利的支行长不停地辱骂。这种辱骂最终变成了不抱期待的疏远。那时的近藤，无论上司提出怎样的要求，都只能唯唯诺诺地回答一声"好的"。近藤曾经很喜欢这份工作，也有自己坚守的原则。可如今，工作变成了一座灰色的沙山，近藤要做的只是遵照吩咐，用杯子舀起沙子，然后堆出另一座沙山——对近藤而言，那段日子留给他的感受就是如此的贫瘠且荒芜。

近藤曾经想过把工作放在第二位，自己只要过好工作以外的生活就行了。然而，工作毕竟占据了一天中一半以上的时间，对工作丧失信心相当于放弃自己一半的人生。无论是谁，都会尽量避免这种选择。世上最无聊的事，就是敷衍了事地对待工作。生而为人，真的有必要把人生浪费在这种无意义的事上吗？

"总而言之，这件事——"近藤把话题拉回，他用手中的圆珠笔一下一下敲打着翻开的账簿，"不管社长什么态度，我都要一查到底，直到查出让我信服的真相。如果借给拉菲特的三千万真的没有回收的可能性，那么这笔钱就应该作为'非损'处理。"

"非损"，指的是非常损失。

"在税务方面，这笔钱是不能算作亏损的。"

"你说的是税法的规定吧？"

近藤三言两语就堵住了野田的反驳，"我说的是公司财会层面的处理。一笔不知道什么时候才能回收的借款，就这么堂而皇之地计入公司资产？我绝不允许如此敷衍的决算报告出现在我们公司。"

野田呆呆地怔在原地，居然一句话都说不出口。

第六章 摩艾人①眼中的花

---

① 指位于复活节岛（Easter Island）的一群巨型人像，遍布全岛，是智利的旅游景色与世界遗产之一。

1

　　"方便谈谈吗？"渡真利对半泽说道。时间快到晚上十一点了，办公层里还有一大半的银行职员在加班。

　　"有些事想跟你说，特别重要。"

　　渡真利的语气中包含着真切的急迫感。

　　三十分钟后，两人在行员专用通道入口处会合，搭乘出租车前往饭仓片町的一家酒吧。这家酒吧连招牌都没有，吧台上只有一位客人在喝酒。

　　渡真利向相熟的酒保打了招呼，然后选择了桌上只放着一盏小灯的座位。

　　"融资部负责企划的那帮家伙，最近的动向很奇怪。"渡真利在等待酒保把酒端上桌的过程中，开口说道。

　　"大和田常务似乎下了命令，要他们研究伊势岛饭店的案子。

常务或许打算把伊势岛的管理权从营业二部转移到别的地方。”

渡真利说出了融资部企划小组次长福山启次郎的名字。这个名字半泽也听过，他嘬了一口杯子里的波旁威士忌。

“虽然不想承认，但那家伙确实很能干。”渡真利满脸不快地说道，“据说在东京第一银行时代，那家伙就跟在大和田常务身边了。”

“也就是说，他是我的后任。”半泽说着，满不在乎地把下酒菜送入口中。

“都这个时候了，你怎么还不紧不慢的。”

“棒球场的外场，还有一楼与二楼之间的夹层都坐着不少烦人的家伙。然而，他们所在的地方说到底不过是观众席，我哪有工夫一一理会观众的起哄声啊。”

“是吗，那就好。话说回来，前几天我和白水银行的板东因为其他公司的事碰面了，我从他那里听到了一件有趣的事。”渡真利说。

“他说黑崎不应该知道关于纳鲁森业绩的事。”

半泽停住了举着玻璃杯的手。

“据说上一次金融厅审查时，白水银行并没有察觉到纳鲁森业绩的异常。所以黑崎不可能在白水银行的审查中获得消息。白水银行似乎是在审查结束之后，才知道纳鲁森有破产的危险。顺便说一句，金融厅当时也同意把纳鲁森判定为正常债权。”

“这就奇怪了。”半泽喃喃自语。

渡真利冷不防地说出了自己的猜测：“黑崎会不会有别的情报

源？就像 AFJ 那件事一样，这或许是他的惯用伎俩。"

如果是那样，那么 AFJ 银行疏散资料被发现一事也就解释得通了。渡真利继续说道："你打算怎么办，半泽？明天你就要和黑崎一对一较量了，现在已经没有时间了，你会认下纳鲁森的事，然后向他赔罪吗？"

"不——"半泽终于开口，"我不会赔罪，现在我只想争取一点时间。"

"那你打算怎么办，一直装蒜吗？"

"现在也只能这么办了吧。"

半泽平静地把杯中的酒送到唇边。

"你小子还真喜欢把人当傻瓜。算了，你爱怎么做就怎么做吧。但是，一直这么装蒜也不是个办法，你得快点想出解决措施。不然的话——"

渡真利把后面的话咽了回去。

2

半泽与渡真利喝完酒的第二天下午两点，黑崎主导的第二次资产审查开始了。

东京中央银行的某间会议室中，半泽与小野寺坐在桌子的一侧，坐在另一侧与他们对峙的是以黑崎为首的三名审查官。银行方像往常一样，派出木村旁听。此时，木村正板着脸坐在半泽旁边的座位上。

"关于前几天谈到的纳鲁森，我们这边没有收到破产的消息。"半泽先发制人地说，"听说该公司确实因为大宗客户韦斯特建设货款一事大伤脑筋，但没有正式的消息表明他们开始走司法程序了。"

"正式的消息？"黑崎笑出了声，"等你得到正式消息，一切不就太迟了吗，至少你应该查得到，他们确实无法回收韦斯特建设的货款。并且，伊势岛饭店好像有外调人员在纳鲁森吧。只要向那个人打听，伊势岛饭店的领导层也会知道纳鲁森的真实情况。所以，你可不要说因为没有渠道，所以打听不到消息。"

黑崎没给对方喘息的机会，接着说："还有，那批拍卖后用作额外收益的画，是不是暗示了公司的会长有公款私用的嫌疑？就连你们银行发放的流动资金贷款都有可能被挪用呢。事到如今，居然突发奇想用卖画的钱来填补亏损，这家公司还真是不靠谱，内部管理简直一团糟。贷款给这种公司，就不怕收不回来吗？"

"卖画这件事并不是心血来潮，社长早就着手卖画了，只不过这么多画，卖掉也需要一些时间。"半泽用十分冷静的声音答道。

"事实就是没有卖掉啊。"

听到黑崎的反驳，半泽哑然失笑。

"要说事实，纳鲁森不是也没有破产吗？纳鲁森真的快要破产了吗？伊势岛饭店的画和土地可是已经进入拍卖流程了。纳鲁森呢，开始走破产程序了吗？还没有吧。退一万步说，就算他们真的收不回货款，说不定纳鲁森内部也存在可供处置的剩余资产呢。"

当然，半泽本人也认为，纳鲁森破产一事基本板上钉钉。他这么说，只是为了在谈判中争取一点优势，同时尽量拖延时间。

黑崎愤怒极了，他的脸颊像濒死的鱼的鳃，开始急促地张合。空气中似乎能听到他咬紧后槽牙时发出的声音。半泽没有理会这些，继续说着："就算您是金融部门的人，也不能草率地宣布一家公司破产吧。这么做，只能说明您缺乏常识。"

"别倒打一耙呀，半泽次长。正是因为你对伊势岛饭店的业绩认识不足，我才特意把纳鲁森的消息披露出来。反过来，你还得感谢我呢。"

"说到底，这不过是未经证实的消息。"半泽反驳，"您披露这些消息对我们一点帮助都没有，只能徒然增添困扰。伊势岛饭店今年的业绩，就像这份事业计划书写的那样，一定能达成黑字，这是毫无疑问的。我不知道您从哪个渠道获得的情报，但您宣扬着未经证实的消息，一口咬定伊势岛赤字，恕我实在无法接受。"

黑崎镶着银框的镜片后，歇斯底里的怒火正在熊熊燃烧。

"嗬。既然如此，下次资产核查之前我会让你看到证据的。但是现在，我们还是先解决目前可以讨论的问题吧——如果纳鲁森破产了，伊势岛饭店不可避免要承担投资亏损，这一点你同意吧？伊势岛有办法填补亏损吗？"

半泽不知道黑崎打算拿出怎样的证据，但他明白，对方正试图堵住他们的退路。

半泽答道："这件事很重要，我不回答假设的问题。"

"探讨将来可能出现的情况，不是负责人应该做的吗？我说错了吗？木村课长代理。"

部长代理木村连忙附和："您说得没错。"然后用手帕擦了擦额头的汗珠，顺带瞪了半泽一眼。

"还有，我不是课长代理——"

"半泽次长，你觉得呢？"

黑崎没有理会木村。

"就算纳鲁森破产了，伊势岛也有办法弥补损失。"半泽说。

"你的意思是，他们还有剩余资产？"黑崎追问。

"不，是更加根本性的解决措施。"

"根本性的？"黑崎与旁边的审查官交换了眼神，"话说在前头，我们可不会同意让伊势岛收购纳鲁森。"

在黑崎看来，自己的这句话或许斩断了半泽一条退路。然而——

"收购？"

半泽目不转睛地盯着黑崎的脸。黑崎莫非知道大和田向汤浅提议收购纳鲁森的事？

"怎么会呢？我完全没这么想过。"

已知白水银行不可能是黑崎的情报源，那么黑崎究竟从哪里……

"是吗？"

黑崎的样子并不像相信半泽的话。

"对伊势岛饭店来说，收购纳鲁森是不可能的。这是下下策。"

"哦，那又是为什么呢？"

黑崎宛如一位高傲的贵妇，抱紧了手臂，用鼻尖看着半泽。

"原因不方便在这里说。话说回来，黑崎审查官，您居然不知道其中缘由，真让我感到意外。"

三名审查官箭一般的眼神纷纷射向半泽。脸色苍白的木村喊了一句"喂，半泽"，接下来的话却怎么也说不出口。

"你什么意思，请你好好解释一下，半泽次长？"

"我是说，出于某种理由，伊势岛饭店不能收购纳鲁森。"半泽答道，"因为这涉及公司经营的根本，所以不能透露给无法保守职业秘密的人。没错，我说的就是像您这样的人，黑崎审查官。"

两人剑拔弩张地对峙着，看得出来，黑崎的怒意已经到达了顶峰。

＊　＊　＊

"这算什么玩意儿！"

黑崎把抓在手中的资料用尽全力摔在地板上。他瞥见办公层里出现的那道身影，于是高喊道："岛田，过来这边！"

"找到了吗？"

一个强壮的男人快步跑了过来，随后心虚地低下了头。

"那个，还没有——"

黑崎给他分配的任务，是寻找"疏散资料"。

"这不可能！"黑崎的语气锋利得像甩出去的鞭子，"听好了，这里的某个角落一定藏着资料。挖地三尺也要给我找出来！给我彻底搜查，明白了吗？！"

伴随着黑崎的大喝，男人再次和数名同伴一起冲出了办公层。

"关于伊势岛的事业计划书，我们要想把它分类，必须有足够的依据——"

资产核查时坐在黑崎旁边的审查官小心翼翼地说道。

"你不说我也知道！"

黑崎的心中，对半泽的憎恶难以抑制地增长着。那家伙，心中没有半点对金融厅审查官的敬畏之心。无论去哪家银行都享受最高级别礼遇的黑崎，居然被一个小小的次长轻视、愚弄、耍得团团转。他黑崎什么时候受过这种气。

在黑崎看来，只有把伊势岛饭店分类了，才能消除他的心头之恨。

至于那个叫半泽的家伙，必须扣上一个妨害审查的罪名，让他从此无法在银行界立足。

要到达这个目的，必须找到营业二部藏匿的疏散资料。

黑崎有信心。

他清楚地知道，在审查前将一些违规资料隐藏起来是银行界的恶习。除了伊势岛饭店之外，他还检查了若干个营业二部管理的信用档案。

那些资料都太干净了。

见不得人的资料一定藏在某个地方，这家银行的某个地方。

"我一定会找出来的，等着吧。"黑崎喃喃自语，"那一天，就是你半泽的死期。"

3

　　"我问过业务统括部的家伙了，你和黑崎过招之后，木村向部长狠狠地告了你一状。过不了多久，他们就会把你叫到办公室了。你自己小心。不过你小子大概不会把这事放在心上吧。"渡真利一脸严肃地说。

　　"他能告什么状，无非说我态度恶劣罢了，无聊。"半泽说。

　　渡真利咧着嘴笑了，"总之，时间你是争取到了，问题是接下来该怎么办。"

　　"有件事我一直很在意，渡真利。"

　　半泽说出了与黑崎激辩之后，留在心中的疑虑，"黑崎会不会在银行安插了内线？"

　　"你说什么？"渡真利惊讶地张大了嘴巴，"这是怎么一回事？"

　　"黑崎不知道纳鲁森与反社会势力有来往。还有——这只是我的直觉——他好像知道大和田以收购纳鲁森为条件逼社长退位的事。"

"你的推测是……"渡真利问道。

"我总觉得，这个内线就在大和田的身边。伊势岛饭店的羽根应该不知道纳鲁森和反社会势力有关系。有没有可能，内线把从羽根那里听来的消息直接泄露给了黑崎？"

"真的假的？"渡真利瞪圆了眼睛，"这不可能吧。对大和田他们来说，向黑崎提供情报有什么好处呢？一个不小心，银行可是要背上巨额不良债权的呀。"

"但是，他们也可以借此机会逼董事长退位。"

此时，两人站在办公层的一角，小声地交谈着。在办公层的喧闹中，渡真利盯着前方空气，陷入了沉思。

"这倒是有可能，毕竟那位仁兄脑子里全是陈腐的派别意识。"

渡真利的口中终于轻轻地吐出这么一句话。"实际上，金融厅那帮家伙，最近的举动有点奇怪。"

半泽向他投去问询的目光。

"一些年轻的公务员，老是围着行内的会议室和空房间转来转去的。"

"是在搜查疏散资料吧？"

渡真利点了点头，"如果照你所说，黑崎在银行内部安插了眼线，那么他或许已经知道了古里的那份书面报告。那样的话，黑崎在找的，很可能就是那份资料。"

有这种可能性。

"听好了半泽，绝对不能被他们找到。"渡真利用极其严肃的语气说道，"伊势岛的事还没有分出胜负。但是，如果你在这种地方被绊住了脚，那么——"

"那么，就没有希望了，对吧？"

渡真利总是习惯性地在这种地方住口，半泽索性帮他把下半句说了出来。"但是渡真利，你好好想想。我们真的拥有不惜豁出一切也要守护到底的希望吗？"

"有的。"渡真利干脆地说。

"我们要是被人赶走，不就没办法复仇了吗？"

"复仇？对旧T那帮家伙的复仇吗？"

"不是这个意思。"

听到半泽半开玩笑的提问，渡真利有些不高兴。

"最近我总是在想，我们的银行职员生涯究竟有什么意义？"

半泽沉默了。"我现在还能想起，泡沫经济时期我们被银行录用时的样子。你和我、近藤、苅田，还有——"

"押木。"

同期入行的伙伴中，苅田被调到了关西。而押木，则在那场"911"恐怖袭击事件中下落不明。

"押木是个好人，但那家伙，最后却死在了银行业绩最低谷的时期。如今银行界好不容易恢复了元气，他却再也看不到了。不单是押木，**我们这批泡沫时期入行的人，其实都是在经济的隧道中孤独行驶的地铁。**"

渡真利的话语中包含着炽热的情感，"然而，这并不是我们的错。泡沫经济时期，推行愚蠢的不懂节制的经营策略，导致银行迷失本心的那帮家伙——所谓的'团块世代'①才是罪魁祸首。那帮家伙念书时，大肆宣扬着什么全共斗②、什么革命，结果还不是屈从于资本主义。他们一踏入社会，就把之前的思想、主义全抛到九霄云外，活成了软骨头。因为他们愚蠢的策略，银行一头钻进了业绩持续低迷的地下隧道。然而，他们非但不用承担责任，反而厚颜无耻地拿着巨额的退职金。我们这些人，却被剥夺了职位和升迁的机会，只能在他们的阴影下苦苦煎熬。"

渡真利看向半泽的眼神中，饱含着少有的热忱。半泽第一次知道渡真利心中居然有着这样的想法，他感到十分惊讶。"如果在这个时候被赶出银行，那一切就都没有意义了。我们泡沫新人组不是专门为'团块世代'收拾烂摊子的。那些开口闭口就是旧T，脑子里装满了派别意识的蠢货，还在这家银行横行霸道、作威作福。我们必须给这些人一点教训，让他们无话可说。**用我们的双手把银行经营引入正确的轨道，这才是我说的复仇。**"

"再过十年，那些家伙就都不在了。就算什么都不做，银行的经营权迟早会落入泡沫世代手中。地铁最终还是会开到地面上。"

----

① 专指日本在 1947 年到 1949 年之间出生的一代人，是日本"二战"后出现的第一次婴儿潮。在日本，"团块世代"被看作是 20 世纪 60 年代中期推动经济腾飞的主力，是日本经济的脊梁。这一代约 700 万人于 2007 年开始陆续退休。这一代人大都拥有坚实的经济基础，一直是最引人关注的消费群体。

② 1968 年（昭和四十三年）—1969 年（昭和四十四年）发生在日本的学生运动。

听到半泽语调悠闲的调侃，渡真利反驳："开到地面上也是为了进车库。"

"听好了，泡沫组中究竟谁有资格坐上董事的位子，决定权在那帮家伙手上。'团块世代'只会提携符合他们心意的人，这样也没关系吗？你小子不会以为自己很招人喜欢吧？"

"他们怎么看我都没关系。"半泽淡淡地说。

"我只能用自己的头脑思考，相信我认为正确的事，并为之付出行动。"

"就算被人狠狠地打击报复也没关系？"

"是我们选择了这个集体。"

听到半泽的话，渡真利咂了咂舌，再没多说一个字。

"没有能力反击的人无法在这个集体生存下去。对吗？渡真利。"

渡真利没有回答，但他一定回忆起了自己的银行生涯，其间反复上演的就是这样的戏码。

* * *

第二天，渡真利说的打击报复就以业务统括部部长传唤的形式变成了现实。

半泽进入部长室后，岸川迈着缓慢的步子从窗户旁走了过来。他烦躁地吐了口气，比平时更装腔作势，令人作呕。

"你到底想干什么？"岸川第一句话就是不分青红皂白的责问，"我听说昨天和金融厅面谈的时候，你发表了不恰当的言论。

今天早上，金融厅那边还向董事长提出了严重警告。"

"严重警告？"半泽不禁哑然失笑，"警告的内容是什么？"

"警告作为负责人的次长表现出不配合的态度。说的就是你，半泽。"

"我并非有意表现出那种态度，只是为了纠正对方的错误——"

"不许找借口！"

岸川粗鲁地打断了半泽，他看向半泽的面孔显得异常愤怒。凑巧的是，岸川刚好就是"团块世代"，半泽的脑海中不由得闪过渡真利的批判。他强行把自己的思绪拉了回来，一言不发地盯着岸川。

"大和田常务也很生气。因为一名次长不恰当的态度导致金融厅对银行整体印象恶化，简直岂有此理。不少人都说要研究对你的处分。"

虽然岸川刻意没说得十分明白，但这必然是大和田的指示。大和田想利用这次审查把半泽驱逐出银行。京桥支行的贝濑应该已经向大和田汇报了书面报告的事，半泽早就成了他们的眼中钉。

"在讨论我的态度之前，金融厅的态度又如何呢？"半泽深感荒唐，回答道，"他们甚至拿出了未经证实的信用情报，并且经常对我行提出的资料进行负面曲解。他们一开始的目的就是要把伊势岛分类，所有的一切不过是走走过场。审查开始之前，他们就针对伊势岛饭店做了负面评价，这明显有问题。那名审查官不过是打着金融行政的名号，故意欺负银行罢了。"

"你真是让我大开眼界。"岸川的眼睛瞪成了三角形，他唾沫横飞地说道，"对方可是金融厅啊，你觉得你这借口有用吗？"

银行的董事们大多是这副德行，在这个僵化的组织待久了，渐渐地忘记了怎么正确思考，岸川就是活生生的例子。半泽领悟到，这帮家伙的脑中只存在谁的地位比较尊贵这种简单的构图。在行内时专横跋扈，以社会精英自居，可一旦遇到比自己位高权重的人物，便立马放弃自尊，极尽奉承之能事。

　　"就是因为您的这种态度，那名审查官才会越来越过分。"半泽冷淡地说，"请您转告大和田常务，如果我的态度造成了不良影响，我当然会承担责任。上回我也是这么说的。"

　　"你好大的口气。"岸川的语气中满是轻蔑，"开除你一个人有什么用？对银行一点意义都没有。你认为凭你一个人就能承担所有责任吗？这才是最大的错觉。"

　　在岸川看来，半泽占着负责人的位置不放，还口出狂言，简直不可理喻。

　　"既然如此，请你们赶紧找人替换我吧。"半泽冷漠地说，"交给大和田常务引以为豪的融资部企划小组怎么样？请您转告大和田常务，让他别在背后搞小动作。身为银行常务居然满脑子都是派别意识，这合适吗？"

　　"你敢愚弄常务？"

　　"怎么会呢，只是想请您转告我的建议罢了。这建议本该由您来提，岸川部长。一个只会讨好常务，做上司应声虫的部长对银行没有任何好处。金融厅审查对策也是如此，如果审查对策只是不要违抗对方，那跟没有对策又有什么区别？"

　　半泽瞥见岸川的手因愤怒而颤抖，说了一句"请您好自为之"

便从座位上站起。

"等等！"岸川的怒吼使半泽停住了脚步，"既然你这么说，想必有了十足的胜算吧。"

"现在无可奉告，我只能告诉您，我们有赢的可能性。"

"用什么方法？"岸川快速地吸了一口气。

"不能说。"

"为什么？"

半泽目不转睛地盯着对方。

"因为这是秘密。"

"别开玩笑了，什么惊天大秘密不能对身为部长的我说？"

"岸川部长，身为银行职员，总会遇到不得不保守秘密的时候。"

岸川的表情混杂着愤怒与困惑。就在此时，门外响起了敲门声，秘书领着新的来访者走进了房间。

业务统括部的木村旁边站着另一个男人，男人全身包裹着漆黑的西装，身材高大。

"这位是金融厅的岛田审查官。"

木村做了介绍，岛田却不向两人打招呼，只是面无表情地盯着半泽。

"实际上，金融厅想去你家搜查。"

"我家吗？"

这是个唐突的要求。

"有什么问题吗？"

"问题大极了。"半泽用责备的目光看着木村，"别人说想去你家搜查，你就点点头把人迎进门？木村部长代理，能告诉我理由吗？”

“金融厅对妨害审查的行为非常敏感。他们认为，负责伊势岛饭店的你或许隐藏了相关资料。”

那你倒是阻止他们呀。半泽很想这样指责木村，却还是忍住了。他最终只是狠狠地瞪了木村一眼。

“我没有那种资料。”半泽说，“想搜查我家，麻烦拿出搜查令。”

“听我说，半泽。”

岸川把手肘搭在椅子的扶手上，探出身子，“前段时间，AFJ银行也出现了类似的情况。你家要是真的什么都没有，就让他们搜嘛。这样做能更快地还你清白。”

总而言之，岸川也默认了金融厅的行为。

“开什么玩笑，我从没听过这么荒唐的要求！”

“只是非强制性搜查。”岛田终于开口说话，他的语气仿佛一名提审犯人的警察。

“非强制性搜查？别开玩笑了，你们什么时候转行当警察了啊？金融厅连银行职员的私人空间都不放过吗？”

“这取决于对方是什么人。”岛田傲慢地说。

他虽然只是个二十多岁的年轻人，却很懂得如何利用主管部门的身份压制别人。

“那么，请你解释一下吧。既然想搜查我家，总得给我一个合理的解释吧。”

“在金融厅看来，你涉嫌隐藏资料，妨害审查。”岛田像审视犯人一样审视着半泽，"我们接到了来自银行的内部举报，说你管理的营业二部，有一部分资料被隐藏起来了。"

"内部举报？"

半泽目不转睛地盯着岛田的脸。他的脸四四方方，比普通人的脸长了许多。这家伙的祖先一定是复活节岛上的摩艾人。

半泽转过头，细细地打量着岸川的脸。

"他说的是真的吗？"

业务统括部部长心虚地移开了视线。他模棱两可地说道："金融厅那边似乎得到了情报。"

"太荒唐了，我认为不可能存在这样的内部举报。"

"这跟你怎么认为没有关系。"岛田反驳。

"我们也不想做这种事，半泽次长。但是俗话说无风不起浪，我们对你家没有任何兴趣，我们关心的只是那些可能藏在你家的资料。"

"我说过了，我家没有那种东西。"

"你别多想，半泽。"

木村突然用轻浮的口吻说出了这句前言不搭后语的话。什么叫别多想啊？然而，半泽在那双瞪着自己的眼睛中，分明看到了根深蒂固的仇恨。

"你以为我们乐意这么做吗？作为金融厅，我们为不得不采取这样的措施感到遗憾。"岛田倨傲地说，"但是，既然接到了内部检举，金融厅也不能坐视不理。你觉得呢，半泽次长？"

什么"遗憾"啊，简直荒谬至极，半泽想。

金融厅与银行，从很久以前就保持着既不过分亲近也不过分疏远的关系。金融厅定期对银行进行审查，指摘银行的不当行为。审查名义上是突击的，银行却能从好几个月前开始着手"准备"，金融厅对此也是睁一只眼闭一只眼。也就是说，所谓的审查不过是一场闹剧。

最近 AFJ 银行疏散资料被发现一事，媒体宣传得好像金融厅立了大功一件。但对于知晓内情的人来说，再没有比这更滑稽的事了。究竟被发现资料的一方是傻瓜，还是几十年来对银行的行为佯装不知，发现一次隐藏资料就把自己吹捧成英雄的一方是傻瓜呢？

"既然都说到这个份儿上了，那就请便吧。"

半泽不快地松口，但岛田没有说一句道谢的话。

"是吗？那么，一会儿就拜托你了。"

"一会儿？"

金融厅的意图很明显，如果半泽把资料藏在家中，这么做可以阻止他把资料紧急转移到别的地方。

"不巧，我接下来有工作安排，不能离开。"半泽说，"不过既然是这种情况，我跟着反而不方便吧。木村部长代理——"

此时的部长代理正把手肘放在椅子的扶手上，露出不怀好意的笑容，"你代替我走一趟吧，我现在就给家里打电话。"

"我吗？"

木村完全没有料到事态会朝着这个方向发展，脸上的笑容瞬间变成了左右为难的神情。但他最后还是放弃了挣扎，无奈地接下了这份苦差。毕竟，应付金融厅本来就是业务统括部的工作。

半泽拿起茶几上的电话，按下了自家的电话号码。

三个人一动不动地观察着半泽的表情，他们试图从他脸上找出哪怕一星半点的慌乱。

很明显，在场的所有人都确信半泽把资料藏在了家中。

电话的呼叫音还在响着。

半泽看了眼手表，九点十分，妻子该不会出门了吧？正当他这么想时，电话的另一端传来了小花的声音："这里是半泽家。"

4

"我还以为这次真的万事休矣了呢。"

渡真利说完，端起服务生送来的大杯啤酒，咕嘟咕嘟喝了一大口。他们所在的地方是新宿站西出口附近的一家居酒屋，时间已经是九点多了。

按照渡真利的说法，当听说金融厅的审查官把目标锁定在半泽家时，几乎所有人都认为这次一定完蛋。

因为在东京中央银行，融资课长一类的管理层把违规资料运回家是一件再平常不过的事。

根据小花之后打来的电话，金融厅的审查官不但搜查了孩子的房间和壁橱，还要求打开私家车的后备箱。

"那帮家伙究竟怎么回事？"小花不由得怒从心头起，"嚣张地闯进别人家里，把别人家翻了个底朝天。居然连一句谢谢或者对不起都不会说！太不懂事了吧，这就是金融厅的态度吗？"

听到这些话，渡真利露出了苦笑。

"金融厅可不就是这副德行嘛。"

"话说回来，我还以为至少你会信任我呢。"半泽半是责备地说。渡真利立马双手合十讨饶。

"不是我不信任你，可这毕竟是内部检举啊。知道了消息出自营业二部内部，任谁都会捏一把冷汗吧。"

"我认为，所谓的内部检举只是金融厅的权宜之策。"

"什么意思？半泽。"渡真利惊讶地问。

"就是说，这是他们为了师出有名，故意编造出来的谎言。"

"你还真是被那个叫黑崎的审查官记恨上了呢。"

"那家伙的话，与其被他喜欢，还不如被他记恨。"

"赞同。他大张旗鼓地让人搜查疏散资料，搞出那么多动静，无非是想把妨害审查的罪名扣在你头上。"

渡真利继续说："伊势岛饭店这边胜负难分，于是就想用这种办法逼你出局。那家伙真是心狠手辣。"

"他们也去了京桥的贝濑家吧？"

"啊，多亏你的提醒。旧 T 那帮家伙知道这事后都松了一口气呢。真的好险。"

渡真利露出如释重负的表情。

半泽注意到金融厅有可能搜查私人住宅，于是暗中联系贝濑，命令他把资料转移到非银行相关人员的住宅或者仓库。

"你还真是料事如神。不过，你是怎么想到这一点的呢？"

"我和《东京经济新闻》的记者聊过，是他告诉我的。"

前天，名为松冈智宏的记者拜访了半泽。松冈自称负责报道金融界的消息，他对于这场以伊势岛饭店为焦点的金融厅审查抱有浓厚的兴趣。

那时，松冈说了一件让人意外的事。

"那位叫黑崎的审查官，他的目的真的是把伊势岛分类吗？"

此前一直用不痛不痒的回答应付对方的半泽突然警觉起来，他看着松冈。

"您的意思是……"

"据说黑崎审查官的父亲曾经是大藏省的官员，他被当时的产业中央银行陷害，落了个被贬职的下场。当然，这话也是我听别人说的。"松冈继续说，"这只是我个人的推测，我认为黑崎真正的目的不是把伊势岛饭店分类，而是整垮东京中央银行。而且我听负责金融厅的同事说，金融厅内部已经放话，说这次审查，有可能搜查银行职员的私人住宅。这件事请你不要外传。"

半泽目不转睛地盯着这位年轻的记者。

"就算发生过那样的事，也不能在审查中夹带私情吧。"

因为对方是新闻记者，所以半泽只能中规中矩地回应。但从松冈处得来的情报暗示了黑崎下一步的动作。

"黑崎接二连三地打破了金融厅审查的惯例。迄今为止，金融厅之所以对银行藏匿资料的行为睁一只眼闭一只眼，也是因为击垮了银行，金融厅行政部就无法成立。"

渡真利也点了点头。

"真心话和场面话，金融厅里也是有两套说辞的。表面是监督管理部门，实际上跟银行同是一根绳子上的蚂蚱。"

"说的没错。"半泽拿起菜单，随便点了几样小菜，接着说道，"金融厅之所以提前泄露审查消息，也是因为一旦出现棘手的情况，金融厅本身也不好交代。所以每次，他们只在无关痛痒的地方指摘一两句，真正的致命伤反而佯装不知。然而，黑崎这个人完全不是这个路数。他的思路从一开始就很清晰，就是找出营业二部藏匿的资料，给我们扣上妨害审查的罪名，然后顺势将伊势岛分类，再给银行出一张业务整改令，最后逼迫董事长下台。"

"那家伙真是对我们恨之入骨啊。如果他复仇的对象不是银行，我甚至会为他的努力感动到落泪。"

渡真利目瞪口呆，"既然知道了这件事，就更不能输了，半泽。"

5

"你说没找到？"

东京中央银行总部大厦专门腾出一层楼，给金融厅的审查人员用作办公层。这天下午，黑崎在那里大发脾气。

"你仔细找过了吗？我不是跟你说过要挖地三尺吗。"

"十分抱歉，但是——"岛田那张酷似摩艾人的脸上浮现出困惑的神情，"我们搜查了每个角落，半泽家里确实什么都没有。当然，他家被我们翻了个底朝天，连仓库和车也——"

搜查在木村和半泽夫人的见证下花费了大约一个小时的时间。

* * *

"你给我站住。"

岛田空着手走出玄关的当口，突然被半泽夫人叫住。他回过头，发现一双盛满怒意的眼睛正瞪着自己。紧接着砸向他的是一句尖锐的指责——"你们太不像话了！"

　　半泽的妻子一直在旁边看着他们搜查。老实说，岛田压根没正眼瞧过她，所以他直到现在才注意到半泽妻子的存在。他以为银行职员的妻子和银行职员一样，都是那种老实本分的性格。

　　"我不管金融厅要办什么事，你们既然闯入别人的私人住宅，难道不懂相应的礼数吗？你到底怎么回事啊？把别人家翻得一团糟，连句像样的招呼都不打就想抽身离开？你倒是说话啊！"

　　"那，那个——太太，这件事。"

　　"你给我闭嘴！"

　　小花气势汹汹地打断了惊慌失措的木村，转头又开始瞪着岛田。

　　"因为这是金融厅的审查。"

　　"那又怎么样？能别开玩笑了吗？"半泽的妻子用恐怖的眼神瞪着岛田，"我丈夫是银行职员，以他的立场可能不好说什么。但我是普通老百姓，总得让我说道说道。像你这种人，这点可怜的情商当公务员是够用了，混社会还差得远呢！政府官员横行霸道的社会迟早要完蛋，你倒是反驳我啊！"

　　岛田被小花的气势震慑住了，他不由得低下头。

　　"对，对不起。"

　　好不容易挤出这么一句话，他把剩下的烂摊子丢给木村，自己逃也似的离开了半泽的公寓。

　　　　　　　＊　　＊　　＊

　　黑崎的咂舌声打断了岛田苦涩的回忆。此时的黑崎因为愤怒，整张脸都扭曲了。

　　搜索贝濑家的那组人同样一无所获。

　　黑崎明明收到"确切"情报，贝濑家中百分之百藏有疏散资料。看到这出人意外的结果，黑崎的心中翻滚起无穷的困惑和怒意。

　　被他们抢先了。他们一定事先知悉了黑崎的行动，然后采取了相应的措施，除此之外没有第二种可能性。真是帮狂妄的家伙。

　　一定藏在什么地方——

　　黑崎掏出手机，拨出了记忆中的某串电话号码。

　　　　　　　＊　　＊　　＊

　　"你就是管理伊势岛饭店资料的人？"

　　有人向小野寺搭话，此时已经超过晚上十二点。

　　小野寺为了制作金融厅审查必需的资料留在银行加班，他抬起头，看见办公桌前站着一个男人。

　　这个男人是融资部企划小组次长福山启次郎。小野寺只从半泽那里听过他的名字，却从没见过真人。据说就是这个男人在大和田常务的命令下组织企划小组研究伊势岛饭店的重建方案。在以大和田为首的旧 T 阵营中，他算得上年轻一辈的佼佼者。

　　"一会儿福山次长会过去，你把资料的复印件给他。"

就在刚才，业务统括部的木村给小野寺打来电话。不巧半泽已经回家，所以小野寺只好请示还留在办公室的副部长三枝。三枝只是咂了咂舌，说了句"他们爱怎么样就怎么样吧"。

"您需要什么资料？"小野寺问。

对方回答："应该有一份关于流动资金的笔记，今年三月份写的。"小野寺不由得眯起双眼，那份笔记虽然出自时枝之手，但记录了银行针对伊势岛饭店的经营策略。虽然不是什么违规资料，却也不便在人前展示。小野寺和半泽商量之后，把那份资料从档案里抽了出来。也就是说，那属于疏散资料。

"那份资料不在这里。"

"疏散了吗？"提问的是木村，"藏在哪儿了？带我们去看看。"

小野寺犹豫了，他不知道该不该回答对方。但对方毕竟是银行内部人士，何况还有负责金融厅审查的业务统括部部长代理陪同，似乎没有瞒着他们的必要。小野寺短促地叹了口气，从座位上站起。

"这边请。"

三人走出营业二部的办公层，坐上了电梯。他们先去总务部取了钥匙，然后直奔地下二层。

"喂喂，你们居然把资料藏在这种地方！"

宛如空荡荡的洞穴一般的房间里，回荡着木村部长代理发狂的喊叫声。

6

"你那边收到消息了吗？"

距离与金融厅的第三次面谈没几天的一个下午，户越给半泽打了一通电话，电话里的声音十分急切。

"没有。难道，是纳鲁森？"

察觉到什么的半泽在办公桌前挺直了身子，他在看过的记账凭证上盖上阅览印，然后一把抓起，放进已处理盒中。

"他们今天似乎向东京地方法院提交了破产申请，终于撑不住了。据说消息灵通的债权人正赶往纳鲁森总部呢。"

"负债总金额有多少？"

"至少四百亿日元。听说纳鲁森正在协商，把正在开发的系统按照项目组别移交给别的公司。不过这事不知道什么时候能成，老实说，连能不能成都是个问题。"

未知的那一天终于到米，小野寺不安地看着半泽。

"和金融厅的下一次面谈是什么时候？"

"三天后。我想，那应该是最后一次面谈。"

电话的另一端传来响亮的咂舌声。

"时机太糟糕了，怎么办？"

这是一个连半泽都无法回答的问题。

伊势岛饭店的汤浅还没有给半泽打电话。

再这样下去，伊势岛肯定会被分类。半泽的脑中突然出现了黑崎得意的笑容，他不禁想起《东京经济新闻》的松冈提到的私人恩怨。

该死。

"说实话，形势对我们不利。"半泽深深地吸了一口气，答道。

"你再想想办法。"户越的声音近乎哀求，"现在，伊势岛只能靠你了。"

"您错了，户越先生。"半泽祈求一般地说道，"如果世上有一个人可以拯救现在的伊势岛，那个人也不是我。"

电话的另一端陷入了突如其来的沉默。半泽接着说："那个人——如果伊势岛真能被拯救，那个人也只能是汤浅社长。"

"是吗？"

过了好长时间，户越答道："是啊，这才是公司。"

"没错。"半泽回答。

"决定公司命运的不是银行，而是社长，是管理层。而且，我相信汤浅社长一定能做到。"

现在能做的只有等待。无论过程多么煎熬，也只能一心一意地等待。

＊　＊　＊

与户越的通话结束后不久，渡真利的电话就打了进来。

"我刚刚接到了白水银行板东的电话，纳鲁森好像提交了破产申请。你那边收到消息了吗？"

"啊，刚刚户越先生打电话告诉我了。"半泽把身体深深地陷进椅子中，用拳头抵住自己的额头，"真希望他们能撑到金融厅审查结束……"

"如此一来，形势一下子就对黑崎有利了，见鬼。"渡真利的语气中混杂着不甘，"话说回来半泽，有件事让人很在意。今天早上，黑崎和业务统括部的岸川部长面谈时，似乎特别确认了发现疏散资料时的处理措施。还有，他们提出让董事长出席下一场讨论会，这种事可是闻所未闻的。现在董事们正在讨论要不要出席。"

"会出席吗？"

"很有可能。"渡真利答道。

"不知道黑崎在想些什么。但是参与面谈的人说，现场的氛围有点奇怪。"

"什么意思？"半泽问。

"意思是，金融厅可能找到了疏散资料。"渡真利意味深长地停顿了一会儿，然后说，"希望我猜得不对，但泄密的会不会是

268

营业二部的人？"

"怎么可能？"半泽回答道。

"那就好，总之你要小心。我想你自己也知道，那家伙既然在行内插了眼线，就很有可能从眼线那里了解了许多对你不利的信息。"渡真利说完挂断了电话。

总有什么地方让人觉得奇怪。半泽放下听筒思考了一阵后，给总务部的朋友打了电话。然后，他把小野寺叫了过来。

"有没有人向你打听疏散资料的地点？"

"审查官问过，怎么了？"

"不，我是说银行内部的人。"

小野寺惊讶地看了半泽一眼。资料的藏匿地点是半泽决定的，总务部一个叫桥田的男人曾经信誓旦旦地向半泽保证"有一个地方谁都找不到"。因为小野寺帮忙运送过资料，所以知道地点的除了桥田之外，只剩下半泽和小野寺两个人。

半泽把从渡真利那儿听来的话一五一十地告诉了小野寺。

"桥田说他没有告诉任何人，我刚刚打电话确认了。"

"没有人向我打听过。"小野寺答道。

"不过，如果藏匿地点被泄露，那应该是昨天或者前天发生的事。"半泽再次陷入了沉思。

不一会儿，小野寺的脸色变了。

"昨天晚上次长回去之后，木村部长代理过来了，说是要看伊势岛的资料，是一份被疏散的笔记。"

"你给他们看了吗？"

"对不起。"小野寺道歉，"我跟三枝副部长商量过了，他也同意了。听说融资部的福山次长正在写有关伊势岛的报告，所以……"

"福山也在？"

"是的。所以，我去总务部拿了钥匙，带他们两个去了那里。"

半泽一动不动地看着小野寺，陷入了沉思。

木村的履历他是知道的。这个人年轻的时候辗转于各家支行，之后在融资部做了很长时间的授信审批工作，当了两家支行的支行长之后才爬到现在这个位置。作为一名出身基层、气质粗鄙的银行从业者，木村与金融厅没有交点。

半泽拿起办公桌上的电话，打给了人事部的人见元也。人见曾经与半泽在营业总部一同工作，那时他的座位就在半泽的旁边。

"真是稀奇啊，你居然会给我打电话。有什么事吗？"

"有件事想问你。"半泽说。

"融资部里有一位姓福山的次长，我想知道他的履历。"

7

金融厅审查的高潮到来之前，行内的气氛有些凝重。

纳鲁森破产的消息瞬间传遍了行内每一个角落。负责伊势岛饭店的营业二部笼罩在低气压中，每个人心中似乎都憋着一口怨气。

在这种氛围下，小野寺对半泽说："次长，马上就到模拟审查的时间了。"

现在时间是上午九点五十五分。所谓的模拟审查，是指业务统括部在正式审查之前举行的模拟演习。

眼看伊势岛饭店的审查要以银行方的失败告终，行内以忽视纳鲁森的破产，没有采取相应措施为理由，对营业二部进行了猛烈的抨击。

业务统括部的危机感也与日俱增，终于在昨天，他们提出了在正式审查前进行演习的要求。

根据渡真利打探到的消息，演习的背景是针对营业二部次长的批判，有人认为不应该把如此重要的案件交给一名次长全权负责。不仅如此，万一审查结果不尽如人意，业务统括部的这一举措也有利于堵住悠悠众口，以免被人指责准备不充分。

然而，半泽他们到达指定的会议室之后，却看到了意料之外的面孔。

坐在那里的是业务统括部部长岸川、木村部长代理，除此之外还有一张冷漠的脸，那是融资部企划小组的福山。

应该就这三个人了吧，半泽一边这么想一边准备坐下。此时，另一个人踱着悠闲的步子走了进来。小野寺的表情僵在了脸上——

是大和田常务。大和田表情严肃地坐在了中间的位置，他用低沉的声音命令道："开始吧。"

木村开口了："我们希望提前了解一下，下一次金融厅审查时营业二部的说明最终由哪几点构成，所以才把大家聚集在这儿。不管怎么说，伊势岛饭店的问题对我们银行很重要。所以作为正式审查前的演习，希望大家尽可能地深入问题的核心。接下来，请营业二部阐述一下伊势岛饭店的授信情况。"

小野寺站了起来，开始介绍伊势岛饭店的授信情况。

内容是以正常债权为前提展开的，没有提到纳鲁森破产之后的措施，因为在目前这个阶段，不方便向他们透露福斯特的事。

在听的过程中，岸川的表情愈来愈阴沉，大和田则从一开始就狠狠地瞪着半泽。

"这家公司都要连续两年赤字了，你们对它的前途是不是估计得过于乐观？"

一直沉默着的福山终于提出质疑。他的声音尖细，带着轻微的神经质，"公司重建计划这一块和上回没什么两样。怎样才能消除纳鲁森破产造成的影响？最关键的部分反而解释得很简单。"

"根据事后的调查，纳鲁森计划将业务按照项目组别转移给其他公司。不过这个计划不一定能实现。"小野寺回答道。

"伊势岛投资的那部分资金应该会以亏损的形式计入账面。虽然账面上是连续两年赤字，但除去非常损失，主营业务还是赢利的。"

"把非损排除在外的逻辑是行不通的，你觉得对方像是吃这一套的人吗？"福山冷淡地说着，小野寺立刻闭上了嘴巴。

"我认为这份经营计划原本就欠缺一种真实感，一种足以让人断言它会实现的真实感。"福山直言不讳地批评，"你觉得呢，半泽次长？"

"真实感是什么意思，一堆捏造出来的数据吗？"半泽反问。

"捏造出来的数据都比这个好。"福山不甘示弱地回敬，"你也不想想这是伊势岛饭店第几次计划重建了。如果他们真的拥有按照计划提升业绩的执行能力，伊势岛饭店早就重建了。这份重建计划究竟是谁做的？你吗，还是伊势岛饭店的管理层，又或者是无能的社长？"

福山的言辞变得犀利起来。

"这可是模拟金融厅审查哦，半泽。"木村在一旁说着风凉话，"优秀的福山次长扮演审查官的角色。如果你答不上来的话，下次面谈就让福山次长代替你出席好了。"

无聊的恐吓。

"也好啊。反正我听说，你们早就在偷偷研究伊势岛饭店的重建计划了。"半泽觉得十分荒唐，"但是啊，福山次长，连客户都没有拜访过的家伙居然嚷嚷着要写重建计划，你不觉得很可笑吗？"

半泽开始慢慢反击。

福山绷紧了脸，露出一副社会精英的自尊被人严重伤害后的表情。

半泽继续说道："确实，这已经是伊势岛饭店第二次提出重建计划了。上次那份计划是京桥支行写的，你们融资部也批准了，没错吧？仅仅几个月之后那份重建计划就宣告失败了，这个时候你却在叫嚣捏造出来的数据比较好，这不是太可笑了吗？被捏造出来的数据玩弄的人难道不是你吗？"

福山因愤怒而全身颤抖，他傲慢地盯着半泽。

"经营的好坏取决于经营者，半泽次长。企业的本质是人，连这一点都不懂的人有什么资格做授信判断。如果企业的领导权掌握在同一个人手上，重建计划就有可能再次失败。你连这个道理都不明白吗？"

福山的情绪开始亢奋起来，他的声音在轻微颤抖，"如果汤浅社长继续把持着公司的领导权，伊势岛饭店就无法摆脱家族经营体制。就算制订了事业计划，那些无能的经营者也无法把它变成现实。这么简单的道理，你稍微想想不就明白了吗？"

"归根结底，你们是想赶走汤浅，然后让羽根上位吧？"

听到半泽的话，福山的表情有了变化。他偷偷和大和田交换了眼神。

"被我说中了吧。那么我要问了，为什么是羽根，理由是什么？"

听了半泽的问题，福山只觉得一股热流往头上涌。

他不假思索地回答："羽根专务是最了解财务的人，他做领导首先会致力于削减成本，这可是公司重建的常识。"

"你想说的该不会是，通过削减成本达到紧缩均衡①从而实现盈利这种愚蠢的理论吧。这种理论，只是不了解生产一线的银行职员的空想。"

福山的面孔因愤怒而变得通红。半泽继续说："伊势岛的成本已经缩减得很厉害了，无论是人工费还是设备投资，都已经削减到了最低标准。伊势岛内部的非盈利部门并没有那么多，就算把这些部门解散，除了支付一笔多余的退职金之外对缩小赤字没有任何帮助。并且，这么做还会打击员工的士气。这种谨小慎微的经营计划说到底不过是纸上谈兵。汤浅社长的经营计划方向上是没有错的，只是现在还没到出成绩的时候。他绝不是无能的经营者，相反，他是个极有才干的人。有问题的是手下的那些人，头一个就是羽根。"

"金融厅会相信这番说辞吗？迄今为止，汤浅社长的所作所为只是一味地让赤字扩大，现在连 IT 系统的开发都要输给竞争对手。你觉得那位黑崎审查官会认可这样一位企业经营者吗？"

---

① 压缩经济规模，保持收支平衡。

"我会让他认可的。"

听到半泽的话，福山的脸上露出了胜利者的笑容。

"这只是不了解审查的银行职员的一厢情愿罢了，半泽次长。要想通过审查，必须给出根本性的解决措施。而其中的关键，就是让羽根专务坐上社长的位子。"

"你见过羽根吗？"半泽再次问道。

福山沉默了。过了一会儿，他反问："为什么问这个？"

"我是在问你有没有见过羽根？"

"很遗憾，我还没有见过专务，但是——"

"你连见都没见过，凭什么断定他适合当社长？"半泽打断了福山。

"他可是伊势岛饭店的禁卫军头领，长年负责财务工作，至少他懂财务数据。"

"如果这是你的真心话，那么你也是个无可救药的蠢货，福山。"

在半泽的讥讽声中，福山的嘴唇因愤怒变得苍白。

"你刚刚不是说，企业的本质是人吗？然而你连最关键的人都没见过，凭着一点先入之见就敢大谈经营计划，你这么做不是自相矛盾吗？"

半泽的指摘戳中了福山的要害。

"我，我从大和田常务那里了解了羽根专务的想法和人品，我认为羽根专务就是社长的最佳人选。"福山还在强词夺理，"我也从侧面了解过他为伊势岛饭店做出的贡献，并不是非要见过本人才能了解对方。"

福山面红耳赤地争辩着，但他的理由很苍白。

"嗬。一手操控伊势岛饭店的股票投资，造成一百二十亿投资亏损的就是羽根专务。还有——捏造数据，欺骗银行获取两百亿日元贷款的也是羽根专务。你会相信这种人吗？反正我不会相信。"

福山有些惊慌失措，他偷偷地看了一眼大和田。坐在中间的座位一直听着这场交锋的大和田常务，脸上的表情想必不太好看。

"欺骗银行？你到底在说什么？"

听到福山的提问，半泽的目光径直扫向大和田。

他一字一句地说道："伊势岛饭店刻意隐瞒了投资亏损的事实。然而，有一个人向银行举报了这件事。京桥支行却知情不报，把饭店的管理权移交给法人部，眼睁睁看着两百亿日元贷款有去无回。"

"我从没听说过这件事！"福山喊道。

"那是当然，我还没向上级报告呢。金融厅审查结束之后，我会慢慢地追究涉事人员的责任。"

大和田用利如钢刀的目光剜了半泽一眼。

"喂，半泽，你的意思，是说京桥支行隐瞒了亏损的消息？"话题偏离了主题，一旁的木村惊慌失措地问道，"这怎么可能呢！首先，他们为什么要这么做？"

"当然是为了让伊势岛饭店获得贷款。究竟是谁主导了一切，我今后自然要查个明白，你们就拭目以待吧。现在，先解决金融厅审查的问题。"

半泽与大和田对视着说出了这番话。过了一会儿，他终于把视线转回福山身上。是时候言归正传了。

"我再说一遍，你一味地推举一个素未谋面的人做社长，这样的重建计划就是垃圾。这种错误连笨蛋都不会犯，堂堂融资部次长怎么会犯，理由是什么？说到底还不是因为你的心思从来不在客户身上。"

福山吃惊地抬起头。

"你的眼里没有客户，只有银行里位高权重的大人物。你每天做的，只是费尽心机讨好他们，研究他们的喜好。你做出来的重建计划没有任何意义，因为你根本没有设身处地为伊势岛饭店考虑过。你的计划只是媚上的工具，只有无可救药的傻瓜才会相信，这份计划能让企业振作起来。如果你还有反驳的理由，就说来听听。"

福山被激得满面通红，他绷紧了脸颊，咬紧了嘴唇。

福山这个人自视甚高，平时总是自诩为银行精英。他一定是那种从小去私塾补习，在过度保护的父母"好孩子，好孩子"的表扬声中成长起来的人。他或许像机械一样完美，却无法经受挫折。

"关于明天的审查，我想说一点。"半泽把视线从福山身上移开，看向剩下的三个人，"现在这家银行里，没有谁比我们更了解伊势岛饭店的业绩情况和问题点。不管各位怎么想，我们才是设身处地为伊势岛的重建考虑，比任何人都更希望通过金融厅审查的人。小野寺的说明当然有逻辑上的缺陷，这一点我也承认。你们批评指责也没关系，但如果不能提出切实有效的解决方法，口头上的指摘只是浪费时间。一线的问题交给一线人员判断，这应该是我行的传统。"

确切来说，这是产业中央银行的传统。半泽故意说成"我行"的传统，主要是为了讽刺满脑子都是派别意识的人。

"那么，今天就到此为止吧。"半泽对木村说。

木村连忙看了一眼大和田和岸川的脸色，发现他们都沉默着不说话。

"半泽，据说董事长将会出席与金融厅的面谈。"木村用慌乱的语气叮嘱道，"你可千万别做出让董事长蒙羞的事。"

半泽冷冷地看了他一眼，与心事重重的小野寺一起离开了会议室。

* * *

"重建方案上没有提到针对纳鲁森破产的解决措施，这是事实。"电梯里，小野寺说道，"老实说，我不确定能不能通过金融厅审查。您怎么想？次长。"

"是啊。"电梯的目的地是营业总部所在的七楼，半泽站在电梯里陷入了沉思，"是啊，光凭这些是无法通过审查的，我明白。"

然而，只有汤浅才能从根本上解决所有问题。

下午，忙于思考审查对策的半泽满脑子都是伊势岛饭店的事。

他给伊势岛饭店打过一次电话，希望跟社长谈谈，但对方告诉他社长外出了。到了傍晚，渡真利满脸不安地过来询问情况，半泽和以前一样，还是没能找出让他宽心的办法。时间在一分一秒地流逝。

渡真利说除了伊势岛饭店之外，其他的审查基本上有了结果。"剩下的就靠你了。"他留下这句话后就离开了。

"我们真的就这样，去打最后一仗吗？"

晚上，最后的碰头会结束之后，小野寺不安地自言自语。

在这个世界上，有些事情可以靠自己的努力完成，而有些事情却不是这样。伊势岛的问题属于后者。

现在半泽能做的，只有相信汤浅。

晚上十点过后，半泽办公桌上的电话响了。

"伊势岛饭店的汤浅先生来电。"

"帮我转过来。"

阴暗的办公层角落，半泽闭上了眼睛，等待电话里响起汤浅的声音。

第七章　审查官和秘密房间

1

　　七月最后一个星期一，是这个夏天最热的一天。

　　这个城市很久没有下过雨，不仅如此，从早上开始地面就被火辣辣的太阳炙烤着。早上八点，半泽从丸之内^①的地铁口出来时，商业街已被包裹在灼热难耐的暑气中，仿佛一块烧红的铁板。

　　浑身大汗的半泽从口袋里掏出手帕，擦拭着额头的汗珠。他用哀怨的目光看了一眼天空，再次迈出脚步。

　　"审查结束之后，带我去散散心吧。"

　　早上，听到半泽说审查即将告一段落时，小花立刻用一种受

---

　　①　日本东京都千代田区皇宫东边一带的商业街。昔日有多处大名的藩邸，明治初期为军用地。东京站完成后建起许多大厦，成为大厦街。企业总公司的集中地。

害者的语气提出了上述要求。

说什么傻话呢，最大的受害者分明是我——半泽想。不管怎么说，他都算是临危受命，几乎是一夜之间，决定东京中央银行命运的客户就被塞到了他的手上。

现在是审查最关键的阶段，昨天他一直在做最后的准备，在银行加班到天亮。今天早上回家换了件衣服，觉也没睡就出门了。

不管怎么说，这是与黑崎最后的较量。

结局不是半泽输就是黑崎输。黑崎自然是不想输的，可对半泽而言，胜利已经变成了义务，银行不会宽宥他的失败。

"如果伊势岛被分类，哪里还有度假的心思。"半泽一边走一边自言自语。

到那时，小花会是什么表情呢？他想着想着忍不住笑了。

与黑崎的面谈定在下午一点钟。

半泽在自己的工位上坐定，开始浏览处理盒中堆得快要溢出来的文件。

乍一看似乎与平时没有什么不同，但营业二部的办公区域却弥漫着一种说不清道不明的紧张感。

半泽打开电脑，开始查阅已经上传的贷款申请书，其间还把负责人叫来，询问了几处细节。批完好几家公司的申请之后，时间不知不觉已经过了去大半。

本该极度疲劳的半泽几乎感觉不到累。

然而——

正当他准备前往会议室时，渡真利打来了内线电话。电话里的声音是走投无路的人才会发出的声音。

"喂，半泽，这个问题有点突然，营业二部的疏散资料该不会藏在地下二楼了吧？"

半泽紧紧地握着听筒，快速地吸了口气。

"果然是这样。这下糟了，半泽。太糟糕了！"电话的另一端，渡真利的声音近乎惨叫，"你听好了，现在，金融厅的那帮家伙封锁了地下二楼。疏散资料藏在哪里？锅炉房吗？那样的话就糟糕了。"

"冷静点，渡真利。事已至此，就兵来将挡，水来土掩吧。"

"你让我怎么冷静！"电话对面的渡真利大声喊道，"如果坐实了逃避审查的罪名，自董事长以下的领导层都可能被刑事检举。到那时，我们不仅保不住伊势岛，还要吃官司，银行能不能存活下去都是个问题。"

小野寺站了起来，小声地提醒半泽："次长，到时间了。"

"没时间了，渡真利。事到如今着急也没用，我挂了。"

"喂，喂。我已经帮不了你什么了——祝你好运，半泽。"

半泽穿上西服外套，走向最后的战场。

2

　　会议室里充斥着异样的紧张感。

　　营业二部派了部长内藤、副部长三枝出席。半泽与金融厅审查官对峙的会议桌周围摆了一圈旁听席，他们二人就坐在旁听席上。

　　十二点五十九分，中野渡董事长走进了会议室，房间里的气氛变得更加紧张。董事长坐在半泽右手边的座位上，恰好可以看清对峙的双方。紧接着，金融厅的两名审查官出现了，他们微微点头示意，坐在了半泽等人的对面。但是，黑崎还没有出现。

　　他的迟到大概是故意的，这个时候还故意迟到，足以看出他是个性格十分扭曲的人。

　　众人在异样的氛围里沉默了几分钟。

半泽神色如常，旁边的小野寺则紧张地盯着手边的资料。

接下来的这场会议，将决定银行是否应该支出一笔巨额费用。如果输了，不但会拖累银行业绩，股价也会因此下跌，给整个银行经营带来巨大影响。

墙上的时钟指向一点五分时，黑崎走了进来。

几个人不由自主地从座位上站起来，等待审查官入座。半泽却一动不动地坐着。没必要对迟到的人表示敬意。

"开始吧。"

黑崎没有说一句抱歉的话，他用一种表面恭敬实则倨傲的态度发号施令。

"接下来，请允许我为大家介绍迄今为止伊势岛饭店的授信情况。"

小野寺的发言宣告着最后一场关于伊势岛饭店的金融厅审查拉开了序幕。然而——

"够了，你别说了。"黑崎打断了小野寺，"不要再说了，你的发言和前几次有什么不同？我耳朵听得都要生茧了。你们也太糊弄人了吧！"

黑崎用厌烦的口吻说道："老实说，我不认为这种经营计划能变成现实。"

黑崎和往常一样说着女性用语，耍着小性子，上翘的嘴角似乎是对别人无声的嘲讽。他把资料往桌上一扔，"只要看过去这家公司经营计划的执行程度，不就明白了吗？半泽次长，营业额、利润，所有的一切都太天真了，所有！"黑崎特意在"所有"这个词上加重了语气，"我看不出这份计划有达成的必然性。话说回来，有个词怎么说来着，这就是为了应付审查而采取的投机主义的产物。既然伊势岛饭店的业绩恢复存疑，分类不是理所应当的吗？"

"至少在本年度，该公司的业绩一直按照计划稳步上升。因为上次没有达成，所以这次一定达不成，这种说法难道不是曲解吗？听起来倒像是审查官从一开始就想把伊势岛分类似的。"

半泽的话一出口，会议室内银行职员的脸纷纷僵住了。越过黑崎的肩膀，刚好可以看见惊讶地张着嘴巴的木村，木村的眼中隐约浮现出恐惧的神色。

"曲解？"黑崎懒散地靠在椅子上，脸上的表情消失了。

半泽继续说："如果您觉得计划没有可行性，请具体指出哪里出了问题。如果您给不出合乎逻辑的理由，就请不要以上次的成败断言这次的结局。"

黑崎还没有抛出纳鲁森的话题，但，或许是因为知道自己还留着撒手锏，黑崎的表情变得从容起来。

"那我就直说了，营业额的依据过于模糊，你拿什么证明伊势岛饭店一定能达成这个数字？"

面对黑崎的指摘，半泽显得很平静。

"依据上回已经说过了，目前，该公司的业绩正在按照计划稳步前进。如果这样也算依据模糊，那我真的无法理解。"

"利润目标也——"

"该公司已经重新调整了企业成本，利润率得到了显著提升。"

半泽打断了对方，"这样下去一定可以达成利润目标。"

"我说，半泽次长，我们别再绕弯子了。纳鲁森的事该怎么办？纳鲁森！"黑崎终于挑衅地问道，他的耐心似乎已经到达极限。"前几天，你还在指责我的消息不实。之后呢？之后怎么样了？你也调查了纳鲁森吧。说说，那家公司现在怎么样了？"

"很遗憾，纳鲁森前几天提交了破产申请。"

黑崎的表情里浮现出喜悦的神色。

"说的没错，然后呢？对伊势岛饭店会造成什么影响？"

黑崎抬高下巴，银色边框的镜片后，那双眼睛正鄙夷地看着半泽，"没有了网上预订系统，伊势岛饭店还能按照计划达成营业额吗？还能提高利润吗？你们也没提开发费的事，打算怎么办？对方可是倒闭了呀，我苦口婆心地劝了这么久，贵行的资料上却没有半点针对此事的说明，真叫人不开心。这算什么？玩忽职守吗？"

木村的表情僵在脸上。此前一直抱着胳膊，专心致志听着两人对话的中野渡失望地低下头。

完了。

虽然没有人说出来，但每个人心里一定都是这么想的。

在这样的氛围中，半泽冷静地与黑崎对峙着。他直视着银色边框的镜片后，那双黑色中带点褐色的眼睛。他估摸着黑崎的发言告一段落了，于是平静地说道：

"纳鲁森的破产，将不再对伊势岛饭店造成影响。"

黑崎警惕地抿住嘴唇，一边观察半泽的表情，一边谨慎地问道：

"不再影响？这究竟是怎么回事？"

"伊势岛饭店，将加盟美国连锁酒店集团福斯特，成为福斯特资本体系中的一员。"

会议室沸腾了。半泽打出了自己的制胜王牌，"昨天，我得到了伊势岛饭店汤浅社长的非正式允诺。他已经向对方表态，同意以增资①的形式接受福斯特的注资。初次的增资额大约两百亿日元。同时，作为战略合作的一环，伊势岛饭店将与福斯特共同使用一个预约系统。这也是伊势岛接受注资的条件之一。如此一来，伊势岛饭店不但能吸收福斯特的美誉度和客户层，还能获得成熟的网上预订系统，这比自己从零开始打造的系统更具有号召力。"

"你是说，伊势岛饭店把自己给卖了？"

黑崎完全没料到事情会朝着这个方向发展，他哆哆嗦嗦地抖着嘴唇，"这，这怎么可能？这家公司不是家族企业吗？而且社长还是个独裁者，他怎么可能同意被人收购？"

"汤浅社长不是独裁者，他是个富有远见的、聪明的经营者。"半泽说，"伊势岛饭店虽然加入了福斯特，但汤浅社长将继续担任社长一职。与此同时，公司内部将招募新的董事会成员，以羽根专务为首的造成投资亏损的几个人将不再出任董事。伊势岛饭店不但接受了新的资本，人才方面也计划大换血，目的在于革新

---

① 企业为扩大经营规模、拓宽业务、提高公司的资信程度而依法增加注册资本金的行为。

经营体制，强化内部管理。如此一来，公司业绩必然好转。"

"哪怕增资，赤字也还是赤字！"黑崎反驳。

"就算如此，也不过是暂时性的赤字。况且，赤字又如何，只要资金运转正常，公司就不会垮。"半泽继续说，"福斯特，可是连长期贷款评级 ① 都是双 A 的酒店集团。有福斯特的资本加持，伊势岛饭店不仅不会倒闭，业绩还将得到质的提升。因此，判定为正常债权是没有任何问题的。感谢您苦口婆心的指摘，纳鲁森的破产已经完全不是问题了，请您放心吧。您还有别的问题吗，黑崎审查官？"

半泽的反驳有理有据、逻辑顺畅，把黑崎问得哑口无言。黑崎在突然安静下来的空气中变成了一座阴郁而僵硬的泥偶，一动不动地僵在原地。

半泽的脑中突然闪过松冈的话，松冈说过，黑崎与东京中央银行有私人恩怨。然而，现在谁都看得出来，黑崎想把伊势岛饭店分类的计划快要落空了。

中野渡终于抬起头，眼不眨地盯着黑崎的侧脸。坐在董事长旁边的大和田和岸川，则像两尊镶在墙上的浮雕，一动也不动。他们是在为半泽的反驳感到惊讶吗？抑或是在为黑崎的反击做好准备？

然而，无论是哪种情况，在场的人应该没有一个不知道地下二楼被封锁的事。也因为这个，会议室的气氛更加沉重了。封锁

---

① 这里指的是银行的内部评级。

意味着，无论半泽反驳得多么精彩，这场战役终究还是会以银行的失败告终。

会议室的门开了，一张半泽熟悉的面孔走了进来。是渡真利。那张失去理智的脸像一块即将破碎的拼图，布满了细小的裂缝。

渡真利似乎有一瞬间被房间里异样的氛围震慑住了，不自觉停下脚步。他找到空的座位，便坐了下来。他用祈求一样的目光看着半泽，然后把头转向黑崎，视线里满是露骨的嫌恶。这个以金融厅审查官的身份在数家银行大显身手的男人，此时竟被逼问得哑口无言。

然而现在——

黑崎紧蹙的眉头慢慢舒展了开来，他的心里似乎有一种新的情绪喷涌而上，正在使他的表情发生变化。

他的肩膀因愤怒无力地垂下，身体斜斜地靠在椅子靠背上。他跷着二郎腿，脸颊紧绷，浅浅地吐出一口气，眼睛凝视着前方虚无的空气，似乎在漫无边际地思考着什么。过了一会儿，他的视线终于再次回到半泽的身上。

"关于伊势岛饭店，你没有什么消息瞒着我们了吧？"

"没有。"半泽答道。

黑崎"哼"了一声，表示不信任。

"如果，你藏了什么资料，最好趁现在坦白。这是你最后的机会。怎么样，半泽次长？"

半泽没有回答。

"我懂了。"

吐出这句话后，黑崎用双手撑住会议桌，霍地站了起来。该来的终于来了，渡真利眉头紧锁。

"各位能陪我走一趟吗？这件事很重要，董事长也跟我一起去吧。"

事情的走向变得十分古怪，中野渡的脸上闪过一丝不安。众人离开会议室，走向电梯厅。

以黑崎为首的审查官和董事长、半泽一起走进了电梯，先行出发。

审查官岛田站在地下二楼的电梯出口，迎接众人的到来。岛田表情僵硬地向黑崎鞠了一躬，然后走向前方带路。

"我们这是去哪儿？"

听到董事长的提问，黑崎只是摆了摆手，并没有回答。这种态度让中野渡心生不快，但他没有发作。自从坐上董事长的位子，中野渡就掌握了控制情绪的方法。

黑崎推开楼层角落的铁门，众人进入了一条荒凉的通道。通道的两侧是大厦的电机室。地毯在这里中断了，鞋子踩在地板上响起若干沉重的脚步声。

黑崎走了约莫十米，在一扇门前停住脚步，他转过身来直视着半泽。

这是一间锅炉房。队伍的末尾出现了骚动，总务部的银行职员慌慌张张地跑了过来。

"把门打开。"

在黑崎的命令下，总务部职员转动了插进锁孔的钥匙，空气中响起一声清脆的门锁被打开的声音。

"请你帮我把门拉开，半泽次长。"

黑崎的声音里混入了憎恶和喜悦两种感情。

"您把我们带到这种地方，到底打算做什么啊，黑崎审查官？"

半泽的情绪没有任何波动。

"闭嘴，让你开你就开！"

黑崎仿佛变了一个人似的疯狂地大叫，他的声音在狭窄的通道中回响，留下刺痛耳膜的回声。

此刻，所有人的视线集中在半泽身上。

半泽飞快地呼出一口气，慢慢地把门拉开了。

锅炉的震动声立刻从房间里冲了出来，开始吞噬在场的所有人。扑面而来的是一股灰尘混合着机油的气味。

房间里很暗，总务部职员开了灯。荧光灯照亮了钢筋水泥的墙壁，锅炉的铁管在墙壁上蔓延，像某种怪异生物的血管。纤细的灰尘颗粒在荧光灯下飞舞。然而，现在没有人有心情观察房间内部的环境，他们的视线都被地板上的硬纸箱吸引了。

黑崎一副胜利者的表情，脸上绽开志得意满的笑容。

"半泽君，这该不会是——"中野渡的声音颤抖了。

在他身后窥视着一切的大和田，眼睛瞪得大大的，甚至忘记了眨动。

"都给我搬出来！"

黑崎一声令下，岛田等人鱼贯而入。

硬纸箱被一个接一个地搬了出来，堆在走廊上。箱子的缝隙处被胶带死死地封住，看不到内部的情况。

总共是七箱。黑崎舔着嘴唇，贪婪地俯视着它们。

"那么，让我们看看里面装了些什么，我可是很期待的哦。"

黑崎露出牙齿，不怀好意地笑了。他蹲下身子，撕开第一个箱子的胶带，掀开盖子。然而——

箱子里的东西隐约可见。黑崎或许感到有什么不对劲，突然停止了手上的动作。

里面装着红色和白色的布。黑崎惊讶地看着手边的东西，双手把它拎起。

"这是什么?！"黑崎震惊地喊。

锅炉房的灯光下出现了一件不适合这个季节穿的圣诞老人服。

"这，这不是真的！"

黑崎把衣服揉成一团摔在地板上。站在半泽旁边的小野寺正辛苦地憋着笑。

"你们给我上！"黑崎一声令下，其余的审查官立刻蜂拥而上，一个接一个打开了硬纸箱。第二个箱子里搜出的是水手服，衣服上别着宴会部长的名牌。看起来，似乎是某个部门恶趣味的宴会表演结束之后留下的道具。

"给我让开！"

黑崎一把推开身旁的审查官，把硬纸箱里的东西一股脑儿地倒在了走廊上。咖啡色的道具服堆成了小山，驯鹿的头套滚到了黑崎的脚边。

黑崎举起最后一个箱子，把它头朝下地倒转过来。"哗啦"一声，游戏用的小道具纷纷掉落在地板上。扑克牌四下散落，有几张飞到了半泽的脚边。扑克牌上的小丑装疯卖傻地笑着，似乎是对审查官们无声的嘲笑。

黑崎披头散发地喘着粗气，肩膀一耸一耸。

"您到底想说什么，黑崎审查官？"半泽忍着笑问道，"您该不会因为我们的宴会过于恶趣味，而给银行出业务整改令吧？"

周围响起了笑声。

黑崎的双眼因为屈辱而透着恨意，他盯着半泽，空气中似乎能听到他咬紧后槽牙时发出的声音。半泽直视着他的双眼，说道："我们从一开始就没有隐藏资料，一切都是你的幻想。"

"这不可能！"黑崎的怒吼回响着，"你藏在哪儿了，半泽！"

"我哪儿也没藏，事实不就是如此吗？您什么也没找到。"

半泽用脚尖轻轻踢了踢脚边的硬纸箱，瞥了一眼喘着粗气的黑崎，"我说得不对吗？"

他把目光从那张满是愤怒的侧脸移开，转头对在一旁默默关注着一切的董事长说道：

"好像黑崎审查官判断失误了呢。百忙之中，真是辛苦您了。"

董事长目瞪口呆地站着，听到半泽的这句话才清醒过来，他看向半泽的眼光中写满了难以置信。

"看起来，似乎是这样。"

身后的人墙出现了裂缝，董事长迈着悠闲的步伐走了出来。现场剑拔弩张的气氛顿时变得轻松起来。

"半泽！"

渡真利举起了右拳。

那是他们为对方加油打气时的专用手势。

半泽咧着嘴笑了，竖起大拇指回应对方。随后，半泽扔下一帮兀自发呆的审查官，离开了地下通道。

3

　　这天下午六点过后，近藤大致处理完手头的工作，准备离开公司，"我先走了。"

　　没有回应。野田一言不发地盯着电脑屏幕，装作没有听见的样子企图蒙混过关。

　　代替他回应近藤的是一位女性职员，近藤冲女性职员的那句"您辛苦了"轻轻扬了扬手，然后迈步走向黄昏中残留着暑气的街道。

　　他要去的地方，是位于东急池上线沿线的久之原。借给拉菲特的资金即将变成田宫电机"不良债权"，这家公司的社长棚桥贵子就住在久之原。如果拉菲特真的无法归还借款，按照融资的"基本原则"，至少应该设定一些抵押物。如果拉菲特这家公司没有资产的话，理所应当地，社长棚桥的私人住宅就成了抵押物。

近藤前往久之原，正是为了调查棚桥有没有足以抵押三千万日元借款的资产。

近藤乘坐地铁到达新桥，然后，换乘JR山手线到达五反田站。他爬上因下班高峰期变得拥挤不堪的通道，前往东急池上线的站台。站台位于较高的位置，从那里可以俯瞰五反田站。从五反田站到久之原站需要十五分钟。根据近藤出发前查阅的地图，从棚桥的私人住宅步行到久之原站，需要大约十分钟。

近藤乘坐的列车从平民住宅区中穿行而过。车内一如既往地拥挤，到了旗之台站，换乘大井町线的乘客下车之后，车里才宽敞起来。

近藤在久之原站下车，从和环八方向相反的出口出站。他在商店街中穿行，路过一间热闹的超市，这个时间正是超市生意最好的时候。随后，他展开手里的地图，往三丁目方向走去。这一带是大田区仅次于田园调布①的高级住宅区。他走进商店街的一条街道，眼前出现了一片安静的住宅区，街道两侧排列着气派的宅邸。

过了不久，近藤在一幢独栋房屋前停下脚步。这是一栋规模很大的二层别墅，别墅被咖啡色的砖砌成的院墙围起来。此时已是夕阳西下，抬起头可以看见傍晚的天空中耸立的烟囱，烟囱下是一片石板瓦铺就的屋顶。

"喂喂，这不是一栋豪宅吗？"近藤忍不住小声自语，他看

---

① 位于日本东京都大田区西北角。有名的高级住宅区。

了一眼门牌，却发出了疑惑的声音。因为门牌上的姓氏并不是"棚桥"。附近的电线杆上镶着写了门牌号码的金属板，近藤确认了地址，应该是这里没错。

"好奇怪。"

近藤在这附近来回走动了一会儿，试图寻找棚桥的家。

找不到。

他盯着从渡真利那里得到的拉菲特的信用调查报告，咂了咂舌。

"调查报告的数据是旧的吗？"

这种情况也是经常发生的。信用调查报告的左上角记录了最新调查日期，日期是两年前。也就是说，棚桥可能在这两年内搬了家。

为了慎重起见，近藤又找了一遍，但还是没有找到门牌上写有"棚桥"二字的房屋。在附近兜了好几圈的近藤再次回到了最初的地点。天空的颜色比刚才深了一点，他看了看那栋带着烟囱的房子，房子已在深色的天空中变成一道剪影。

他又看了一遍门牌。

有什么东西在近藤的脑海中发出声响，关联了起来。

他重新看了一眼门牌，因为他总觉得门牌上的姓氏似曾相识。

"这不是真的……"

安静的住宅区中，近藤喃喃自语。

4

"终于成功了，祝贺你！"

渡真利高高举起装着啤酒的玻璃杯，和半泽碰了杯。

这是西新宿的一间居酒屋。

两个月以来紧绷的神经终于得到了缓解，空气中弥漫着令人安心的氛围。金融厅审查结束于两天前，东京中央银行解决了伊势岛饭店这桩最大的悬案，摆脱了困境。因巨额拨备金一度下跌的股价也在昨天一口气反弹了回来。

"话说回来，他们封锁地下二楼的时候我真的以为一切都完了。黑崎为什么会弄错呢？"

"他没有弄错。"半泽答道，"那地方确实藏了我们的疏散资料。"

"可是，那些硬纸箱里——"目瞪口呆的渡真利止住了话头，他吃惊地问道，"难道，你事先把里面的东西调包了？"

"在他们封锁之前，我把资料运了出来，送到了世田谷，小花的娘家。真的好险。至于那份报告，我早就租了总行的可租借保险箱。报告锁在里面，那帮家伙怎么找也找不到。"

半泽平静地喝着啤酒，渡真利却好像突然全身脱力一般，肩膀垮了下去。"是吗？原来是这样。不过还是很危险啊，藏在那种地方没找到就罢了，一旦找到就是死路一条。你到底是怎么想的？半泽。"

"银行给金融厅的总部大厦向导图里并没有那间锅炉房，你知道吗？"

听到半泽突然的提问，渡真利目瞪口呆地摇了摇头。

"因为与业务无关，所以总务部制作大厦地图时没有标明那个房间。"

"地图上不存在的房间吗？"

"没错。几年前总务部制作地图的时候，不知道是有意还是无意，漏掉了那间房，之后也一直没有更正。行内几乎没有人知道这件事，我也是问过总务部的朋友才知道，原来行内有这样一间秘密地作为仓库使用的房间。"

"这么秘密的仓库，黑崎那家伙为什么会查到？"渡真利问道。

"那家伙在银行有内线，大概是内线告诉他的吧。"

"你知道内线是谁吗？"

半泽把视线聚焦在居酒屋的吧台上。

"听说木村部长代理和福山曾经来取过伊势岛饭店的资料，那时，小野寺把他们带到了锅炉房。"

"木村那个浑蛋，就算再怎么恨你也不能出卖银行啊。话说回来，我早就觉得那家伙对黑崎的态度不一般，过于低三下四了。真是的——"

"我认为不是木村。"

半泽的这句话让渡真利倍感意外。

"那家伙是个辗转于各家支行，从基层苦熬上来的银行职员，他与黑崎完全没有交点。"

"那么，难道是——福山？"

"实际上，我给人事部的人见打过电话，确认了福山的履历——"

"怎么样？"

渡真利的好奇心被勾了起来。半泽意味深长地看了他一眼。

"那家伙，曾经是 MOF 负责人。"

"可恶！"渡真利把后槽牙咬得嘎吱作响，"他是打算暗中泄露消息，让你无法通过金融厅审查吗？"

"我一开始也是这么想的。"半泽说，"但是，那家伙不可能提前知道纳鲁森破产的事。"

"什么意思？"

"那家伙没有在京桥支行工作过的经历，完全不了解伊势岛饭店。他确实受命于大和田，开始研究伊势岛的重建方案，但那是在金融厅指出纳鲁森即将破产之后发生的事。纳鲁森破产一事，即使在伊势岛饭店内部，也仅有羽根等少数人知道。我认为，福山不可能提前获知如此机密的信息。"

"等等等等，半泽。这到底是怎么一回事？"

渡真利慌慌张张地问，"锅炉房一事，泄密的人只有可能是木村或者福山吧。"

"我认为这两个人中的一个把这件事告诉了另一个人，而这个人就是黑崎的内线。"

"那么，我们最终还是无法知道泄密者的身份？"

"不。"

半泽盯着前方虚无的空气，"即使审查已经结束，我们也必须揪出内线。不管怎么说，那个人都隐瞒了纳鲁森破产的消息，这条消息对我行授信又那么重要。"

渡真利瞪大了双眼。

"但是，能得到这条消息的人并不多。难道说，你心里想的是——"

半泽慢慢地把玻璃杯中的啤酒倒入喉中，然后说道：

"没错，是大和田。"

渡真利瞠目结舌。

"我猜，他或许就是黑崎的内线。"

渡真利像暂时丧失了语言能力一般沉默着。

此刻，他的脑海中一定在思考许多事情，他在确认哪些线索与半泽的猜测相吻合。

"我跟你说过，京桥支行是旧 T 里的老牌支行吧。"渡真利终于开口，"这也是我无意当中听到的，旧 T 内部也有传言，说大和田在京桥支行为所欲为。"

"旧 T 的那些人，大部分跟我们一样，都是认真工作的银行职员，他们也有自己的判断力。"半泽说。

"旧S里也有和大和田一样，甚至比他更过分的银行职员。这次的事情只是恰好是旧T，恰好是大和田，所以我不会因此否定旧T的人。"

半泽看了一眼手表，然后把视线聚焦在居酒屋的入口处。

"你在等人吗？"

"刚才近藤给我打电话了。"

"近藤？"

"他好像去了拉菲特社长的私人住宅，发现了一件有趣的事。我想，他快要到了。"

半泽话音未落，居酒屋的门口响起了一声洪亮的"欢迎光临"。一张熟悉的面孔出现在门口。他在店内四下张望，看见半泽举起的手，于是满脸通红地跑了过来，坐在半泽旁边的空座位上。

"辛苦了，喝啤酒吗？"

"啊，来一杯吧。"

半泽点了一杯啤酒，等服务员把酒端上来之后，三人干了杯。一口气喝下杯中三分之一啤酒的近藤，恢复了活力。

"刚才我拜托你的事，怎么样了？"近藤问半泽。

"当然调查了。"

"喂，你们在说什么？"

只有渡真利一个人在状况之外，于是近藤简单说明了今天发生的事。

"那么，那个门牌上究竟是谁的姓氏？"性急的渡真利等不及近藤把话说完，脱口问道。

"是个意料之外的人，这位仁兄你也很熟悉。"

"别卖关子了，到底是谁？"

近藤向失去耐心的渡真利公布了答案："上面写着'大和田'三个字。"

渡真利沉默了。

半泽一动不动地盯着近藤的脸，指尖感受着玻璃杯冰冷的触感。

"大和田？"渡真利终于开始小声自语，"大和田，是那个大和田吗？"

"没错。我刚才给半泽打电话，就是让他帮我确认这件事。我最先打电话的人是你，但你在开会。"

"结，结果怎么样，半泽？"

渡真利问，掩饰不住语气中轻微的兴奋。

"我查了《绅士录》①，上面记录了家属信息。"

半泽转过身子看着近藤，"我先说结论，棚桥贵子是大和田的妻子。棚桥是娘家的姓氏，你去过的那个久之原的地址，和大和田私人住宅的地址一致。"

"喂喂。"渡真利喊了一声后又陷入沉默。

半泽把玻璃杯中剩下的三分之一啤酒一饮而尽。他叫来服务员，点了一杯自己喜欢的冰镇栗子烧酒。旁边的渡真利纠正道："不对，要两杯。"早就把最开始那杯啤酒喝完的近藤补充道："三杯。"

---

① 收录社会名人的姓名、住所、职业及经历等的书籍。

"也就是说，事情是这样的。"渡真利说，"四年前，田宫电机把从京桥支行借来的三千万日元转贷给了一家叫拉菲特的公司，并且直到现在，拉菲特都没有归还这笔资金。拉菲特的社长名叫棚桥贵子，这个女人其实是大和田的妻子。"

"正因为是大和田的妻子，所以才借给拉菲特的吧。"近藤的语气里带着一种了然，"我早就觉得奇怪，如果对方是年轻的情妇还好理解一点。田宫可不是那种会把钱借给半老徐娘，并且一直拖着不回收的人。"

"你认为，这个剧本是什么样的？"渡真利问道。

近藤思考了一会儿，说出了自己的推论，"虽然不知道具体发生了什么，但是拉菲特必然出现了资金缺口，大和田必须帮助妻子的公司。但是，拉菲特只是一间小型公司，业绩也不好，没有银行愿意贷款给这种公司。于是，大和田就拜托田宫社长，让他把从京桥支行借来的三千万日元转贷给拉菲特——应该是这么回事。简单来说，就是大和田拜托了田宫社长，田宫社长便为他出了一份力。"

"干得漂亮。"半泽说，"金融厅审查也已经结束了，差不多该处理遗留问题了。这件事也算在里面，是时候找他们算账了。明天，我打算去见京桥的贝濑，你呢？"他问的是渡真利。

"我也想去，但是不巧，明天要开会。况且，这是近藤与京桥、半泽与大和田之间的战斗。至于我，就让我待在一边兴致勃勃地看戏吧。"

"近藤呢？"

"刀山火海都陪你去。"

近藤咧着嘴笑了。

"你可要说到做到。"

服务员送来了新的酒，三人又一次干杯。

5

　　半泽和近藤到达支行二楼时，等候多时的贝濑几乎从椅子上跳了起来。

　　贝濑立刻把二人领进了会客室，简直是 VIP 级别的待遇。

　　半泽只说了一句"关于前几天的报告"，这件事意味着什么，贝濑本人应该最清楚，然而——

　　"近藤部长也一起来了啊……"

　　看到半泽身旁的近藤，贝濑的表情阴沉起来。

　　"实际上，今天我们还想询问有关田宫电机的事，所以近藤也一起来了。"半泽用不容争辩的口吻说道，"前几天的传真，我想你也看到了。虽然金融厅审查已经结束，但我不会放过隐瞒亏损的人。如果你还有什么想辩解的，就趁现在说吧。我就是为这件事来的。"

"请你高抬贵手，半泽次长。"贝濑的声音完全失去了底气，"我也是身不由己，一开始我也不想隐瞒这件事，请你一定要相信我。实在是没办法，我也是受害者啊。求求你高抬贵手，就当这一切从来没有发生过。"

贝濑保持着坐在椅子上的姿势，向半泽深深地鞠了一躬。

"我和时枝第一次拜访你的时候，你是什么态度？"

半泽盯着贝濑即将变得稀薄的头顶，说道："那个时候，你不是挺神气的吗？现在谎言被揭穿，就想求我放过你？别开玩笑了，我不会放过任何一个跟这件事有牵连的人，你做好心理准备吧。知情不报是你的命令吗？"

"请你高抬贵手，求求你了。"贝濑双手合十讨饶，"我说过了，我也是身不由己，实在没有办法。"

"你为什么下令隐瞒亏损？"半泽没有理睬贝濑的哀求，"谁让你这么做的？羽根吗，还是——"

"不，羽根专务确实拜托过我，但事情没有这么简单。"

贝濑的话委婉地暗示了这件事复杂的背景。半泽盯着眼前这个苦恼的男人，等着他接下来的话。不出所料，贝濑的口中说出了"大和田"三个字。

"实际上，是大和田常务让我暂时不要公开这件事。他说目前虽然是亏损，但不久之后或许会变成投资收益。"

"那完全是谎话。"半泽说道，"根据户越先生的话，扭亏为盈几乎是不可能的。那种状态下，你怎么还会相信这么天真的预测？"

"我明白。但是，大和田常务的态度很强硬，我也不能无视常务的请求啊。你应该也明白的。"

"我怎么会明白？别开玩笑了。"半泽反驳。

"之所以隐瞒这件事，不就是为了从银行骗取贷款吗？而且，你居然若无其事地把伊势岛移交给法人部，不就相当于把炸弹硬塞给了别人吗？"

"这可是常务的命令。"贝濑近乎哀求地申辩道。

"那么，拿出证据。"

听到半泽的话，贝濑目瞪口呆地抬起头。他的脸像一张绷得紧紧的窗户纸，仿佛下一秒就会被撕裂，脸色惨白。

"证据……"

贝濑的声音微弱，瞳孔深处的光不安地跳动。

"相关文件总是有的吧？"

"文件？那种东西，没有。我们是以口头的形式商量的，他也是口头下的命令。"

"书面记录呢？"半泽问。

"那时，你没留下书面记录吗？"

"没有，类似的东西一概没有……"

这个笨蛋，世上怎么会有人蠢到在如此重要的事上都不懂得留下书面证据保护自己？半泽甚至想这样训斥贝濑一顿。

"你只跟大和田商量过这件事吗？"

"看了古里的报告之后，我第一时间向伊势岛饭店的羽根专务确认了情况，当时他对我说会仔细调查。后来，大概因为受羽根专务所托，大和田常务给我打了电话，告诉我，现在这个阶段没必要公开亏损的消息……"

"我会把你说的话，一字不落地写进报告里。"

听到半泽的话，贝濑不禁皱起了眉头。

"放过我吧，我也有我的立场。"

事到如今还放不下自己的面子，贝濑的态度让半泽觉得可笑。

"你的立场？那种东西早就不存在了。关于伊势岛饭店投资亏损被隐瞒的书面报告，明天就会以营业二部的名义提交给上级。你还是想想辩解的说辞吧。"

"我说，半泽次长。"贝濑探出身子，把膝盖往半泽的方向凑了凑，"大和田常务那边我会向他说明的，这件事能不能大事化小呢？我不会让你的利益受损的。相反，就算你把这件事公开，也得不到任何好处。你认为呢？"

"真不凑巧，我的行事准则并不是个人利益。"半泽毫不留情地拒绝了贝濑的提议。

"对方可是大和田常务啊，他不是那么容易被击垮的人。这一点你应该很清楚。"

"我大体上相信人性本善，**但人若犯我，我必加倍奉还——**"

半泽冷漠地盯着贝濑的脸，说道："这是我为人处世的原则。如果我不揭发你们知情不报的事实，你们到最后都不会说出真相。为了确保自己的利益不受损，你们不惜把责任推给其他人，并且根本不会为此感到良心不安。我说错了吗？"

"不，那是——"

"事到如今就不要狡辩了，太难看。"半泽对企图寻找借口的贝濑说，"你别以为这次可以轻松过关。你们这些无可救药的混账，我一个都不会放过！"

贝濑的眼睛瞪得大大的，眼中的恐惧触手可及。

"我劝你还是放弃吧，半泽不是好惹的。"近藤说。

他冲会客室的大门喊了一声："古里！别在那儿偷听了，进来吧。"

门被人缓慢地推开，又出现了一张熟悉的脸。

"今天还有一件事想请教各位，就是这件事。"

近藤铺在茶几上的资料，是拉菲特的信用调查报告和银行汇款申请书。

"这些东西意味着什么，你应该很清楚。说说吧，事到如今就别再找拙劣的借口了。"

古里的脸色变了，在贝濑问询的目光下，他磕磕绊绊地说出了事情的来龙去脉。

"怎么会——"

贝濑说不下去了，好长一段时间，他的嘴里都发不出任何声音。

古里的视线聚焦在茶几上的一点，他的双手紧紧地交叉着，手指指尖快要因此充血。

"你也知道转贷的事吗？"

古里紧咬着嘴唇。

"田宫电机向银行提出了申请，说要借流动资金贷款。你相信也好，不相信也罢，我审核这笔贷款的时候，还没有听说转贷的事。但是，到了后来，我发现他们把这笔流动资金转给了第三者。

我注意到转贷的事，就是在那个时候。"

"你向上司汇报过这件事吧？"贝濑问。

"为什么不回收这笔贷款，古里？"

贷出的资金最终用在哪里，这是银行融资的根本。为了企业的发展，按照规定借出相应金额的资金——这是融资的铁律。

"我报告了，但最后不了了之。上司对我说，随他们去吧……"

"说这话的人是谁？"

贝濑的声音不由得暴躁起来。

"是当时的岸川支行长。"

被追问的古里说出这个名字时，贝濑倒吸了一口凉气。大和田，还有岸川，这两个人被称为旧T的"京桥二人组"。

曾是京桥支行行长的岸川，之后荣升为业务统括部部长。不必说，他的荣升，私底下一定有大和田的"提携"。现在的岸川，是大和田派系里的二号人物。然而，他风光的背后，竟然存在如此秘密的利益交换。

"你不觉得奇怪吗？你脑子里到底在想什么啊！"

贝濑情绪激动起来，他唾沫横飞地指责着古里。然而——

"贝濑支行长，您自己又如何呢？"

听到古里出人意料的反击，贝濑倒吸了一口凉气。

"我向您报告伊势岛饭店亏损的事时，您是怎么说的？您不是跟我说，让我装作什么都不知道吗？这难道就不奇怪吗？"

贝濑的脸上渗出了怒意，然而这份怒意还来不及爆发就消失得无影无踪，转而变成了悔恨。

"对不起。"

听到支行长的道歉，古里也吃了一惊，"没关系。"

"也就是说，岸川也知道田宫电机计划把银行贷款转贷给拉菲特？"

在一旁听着两人对话的半泽开口问道。

"除此之外，我想不出别的可能性。"古里回答，"只是记录……我写过有关转贷的书面请示，但岸川支行长没有返还给我。他只是口头对我说，不用管这件事。我以为这是与银行政治相关的决策，只要领会意思就好，书面请示被销毁也是无可奈何的。"

岸川很聪明，留下书面请示相当于留下痕迹。

"我需要岸川参与过此事的证据。"半泽说。

"银行账户流水不行吗？"贝濑自言自语似的问。

这个证据不够有力，半泽想。就在此时，古里给出了意料之外的回答。

"我想，支行里或许也保存着银行汇款申请书。那时，支行长说要亲自处理这件事，所以上面的检验印 ① 是他盖的。我当时还觉得奇怪……那份资料也许在书库里。"

"带我们去。"

半泽率先从座位上起身，近藤紧随其后。京桥支行的书库在三楼。

---

① 银行双重检验的规矩，任何业务必须两人或两人以上处理，复核人（通常是级别较高的那位）需盖检验印。

这幅画面有些古怪。

在贝濑和半泽，以及近藤的注视下，古里寻找着那份陈旧的资料。所有人都屏住了呼吸，时间就这样一分一秒地流逝。

终于，古里的手在一份资料上停住了。

"找到了——"

确实是三千万日元的银行汇款申请书。汇款人，田宫电机，收款人一栏填的是拉菲特。和近藤手里的存根完全一致。

"半泽，检验印，快看。"近藤提醒道。

"啊，的确。"

事务处理一栏盖着的印章属于当时营业课的一位女性行员。检验印一栏，则盖着比普通行员的印章大出一圈的支行长专用印。

上面印着岸川两个字。

"这份资料由我保管。"

半泽说着，从装订成册的汇款申请书档案里抽出了这一页。

"这件事你也要检举吗，半泽次长？"贝濑说。

"你再考虑一下吧。偷偷告诉你，大和田常务已经盯上你了，人事部不久之后就会公布你的调职令，如此一来，你也会很为难吧——还有近藤部长，田宫社长也向我提过，要解除和你的外调关系。事实上，今天是我必须回复田宫社长的日子。如果——如果，你们愿意低调处理这件事，我可以就二位的人事调动向大和田常务美言几句。我一定会尽力说服他，让他撤回两位的调职令。我以我的性命发誓，我说的都是真的。怎么样，你们好好想想吧。就算把这些事情都揭发出来，对你们也没有任何好处。谁能得到幸福呢？"

"这是大和田给你出的主意吗？还真是诱人的提案呢。"半泽
冷笑道。

"不，不是的。我努力地站在你们的立场上，为你们着想才会
这样说！"

"那就多谢了。但是啊，把提交对自己不利报告的次长外调，
以为这样就万事大吉的人没有资格做董事。近藤，你觉得呢？"

"我——"

有一瞬间，近藤的脸上浮现出犹豫的神情。虽然短暂，却没有
逃过半泽的眼睛。"如果让我回银行，我也只好回去了。事到如今，
就算让我继续留在田宫电机，也很难修复那里的人际关系。"

"就是这么回事，贝濑支行长。你的心意我们领了。"

贝濑失望地垂下了头。半泽拍了拍他的肩膀，离开了京桥支行。

"近藤，这样好吗？刚才的提案就这么白白浪费了。"

半泽对跟他前后脚出来的近藤说。

"没关系，反正我早就想解除外调了。我明白，现在的公司只
是为了卖人情给银行，才接收外调人员。他们并不是真心实意地
需要我，留在那里也没意思。我现在，只想在任职期间做一些力
所能及的事，然后心无挂碍地返回银行。"

近藤说完笑了，笑得有些凄凉。

"对不起，近藤，都是我连累了你。"

"说什么傻话。"

地铁的入口处，近藤努力地露出了微笑，"自己的人生要靠自

己开拓。"

"但是，如果遇到真正想要的机会，你一定不能放过。"

半泽的表情突然变得严肃起来，"如果，你觉得放弃贝濑的提案很可惜的话，一定要跟我说，我会考虑的。"

"知道了。"

近藤的目光甚至让人觉得伤感。半泽转过身，对近藤挥了挥右手，然后快步走下通往检票口的台阶。

6

下午的时候，田宫接到了京桥支行行长的电话。

"让您久等了，关于外调到贵公司的近藤部长的事，人事部那边有了结果，请您来就是为了商量这件事。"

看到出现在支行长办公室的田宫，贝濑开门见山地说。不知道是不是错觉，贝濑看上去有些无精打采，田宫也不知道其中缘由。

"让您费心了，支行长。"田宫多少松了口气，向贝濑鞠了一躬，"其实，我也不想这样做，但是对方的态度实在恶劣，完全不听我的命令——"

"有件事想问您。"

贝濑打断了田宫，问他是否愿意接收其他外调人员。

"没问题。"

"近藤那边，人事部会向他说明。"贝濑说，"至于田宫社长提出解除外调关系的理由，希望您亲自向近藤解释清楚。"

"我吗？"

真是件讨厌的差事，田宫想。转眼之间，他又改变了主意，这样也挺有趣的。

无视自己的命令，把公司搅得翻天覆地的近藤，如今还不是得哀求自己给他一个答案？真是自作自受。

"我知道您很为难，但这件事，毕竟跟银行无关，是贵公司自己提出的要求。"贝濑说。

"没关系，就让我向近藤部长好好解释吧。"田宫脸上浮现出不怀好意的笑容，"什么时候知道后任者的信息？"

"不会太久，定下来之后我会立刻通知您，拜托了。"

田宫结束了这场短暂的面谈之后，步行五分钟，回到了自己的公司。然后——

"社长，我有话对您说。"

近藤站在办公桌前，似乎一直在等田宫回到公司。

"正好，我也想诚恳地和你谈一谈。"

田宫站了起来，向里侧的会客室走去。

他让近藤先进去，自己进来之后，为了不让公司其他人听见，他背着手把门紧紧地关上。

坐在沙发上的近藤给人急躁的感觉，他的表情似乎暗示着有事发生。

"您想跟我谈什么？"近藤问。

"算了，你先说吧。"

两人相对而坐，中间隔着一张茶几。

"是那笔转贷资金的事。"

田宫眉头紧锁。

"又是这个，你能不能别管这件事了，近藤部长？"

田宫已经厌倦了被近藤耍得团团转的日子，"这件事与你无关。"

"现在，我们公司难道不需要这三千万日元吗？就连东京中央银行，也不知道什么时候会答应再次融资，这笔钱如果还回来了，公司就能喘一口气。"

"你什么都不懂。"田宫仰起头看着天花板，"这是我借给朋友的钱，并不打算让她马上还。"

心里有一团怒火在燃烧。然而，此刻的田宫明白了，自己愤怒的原因一半是近藤的多管闲事，另一半则是借出去的资金无法回收这一无可奈何的现实。

"总之，你什么都不懂。"田宫重复了一遍这句话。

此时，近藤突然抗议道："不，我懂。这笔资金，是东京中央银行的大和田常务拜托您借给拉菲特的吧。"

田宫正打算开口反驳，听到这句话后，突然说不出话了。

他震惊的同时，脑海中闪过无数疑问。

近藤是怎么查到这件事的？不对，现在还不知道他是否握有确凿的证据。就算他找人打听过，可知道这件事的人也十分有限。田宫正襟危坐起来，听近藤继续说。

"我是在调查拉菲特的过程中发现这件事的。我已经跟银行的熟人说了，所以，不久之后或许会引起一场大骚动。如此一来，大和田也完了。而您，则会被冠上骗取流动资金贷款，转贷给大和田家属的罪名。银行或许会中止与田宫电机的业务往来，您还是做好思想准备吧。"

"等一下，这样可不行。"

近藤意料之外的发言让田宫慌张起来。

当时的岸川支行长曾私下对他说过，帮助大和田绝对不会吃亏。他对此深信不疑。多亏了这笔转贷资金，他与大和田的关系才保持到了现在。

"你能不能想想办法？"田宫说。

"从结果来看，您只是被大和田利用了，田宫社长。"近藤用平静的口吻说道，"转贷资金的事马上就会被揭发。这样下去，事情很有可能被定性为田宫电机与大和田勾结，共同欺骗银行。所以，您需要证明自己是被利用的。"

太荒唐了——

"我失陪一下。"

田宫独自走出会客室，拨打了大和田的手机。

呼叫音响了很久，直到转为录音电话开始播放留言时，对方才接了电话。

"我刚刚收到消息，有人会在贵行内部揭发转贷的事。"

田宫单刀直入地问，大和田没有回答。

"你听谁说的？"

"谁说的不都一样吗，常务。到底怎么回事？"田宫语气粗鲁地追问大和田。

"三言两语说不清。"大和田说道,"总之,不会给你添麻烦的,你就别操心了。"

"以前您告诫过我,说转贷的事一旦暴露,后果不堪设想。所以我也一直守口如瓶,现在究竟是怎么回事?"

田宫一直在大和田面前扮演老好人,但是现在,他已经没有心情演下去了,火已经烧到眉毛了。

"也未必有那么糟,具体问题具体分析嘛。况且,只要我不承认,他们就没有证据。放心吧,田宫社长。"

"这种借口有用吗?"田宫冷漠地说。

回应他的是大和田的沉默。

大和田脾气暴躁,况且这是田宫第一次用这种语气逼问大和田。虽然知道对方一定很恼火,但田宫已经没有闲情逸致考虑别人的心情。然而——

"你好像误会了,田宫社长。"

大和田的声音冷静得可怕。以田宫的精神状态听来,这句话就像是某种突然从天而降的未知语言,陌生而冷酷,"我不知道你从哪里听来的消息,但我与这件事没有一点关系。"

"那笔钱,什么时候可以还给我?"田宫忍不住问道。

"你说什么?"

"我问,什么时候可以把钱还给我。当时说好了只是救急不是吗?因为您,我才出手相助,可现在已经过去四年了,是时候还钱了吧?"

"我会转告妻子的。"

只要出现不利的情形，他马上就会搬出妻子这块挡箭牌。

"这笔钱是借给你的。正因为对方是你的太太，我才会借钱给那家公司。"

大和田的不耐烦似乎通过手机电波传递了过来。

"社长，这件事不方便在电话里说。下次，我们慢慢聊一聊如何善后吧。"

"常务，我的公司撑不了那么久了。您说的善后指的是什么？"

"我正在开会。"

伴随着一声"失陪了"，大和田单方面挂断了电话。

田宫呆呆地握着发出忙音的手机。回过神来，他发现近藤正站在他的身边。几个公司职员似乎听到了刚才的对话，抬头看着田宫。可田宫一抬头，他们又连忙低下头，处理起手头的工作来了。

"想笑就笑吧。"田宫说道。

电话被挂断的那一刻，他终于意识到自己有多么可悲，多么可笑。

"不巧，现在的我并没有资格嘲笑别人。"近藤再次露出了近乎自嘲的神情，"人事部就快找我谈话了吧？"

"你的直觉很准。"

"是吗？"近藤的语气透着落寞，接着说，"就当是最后一件工作，你我联手，把三千万日元追回来吧，从大和田常务的太太手里。"

田宫把手机折好，放进口袋里。

"怎么追？"

"很简单。你只需要把事情的经过一五一十地告诉我，我会写成书面报告，提交给银行。"

"你打算怎么做？"

"这份报告将成为击垮大和田的重要资料。只要把事情原原本本地公开，那三千万日元大概也会以某种形式返还给田宫电机。我以东京中央银行的尊严起誓。"

田宫惊讶地张大了嘴巴，反复思考着近藤的提案。

过了一会儿，他突然笑了，问道：

"银行职员也有尊严吗？"

"当然有。"近藤回答，"虽然不是什么了不起的尊严。"

"是吗？"

田宫在原地伫立良久，用一种眺望新大陆的目光审视着自己公司的办公层。

"一想到不用再看见你这张脸，老实说，我真的松了口气。但是，一旦你真的不在了，又觉得有些孤单。毕竟，只有你一个人制订了事业计划，真心实意地想让这家公司好起来。"

田宫本想狠狠地奚落近藤一番，话到嘴边，却变成了自己都不曾意识到的真心话。

"或许，我们没有缘分吧。"近藤说。

"但是托您的福，我找到了被遗忘的自己。"

近藤的表情带着一种释然，好像窗外那片明亮的天空。

田宫重新注视着近藤。

"回到银行之后，你有什么打算？"

“不知道。不过，去哪里都比这儿强。”

“我还以为你会嘴下留情呢。”

“最后一次了嘛。”近藤笑了，他用右手的大拇指指了指背后的会客室，“那么，让我问您几个问题吧。”

7

"你说书面报告？"

危机感像海浪一般汹涌而来，在大和田的心中肆意翻滚。"你写了吗？"

"说写也不准确，事实上我只负责口述，是近藤部长把它整理成了书面报告。"

"你为什么不和我商量呢？"

坐在餐桌对面的大和田露出了苦涩的表情，然而此时，田宫并没有心情向他道歉。

"不是和您商量过了吗，大和田常务。您当时是怎么说的？"

身材健壮的大和田看上去矮小了许多。田宫继续："您说会转告妻子，会考虑怎么善后，您不是只会拿这些话来搪塞我吗？我想知道的明明是什么时候还钱，可您偏偏不告诉我。"

田宫的非难，让大和田完全没有招架之力。

因为他说的都是事实。

实际上，三千万日元的资金，大和田是想一口气还清的。但是，现在的他并不具备还款的能力。

妻子对他说想做自己喜欢的工作时，他毫不犹豫地表示了支持。现在看来，是他把问题想得简单了。

即使是女性，即使是家庭主妇，也可以拥有自己的事业——大和田就是这么想的。

原本妻子在大学时代就是网球部的队长，性格争强好胜。他明白妻子不是那种内向的女性，她不甘心在孩子长大成人之后，继续留守家庭。

大和田欣赏自己的妻子。

他相信只要出一点本金，妻子就能游刃有余地把公司开下去。事实上，妻子创办自己喜欢的服装公司时，对他说过"我不会给你添麻烦"，她也说到做到，用自己的私房钱负担了公司创立之初的所有费用。

他的妻子值得信赖，并且踏实可靠。所以他以为她不会逞强，会在自己可操控的范围内兢兢业业地经营公司。然而，他想错了。

"事实上，妻子的公司，经营得没有预想中好。"

大和田告诉了田宫真相。迄今为止，他没有向田宫汇报过拉菲特的业绩。明明从对方手上获得了三千万日元的借款，却一次都没有做过正式的业绩汇报。大和田利用了田宫身为经营者的天真。

"我想，应该是这么回事。"

作为银行董事，大和田并不想在田宫这样的人面前暴露自己的软弱。但是，为了获得田宫的理解，他不得不向他坦白一切。

"一直瞒着你是我不对，但是妻子的公司长年亏损，实在拿不出三千万日元的资金。能不能再宽限一段时间？"

在田宫心中，大和田这块招牌早已被神化。但在此时，它金灿灿的光泽正急速地衰退着。田宫甚至能看到内侧钢铁的肌理。

"那样的话，就请常务您来还这笔钱吧。毕竟我是受常务所托才借钱给拉菲特的，如果对方不是您的太太，我是断然不会借出这笔资金的。"

田宫的语气没有商量的余地。

"能不能再给我一点时间？"

大和田有自己的理由，他现在没有底气答应还钱。

妻子的经营方式在长年赤字的刺激下变得越来越疯狂。明明没有多少营业额，却开始在黄金地段租借办公室，雇用人手。她还开设了自己的实体店，与中意的设计师签订合约，开始以原创品牌的名义销售服装，但是顾客寥寥无几。

赤字一天一天地增加，外债的金额也在不断增大，妻子却一直瞒着大和田，直到金额大到瞒不住的那一天。

妻子的公司没有取得实际的成绩，且从开业以来连续赤字，没有银行愿意为这样的公司融资。并且，妻子强烈的自尊心不允许自己为丈夫增添麻烦，于是走投无路的妻子，只好向唯一伸出橄榄枝的非银行金融机构借款。

大和田知道这件事，是因为在休息日时偶然接到了小额信贷公司从业者的电话。

"我不需要。"

大和田以为对方是电话销售，于是一口回绝，没想到对方用低沉瘆人的声音喊道："开什么玩笑！欠款拖了这么长时间，还敢这么蛮横。"

那时，妻子公司欠下的外债已经高达一亿日元，早已超出安全范围。

在大和田的逼问下，妻子泪眼婆娑地道了歉，并说自己只有申请个人破产这一条路可走。

"业绩也有了起色，如果没有高利贷，公司一定会好起来的。"

听完妻子的话，大和田把自己大部分的金融资产变现，替妻子还了债。

他相信她说的话。

但是，在那之后，拉菲特的赤字也没有缩小的迹象。

听完大和田的话，田宫深深地叹了一口气。

"这么说，您是无论如何也还不了钱了？再跟您说下去也是白费口舌。"

田宫把公文包拉到跟前，站了起来。

"请等一下，田宫社长。"大和田从上席追了过来，哀求道，"我一定会想办法的，能不能请你从近藤那里收回书面报告？我一定说到做到。"

田宫俯视着跪在自己脚下的大和田，露出了为难的表情。然而，紧接着浮现在他眼中的，不是同情，而是烦躁。

"我不管你是银行的董事还是别的什么大人物，走到这一步，你算是完了。"

说完这句话，田宫毫不犹豫地离开了这间和式包厢。

房间里只剩下大和田一个人，他把额头抵在榻榻米上，无声地哭泣着。

他后悔得肠子都快青了。

都是妻子的错。

可恶，不是我的错。我怎么可能被这种事整垮，被这种事——

大和田站了起来，他用餐桌上的热毛巾擦了一把糊满鼻涕眼泪的脸。

然后，他一屁股坐在榻榻米上，盘起了腿。他使劲从口袋里掏出手机，连裤子的下摆卷起来，露出小腿也毫不在意。

他打给了岸川。

"您怎么了，常务？"

"我现在在京桥。"

大和田用无法聚焦的眼神盯着刚刚上了前菜的餐桌，"事情变得麻烦了。"

8

"田宫坦白了？"

听完大和田愤怒的陈述，岸川脸上浮现出恐惧的神情。与田宫不欢而散后，大和田采取的行动，是立刻返回总行。

接到指示的岸川早已在大和田的办公室等待。

现在，岸川满脸愕然地"啊"了一声，伴随着这句惊叹，岸川的魂魄似乎也从唇齿间飞散了出来。

"那件事情一旦败露，后果不堪设想，常务。"

岸川的语气近乎哀求。

"我明白。"

大和田一动不动地凝视着虚空中的一点，把后槽牙咬得嘎吱作响。

"您打算怎么做？您的想法是——"

"事到如今，只能把那份书面报告毁了。"

大和田即刻给出了答案，"那个男人——是叫近藤吧——马上就要和田宫电机解除外调关系了。我们只能说服他，让他压住那份报告。只有半泽回收的那份银行汇款申请书的话，我还能想想办法。只要一口咬定，这是妻子和田宫的私人交易，那就还有转圜的余地。联系方式，查到了吗？"

刚才，田宫离席后，大和田给岸川发出的指令，就是去人事部调查近藤的联系方式。

"您看这份资料可以吗？"

岸川拿出了近藤人事档案的概览表，上面记载了近藤的个人信息、入职旧产业中央银行之后的履历以及各阶段的人事评价。

"他曾经停职休养？"

以近藤现在的年龄，即使处于银行的一线岗位也不奇怪。大和田瞬间明白了近藤被外调至客户公司的原因。

"他的孩子年龄还小，而且有两个，将来少不了需要用钱的时候。你明白这意味着什么吗？"大和田问岸川。

岸川没有回答，相反，他用一种半是困惑半是惊讶的眼神看着大和田。

"这意味着，这家伙有文章可做。毕竟，人都是自私的——给他的手机打电话。"

"现在吗？"岸川惊讶地问。

"越快越好，说不定，明天他们就会提交书面报告，我们一刻都不能犹豫，必须马上行动。"

岸川简短地应了一声，掏出自己的手机，按照资料上记载的号码拨了过去。大和田一动不动地盯着岸川。安静的办公室里只有微弱的呼叫音在固执地响着。

没过多久，电话那头响起了男人的声音。

"我是业务统括部的岸川，能耽误你一点时间吗？"

对方有一瞬间迟疑，然后困惑地答道："嗯。"

"关于田宫电机，有些事想和你诚恳地谈一谈。虽然有些突然，一会儿方便见面吗？"

"一会儿吗？"虽然不算太强烈，但大和田也感受到了对方的惊讶。

"这件事对你也很重要。"岸川说。

他总算说服了似乎还留在公司的近藤。

"他说现在就过来。"

挂断电话的岸川松了口气，向大和田汇报道。

"知道了。"

大和田冷静地应了一声。他闭上了眼睛，脸上的表情依旧严肃。

9

那通电话是加班时突然打过来的。

因为长期远离总行，近藤对部课长的姓名不太熟悉。但岸川这个名字例外，因为他是京桥支行曾经的行长，就是他把那笔转贷资金批给了田宫电机。

近藤知道，这天晚上，大和田约了田宫社长吃饭。

他不知道两个人究竟说了什么。

但是，他可以感受到电话对面的岸川传来的透不过气的紧张感。他本想拒绝对方，但转念又想，刚好可以向岸川询问转贷的经过，充实自己的书面报告。怀揣着这种想法，近藤处理好手头的杂事后，便钻进了公司门前的出租车，直奔总行。然而——

"来一下大和田常务的办公室。"

近藤在行员专用通道的接待处表明了来意，岸川却对他提出了意料之外的要求。

近藤感到自己的心脏开始剧烈跳动，只有岸川一个人就罢了，如果再加上大和田——

"啊，你是近藤部长吧。百忙之中把你叫出来，真是抱歉。"

近藤敲响大和田办公室的门之后，一个男人打开门说了一番言不由衷的客套话，这个男人正是岸川。

"您客气了。"近藤简短地回道。他注意到另一个男人坐在房间配套的带扶手的座椅上，不由得紧张起来。不用说他也知道，那个人是大和田。

"坐下吧。"

岸川劝道。近藤坐在了正对着两人的沙发上，中间隔着一张茶几。他敛声静气，等着两人中的一个开口说话。

紧接着。

"外调生活怎么样？"

缓慢地说出这句话的是大和田。斜靠在椅子靠背上，跷着二郎腿的大和田举手投足都是社会精英做派，看起来像一名优雅的银行家，是粗鄙的支行无福消受的类型。

"嗯，还好吧。"近藤含糊地答道。

不管怎么说，他被遣返回银行这件事已经板上钉钉了，所以实在无法用恰当的词语评价自己的外调生涯。虽然近藤无法回答，但大和田已对他的境遇了如指掌。

"我听说，你即将跟田宫电机解除外调关系？"

近藤一言不发，但大和田接下来的话让他神色大变。

"下一个工作地点好像不在东京，可能需要搬家呀。"大和田说。

"已经决定了吗？"近藤忍不住问。他掩饰不了声音中的不安，毕竟这是他最想避免的事情。

"不，我想应该还在调整阶段。"

此时，近藤心底遗忘许久的感觉又在蠢蠢欲动。

这件事——让人苦恼。

目瞪口呆的近藤，脑海中最先想到的是家和家人。妻子和孩子跟随他从大阪搬到东京，好不容易结交了新朋友，开始过安稳的日子。然而，他们不得不再次离开，搬到某个不知名的偏远地区。他自己倒是无所谓，但家人会因此受多少苦、遭多少罪呢？

"如此一来，你也很苦恼吧。"

大和田的话让近藤抬起了头，他看见那双冷静而透彻的眼睛，正一动不动地盯着自己。

"根据情况，我也可以动用我的力量，帮你解决这道调令。"

近藤快速地吸了口气，盯着自己的手，他可以听见自己的呼吸声。此时，他终于明白了大和田的意图。

大和田继续说道：

"当然，这是有条件的。如果你有兴趣的话，接下来我们就谈谈这件事。"

感受到大和田视线的近藤，直视了一会儿对方的眼睛。他觉得自己有很多事情需要考虑，可是脑海中浮现不出具体的问题。摆在面前的现实过于残酷，近藤甚至连自己都快要丢失了。

"什么条件？"

"请你不要公开手上那份报告，那份关于田宫电机转贷资金的书面报告。"

　　"就算我不公开，银行里也已经有人知道了转贷的事。"

　　至少半泽他们是知道的，渡真利也知道。就算近藤不提交报告，大和田和岸川也不一定能够逃脱处罚。

　　"其他人我有办法应付。"然而，大和田的话中满是自信，"只要没有田宫社长的证词，他们就缺少画龙点睛的那一笔。容我多说一句，就算不公开这份报告，你也不会有任何损失，相反，还能得到巨大的好处。"

　　大和田刻意停顿了一会儿，似乎想利用这间隙拉拢近藤的情绪。他接着说："我也可以让你回到银行。听好了，不是外调。你想去哪里？总行、支行、融资部、审查部？不对，刚入行的时候，你的第一志愿是宣传部吧。或许可以朝这个方向调整呢。你的病也已经痊愈了吧。所以要不要试试看呢？你年纪轻轻就外调，实在可惜了。"

　　近藤惊讶地看着常务的脸，在他的认知中，外调是理所当然的。现在的他居然有机会作为银行职员重归职场，这是他想都不敢想的事。然而，大和田却把这个机会摆在了他唾手可得的位置。

　　"想不想重新回到银行呢？"

　　"我——可以吗？"

　　"当然可以。"大和田肯定地说。

　　"你什么都不用做。"大和田说，"你只要忘记在田宫电机这个外调公司听到的所有事情，就可以了。"

近藤的脑中进行着激烈的天人交战，他被两种矛盾的思想左右摆布。没想到前方等待着他的居然是两难的选择。他的脑海里浮现出了半泽和渡真利的面孔，胃部像被人狠狠揪住一般痛苦，让他觉得喘不过气来。然而，他们的面孔立刻被妻子和孩子的笑脸取代了。

"我想，你也有作为银行从业者的骄傲，但是，我希望你丢掉它。这就是你唯一需要做的，拜托了。"

大和田说着鞠了一躬。旧 T 的常务居然向一介外调人员鞠躬，实在荒唐可笑。然而此时，近藤已经没有心思计较这一点，他的脑子被一个问题填得满满的，"什么是银行职员的骄傲"？

确实，近藤想通过那份书面报告贯彻的，是自己作为银行从业者的原则。

但是，迄今为止，这家银行对近藤做了些什么呢？给他分配严苛的工作，把他的人生弄得一团糟。自尊与梦想被切割得支离破碎、不成模样，手上只剩下一只果腹的饭碗。并且，本以为已握在手上的中小企业的铁饭碗，也将在顷刻间被夺走。

我到底为了什么在工作啊？到了今天这个地步，我还能说是为了银行从业者的骄傲吗？太愚蠢了。

我已经没有余力支撑这些冠冕堂皇的理想了。我心中有的，仅仅是同半泽、渡真利的友谊和情义。但是，他们是处于升职轨道上的社会精英。我们虽然是同窗，也是同期入行的新人，地位却天差地别。

外调人员要想重回银行，必须有充分的理由。

"我希望，你现在就给出答复。"

大和田直视着近藤的双眼，岸川则在一旁敛声屏气地观察着事情的走向。

"洋弼说他想去补习班哦"——不知什么时候，近藤的脑中响起了妻子的话。他虽然答应了，但每个月不仅要支付数万日元的补习费，今年暑假还要支付超过十万日元的夏令营学费。这将给近藤家的财政带来不小的负担。自己的档案虽然留在银行，但成为外调人员之后，年收入大不如前是无可争辩的事实。现在的收入负担洋弼的学费确实吃力。不仅如此，退休之后，到手的养老金大概也远远比不上做过支行长的同期。

"怎么样，近藤君。要不要重新回到银行呢？"

接受大和田的帮助，意味着要帮他们掩饰违法行为。这一选择可以说越过了身为银行职员的底线。

"你完全有重归银行的实力，你的家人也一定会高兴的。你应该考虑的是家人的幸福。把自己的梦想放在第一位吧。要达到这个目的，你就不能在意姿势好不好看，抓住机会才是最重要的。"

出人意料地，大和田和半泽说了同样的话。

但是，遇到真正想要的机会，你一定不能放过——半泽确实这样说过。

说得没错。

半泽，对不起了。

"一切，就拜托您了。"

近藤说出这句话的瞬间，大和田绽开了巨大的笑容，并与岸川交换了眼神。

近藤握住了那只突然伸过来的右手。

"这是最好的选择。"近藤对自己说。

早已关闭的未来之门终于被推开，近藤却怎么也高兴不起来。他觉得自己的眼前出现了一片海洋，注满了疲惫的情感。这片海洋，就是寂寞。

第八章　告密者的忧郁

1

虽然还是清晨，但刺眼的夏日阳光已经快把柏油马路烤焦。

半泽从银行大厦旁边的专用通道进入地下，然后穿过行员专用入口，前往位于总部大厦二楼的总行营业部。结束了八点半开始的小组会议之后，他开始浏览未处理盒中堆积的文件。

即使暴风雨一样的金融厅审查已经结束，总行营业二部的工作也依然排得满满当当。半泽没能按计划申请到高温假，虽然盂兰盆节①放了五天假，但当初定下的旅行计划只能暂时搁置。不仅如此，他们连去附近散心的时间也没有。这导致妻子小花终日郁郁寡欢，每当在报纸上看见金融厅的相关报道，她都会怒火中

① 日本历七月十五日祭祀祖先的日子，在日本是仅次于元旦的盛大活动，人们通常会返乡祭祖。

烧，嚷道："真是不可原谅。"

上午九点五分左右，渡真利的电话打了过来。

"现在方便吗？有个紧急的消息想告诉你。"

渡真利的声音有些僵硬，丢下一句"我马上去你那里"，便单方面挂断了电话。

五分钟后，渡真利出现在了营业部的会议室，他的对面坐着半泽。

"金融厅给董事长寄的信到了，情况不妙。"

渡真利的表情前所未有的严肃。

"信？什么信，业务整改令吗？"

"不，不是业务整改令。寄件人是金融厅的审查局长，对方好像不满我们应对审查的态度，要求银行内部整改。你知道这意味着什么吗？"

"反正，也只有黑崎才会做这么无聊的事。"半泽用无所谓的语气答道。

"你说得没错！"渡真利有些自暴自弃地喊道，随后压低了声音，"他们准备追究你的责任，半泽。听说岸川部长正在研究对你的处分意见。如果放任不管，后果不堪设想。那件事怎么样了？你得早点下手，要不然会被对方干掉的。"

"不用这么慌张。"

面对探出大半个身子、激动得唾沫横飞的渡真利，半泽表现得相当平静，"接下来我会提交书面报告。我跟内藤部长商量好了，报告由我直接交给人事部部长。"

"你可要小心啊。"渡真利显得很不安,"千万别因为证据不足让他们逃了,这样你就等于给自己挖了个坑。身为次长居然想扳倒大和田常务,这是白痴才会干的事。在这家银行,也只有半泽你会干这种蠢事了!"

渡真利的说法把半泽逗得微微一笑,他一言不发地从座位上站起。

"啊,还有——"

渡真利像突然想起了什么似的叫住半泽,"近藤回来了。你听了可别惊讶,他好像回到宣传部了,职位是调查员。人事部也认为他已经痊愈了。"

"我知道,近藤跟我说过了。"

听了半泽的回答,渡真利有些怅然若失,只好讪讪道:"是吗?"

多晚都好,我想跟你见一面——和近藤一起拜访完京桥支行的当晚,近藤打来了这样一通电话。接到电话后,半泽草草地收拾了办公桌,然后去了新宿的居酒屋。他和近藤约好在那里碰面。

近藤当场坦白了与大和田的交易,并向半泽道歉。

"我说,近藤。"

注视着眼中含着泪水,不断地说着"对不起"的近藤,半泽开口了。

"我没有责备你的资格。对你来说,宣传部是梦想吧。不管过程如何,你总算实现了梦想。这是好事啊。"

"但是,我因此背叛了你们。就算知道自己要去宣传部,我也高兴不起来。"

"我不认为自己遭到了背叛。"半泽干脆地说。

"你只是做了身为银行职员必然会做的选择。人总是要生活的，为了活下去，我们需要金钱和梦想。想得到这两样东西并没有错。提交书面报告不是你的义务。就算没有那份报告，我也应付得来。所以，别担心我——恭喜你。"

"谢谢你，半泽。你——你，真是个好人啊。"

近藤不在乎周围人的目光，就这么放声大哭起来。

"近藤也平安回到了银行。这次轮到你了，你可千万不能被外调，拜托了。"

渡真利对半泽说完鼓励的话，竖起了大拇指。

＊　＊　＊

当天下午两点，半泽把书面报告亲自交到了人事部部长伊藤的办公室。

"不够有力。"伊藤大略读完内容，表现得十分平静，"报告上列举的几乎都是间接证据。虽然我认为它们已经无限接近于真相，但灰色就是灰色，再怎么接近也变不成黑色。对方想要狡辩的话，也不是找不到理由。田宫电机社长的证词，没办法拿到吗？"

"拿不到。"半泽答道。

伊藤抱住胳膊，脸上露出为难的表情。

"恕我冒昧，部长，您怎么看？"半泽问道。

"凭我的直觉，大和田常务为了救太太的公司，的确利用了田宫电机。他的行为涉嫌账外放款。"

"账外放款"的意思，是指银行高层通过客户将贷款借给不具备融资资格的公司或个人。这种行为毫无疑问是犯罪。

"但是，说到底这不过是我的直觉。"伊藤说。

"银行什么时候开始奉行疑罪从无的原则了？在我的认知中，宁可错杀一千不可放过一人的才是银行。"

"时代变了，半泽。"

伊藤的容貌给人一种理性的节制感，此时，他的目光变得严肃起来，"或者，你想凭一己之力挑战整个时代？这样或许也不错。"

"世上偶尔也需要傻瓜。"半泽说，"我想用这份报告做筹码，赌一赌这家银行的道德。"

"那你一定会输得很惨，道德两个字根本一钱不值。"

伊藤深知什么叫作集体，什么叫作组织，因此他的回答露骨得可怕。这就是人事部部长。

"这些道理你比我清楚，只是你永远不会相信罢了。"

伊藤大大地叹了口气，给半泽的报告盖上了阅览印。这意味着，这份报告已经正式离开半泽，进入回览流程。

"他们或许会让你出席董事会。还有一件事，对你相当不利。董事会上其中一个议题，就是讨论前不久结束的金融厅审查。结果可能不太好。"

"我做好思想准备了。"

伊藤盯着半泽，微微点了点头。

半泽回到营业二部后，发现办公桌上夹着一张便签纸。便签纸是小野寺写的，"回电"一栏上画了圆圈，打电话的人是《东京经济新闻》的松冈。半泽正准备把便签纸扔进垃圾桶，突然停住手。

黑崎氏的事

通信栏上的一句话撞入他的眼帘。半泽脑海中浮现出松冈的脸，那张脸总是给人黏液质[①]的感觉。他犹豫了一会儿，拨出了便签纸上的电话号码。

---

① 黏液质是人的气质类型之一。按照巴甫洛夫高级神经活动类型学说，强、平衡而不灵活的神经活动类型为黏液质的生理基础。黏液质的人易养成自制、镇定、踏实等品质，但也易形成冷淡、迟缓、固执等特点。

2

"半泽好像已经把报告交给了人事部部长，我们该怎么办？"

电话里的声音像一根脆弱的线，仿佛稍微用力，就会被扯断。通过这焦虑、虚弱的声音，可以清楚地看出贝濑性格中的软弱。

半泽的手中不但握有隐瞒伊势岛饭店投资亏损的报告，在接下来的董事会上，他还打算揭发大和田在转贷一事上的不正当行为。

大和田对自己的所作所为丝毫没有反省之意，他充其量只是后悔被人抓住了把柄。在他看来，自己之所以陷入如今的困境，完全是因为贝濑的无能。因此，他对贝濑产生了一种错位的愤怒。

后悔与反省是两种不同的情感。

这个男人要是再能干一些，区区一个半泽又怎么能抓住我的把柄。这个想法在大和田的心中挥之不去，不断地向上翻涌。

最终，这种情感变成了冰冷决绝的话语，从大和田的嘴里蹦了出来。

"你自己做的好事，自己承担责任。"

电话另一端的人或许以为自己可以得到大和田的宽慰，听到这句话后，陷入了死一般的静默。

"但是，分明是常务命令我不要公开伊势岛饭店的投资亏损——"

"贝濑君。"大和田的语气满是失望，"你好像误会了，我只是觉得既然是'投资'，当然有产生'收益'的可能性。这充其量只是我的个人意见，我并不想命令你做什么。"

"怎么会——"

大和田打断了贝濑的反驳。

"首先，我不是你的直系上司，没有命令你的权力，这一点你应该心知肚明。隐瞒投资亏损，说到底是你自己的判断。事到如今，你居然说是因为我的意见，这理由说得通吗？你每年究竟拿多少薪水？这么推卸责任你不觉得丢人吗？"

"但是，那个时候确实——"

"我没有命令你的权力。你应该找融资部，或者其他负责授信的部门商量。我插手这件事既不合理也不必要。还有——"

大和田完全发挥了演讲时的好口才，他滔滔不绝地说："我不管半泽的报告是怎么写的，总之，我从来没有拜托客户把资金转贷给妻子的公司。这一点，岸川君会帮我做证的。尽管如此，我还是对你很失望，贝濑君。但我们毕竟相识一场。我帮你争取过了，这次的董事会你就不用出席了。你在心里感激我吧。"

按照大和田的说法，自己这么做似乎是为了贝濑。实际上，他是害怕贝濑在董事会上说出不该说的话，所以才暗中活动，阻止了贝濑的出席。

大和田挂断电话，快速地吐出一口气，然后愤怒地抱紧了胳膊。

贝濑固然可气，但半泽更加可恨。他身为一名小小的次长，居然敢挑战自己的权威，这让大和田的心中涌起不可抑制的愤怒。

但是，大和田是有胜算的。

近藤的报告已经被压住了。妻子的公司和田宫电机同属一个法人会①，他只要一口咬定，借贷关系是在当事人双方的同意下产生的，那就不会有任何问题。原本那笔钱就是大和田从京桥支行离任之后借出的。所以，利用支行长的特权进行账外放款的意图，多少欠缺一点说服力。

不管对方罗列多少间接证据，都没有直接证据。无论半泽把报告写得多么天花乱坠，也无法追究自己的责任。

为了到达今天的位置，大和田已经把无数的竞争对手、敌人踩在了脚下。现在，半泽也即将成为失败者中的一个，把姓名留在这片白骨累累的尸山上。

"等着我的反击吧，蠢货。"大和田坐在办公室的座位上，低声自语道。

---

① 企业法人代表的团体性组织。

3

"我本该习惯了你的行事风格，但这次的做法还是让我大吃一惊。那毕竟是董事会啊，你居然想在董事会上逼问大和田常务。"

在八重洲地下购物中心的一间冷饮店里，渡真利说道。他的面前摆着一份文件，是半泽提交的书面报告的复印件。

"选我负责伊势岛饭店必然是这个结果，我猜董事长也没想到这一点吧。"

"要做就做到最后，绝不半途而废，这做法相当'半泽'。但是，有件事我得提醒你。"渡真利的表情变得严肃起来，他探出身子，"大和田可不是好对付的，他一定会准备一套说辞反驳这份报告。不，如果仅仅是这样还算好的，他们手上还有攻击你的资料。"

"金融厅的信吗？"半泽问。

"业务统括部很多人认为应该重视这封信，理由是可能会给今后的审查带来麻烦。现在既然出现了这份报告，我想他们的目的也没那么单纯，多少有掩护大和田的意思吧。岸川部长可是大和田的心腹啊，不好对付。"

此时，一个穿着西装、高高瘦瘦的男人一边用手帕擦着额头的汗珠，一边走进了冷饮店。正是《东京经济新闻》的记者——松冈。

"审查辛苦了。"松冈一边说着，一边坐在了渡真利旁边的位子。"不过，不愧是半泽次长啊。"他向半泽投去了钦佩的目光。

"提前写好的稿子是不是不能用了啊？"

听了渡真利的调侃，松冈神情严肃地说："现在还没到放松的时候。"

他话锋一转："我听说，贵行差一点就被冠上逃避审查的罪名了。"

"你今天的目的是这个？"半泽问。

"是的。实际上，我正在负责一个项目，内容是调查金融厅审查的真相。那位让多家商业银行背上巨额拨备金的黑崎审查官，他的做法尤其引人注目。其中，贵行的审查更是具有意料之外的冲击力，毕竟你们让那位臭名昭著的审查官第一次尝到了失败的滋味。在此之前，他可是把 AFJ、白水银行一个接一个地逼到了绝境。其他银行也在议论这件事呢。"

"我们没有做任何逃避审查的事。"半泽佯装不知，"正因为带着这种先入之见，那位审查官才会犯错。"

随后，半泽开始讲述当时的情形，松冈听得津津有味，问道："为什么黑崎审查官会认为那些硬纸箱里藏着资料呢？"

这个问题触及了事件的核心。"关于这一点，半泽次长知道些什么吗？"

"不知道——"

半泽想起便签纸上的那句话，黑崎氏的事，问道："我倒想问，你是不是知道些什么，你今天应该有话对我说吧？"

松冈的脸上浮现出满意的微笑。

"半泽次长总是给我提供消息，我偶尔也得报答您一下。"

"求之不得。"

"这个消息是我前几天采访时听说的，说到底只是流言，因为一些特殊的原因无法验证真假。但是我可以告诉您，提供消息的人绝对值得信赖。"

松冈深深吸了口气，然后压低声音，"黑崎审查官似乎与贵行的职员有私人关系。也许，是那个人泄露了贵行的消息。"

渡真利惊讶地抬起头。

"私人关系，吗？我们银行的谁和黑崎——"

"姓名不方便说出来。我只能告诉二位，那个人的地位不低，不是董事也接近董事。"

"董事？喂，半泽，难道——"

渡真利瞟了半泽一眼。

"二位已经知道了吗？"松冈吃惊地问道。

"关于那个人，还有别的信息吗？"

松冈给出了意料之外的回答——

"听说，那个人的千金是黑崎审查官的未婚妻。周末的时候，审查官经常去未婚妻家做客。我听到的消息就是这些——如果帮不上忙的话，您可别怪我。"

"怎么会。谢谢你，这顿我请。"

半泽说完，拿起桌上的小票站了起来。

半泽与渡真利离开冷饮店，经由地下通道，向位于丸之内的东京中央银行总行走去。

"那家伙不是个简单的娘娘腔啊。我知道你在想什么，是大和田吧，果然是他。"

一直低头沉思的渡真利突然开口，"他想利用这次金融厅审查把伊势岛饭店分类，顺便给银行扣上逃避审查的罪名，逼迫中野渡董事长下台。大和田和羽根关系亲密，他一定也知道纳鲁森的事。"

"不——不是大和田。"半泽说。

"你说什么？"

"向黑崎泄露消息的人，不是大和田。"半泽重复了一遍。

渡真利不由得停下脚步。

"为什么这么肯定？"

半泽转身看着渡真利，说出了证据——

"大和田没有女儿。"

4

　　第二天，半泽外出会客，刚刚回到银行，办公桌上的电话就响了起来。

　　"你好像给我打过电话，有什么事吗？"

　　打电话的人是业务统括部部长岸川。岸川似乎刚刚结束了上午漫长的会议，他的声音听上去充满了戒备。不用说，他一定听说了那份报告。

　　"实际上，有件事想问岸川部长。"

　　"问我？什么事？"

　　"电话里不方便说。"半泽说，"我现在过去您那里，可以吗？"

　　电话里没有传来岸川的答复，取而代之的是不耐烦的咂舌声。

　　"要花很长时间吗？"

　　半泽说不用，岸川回道："麻烦你五分钟之内结束，我可是很

忙的。"随后挂断了电话。

＊　＊　＊

半泽赶到部长办公室，发现谨慎的岸川叫来了木村。坐在部长身旁的木村和往常一样，毫不掩饰自己对半泽的敌意。他立刻开始了对半泽的"口头攻击"："营业二部的次长妄图直接向部长问话，这么做不是越级吗？"

"情势所迫，顾不上这些虚礼了。"半泽轻巧地搪塞。

他盯着岸川的眼睛说："这件事与木村部长代理无关，能不能让他离开。"

岸川的眼中出现了片刻犹疑，"也好，木村部代，你暂时离席吧，有需要我会叫你。"

木村满脸不悦地离开了办公室。

办公室的门关上之后，岸川开口了。

"事先说明，你不要跟我兜圈子，半泽部长。我的时间很宝贵，挑要紧的说吧。"

"我想问您的问题，与部长在京桥支行经手的贷款有关。"

岸川大概早就做好了心理准备，表情僵硬地等着半泽接下来的话。

半泽并没有急着提问，相反，他开始把带来的资料铺在桌面上。资料是四年前的融资申请书，融资部内部保留了副本，半泽拜托渡真利复印了一份。

"这是您任职京桥支行行长期间批准的贷款。您还记得一家叫田宫电机的公司吗？"

"田宫电机？"岸川佯装不知，"不记得，那家支行的客户太多了。比起这个，还是赶快说正事吧。你到底想问什么？"

半泽拿出新的资料摆在茶几上。

是那份交给人事部部长伊藤的报告复印件。

半泽直视着岸川的眼睛，说道："或许您已经看过了这份报告，这笔贷款，之后被转贷了。转贷对象是这家公司——"

岸川盯着拉菲特的信用调查报告，脸上看不出半点情绪。

"这家公司，您是知道的吧，部长？"

"哎，我怎么会知道？"岸川答道。

"你搬出这些陈芝麻烂谷子的融资案件，到底想干什么？而且，你还写了一篇莫名其妙的报告。"

"我向京桥支行确认过，贷款发放之后，相关负责人发现了田宫电机把资金转贷给拉菲特的事实，于是他向当时的支行长——也就是您汇报了这件事。然而，您把这件事压了下来。"

"谁告诉你的？"

岸川装出一副漠不关心的样子。

"一个叫古里的客户经理，我昨天向他确认的。"

"古里？啊，那个课长代理啊。"岸川的语气透着不屑，"他这么说，大概是想把自己犯下的错误推给上司吧。手下的客户居然把银行贷款转贷出去，这对客户经理来说可是难以饶恕的失误。但是啊，你……"岸川看起来有些烦躁，"居然敢诬蔑我知情不报，

你有什么证据？这事发生在好几年前，况且，这笔贷款老早就被回收了，不是吗？"

"确实，银行回收了贷款。"半泽平静地说。

"但是，这家叫拉菲特的公司却一直没有把三千万日元还给田宫电机。您知道这意味着什么吗？"

"我都说了，让你别再纠缠那些陈芝麻烂谷子的事。我不管你是不是想用这些陷害我和大和田常务，但我要告诉你，银行可不是你胡闹的地方。"

"开什么玩笑。"

半泽的口中缓慢地吐出了这句话，声音低沉却不容辩驳。

岸川惊讶地抬起头，似乎想说什么——

"银行没有时效。"

半泽的这句话仿佛按下了岸川身上的消音键，他彻底沉默了。此刻，岸川的眼中燃起熊熊的怒火，死死地盯着半泽。下一秒，他拿起了办公桌上的电话。

"啊，木村君吗？半泽次长马上就要回去了——你干什么！"

岸川对按下电话通话键的半泽大声吼道。

"你不是已经把这件事写成报告了吗？事到如今，为什么要特地来问我呢？你到底有什么目的？还是说，你虽然写了报告，却没有证明它的自信？"

岸川发出令人憎恶的冷笑声。

"自信？怎么可能没有，我来是想看看你的态度。"半泽平静地说。

"我的态度？什么意思？"

"如果你是正派的银行从业者，应该会对自己的所作所为感到后悔。我来就是想看看，你有没有承认这份报告的勇气。如果有的话，请你在董事会上帮我做证。"

"你以为你在跟谁说话呢。"岸川说，"区区一个次长凭什么用这种口气跟我说话！话说回来，你才是被金融厅指责的问题次长，有什么资格在这儿说三道四。有时间跟我在这儿胡言乱语，讨论不知所谓的报告，还不如想想怎么为自己开脱吧。"

半泽用冷漠的语气回敬道：

"如果说有人在审查中行为不当，这个人也不是我。而是与黑崎勾结，泄露银行内部机密的人。"

"泄密者？"

岸川厌恶地说："胡说什么呢。你明知无法逃脱责罚，就捏造出一个根本不存在的告密者，你以为这样就能转移视线吗？"

"怎么会。"半泽冷静地摇了摇头，"根据我得到的消息，黑崎即将和银行某位高层的千金喜结连理。"

岸川瞪大眼睛。半泽继续说："说的是您家的女儿吧。"

一瞬间，时间的齿轮仿佛生了锈，岸川周围的时间全都静止了。

"你疼爱未来女婿那是你的自由，可是，你不该把本应告诉营业二部的破产消息泄露给黑崎。黑崎也有问题，他隐瞒了同你的私人关系，就这么堂而皇之地作为主任审查官走马上任。这件事要是被人知道了，他也逃脱不了处罚。你也是，岸川。这件事一旦公开，令爱一定会感到遗憾吧。本以为自己可以嫁给金融厅的青年才俊，没想到结婚前会发生这种事，真是好事多磨啊。"

岸川的眼神开始不安地四下游走，那张完全褪去血色的脸可以证明他内心正在遭受极度的煎熬。

"我打算在董事会上公开黑崎和你的关系。《东京经济新闻》的记者也在打听这件事。如果我把消息告诉他，他一定非常乐意写一篇独家新闻。如此一来，最大的受害者应该是令爱吧。"

岸川惊讶地抬起头，他想说些什么，可声音仿佛粘在了干涩的咽喉中，怎么都出不来。

半泽冷静地看着岸川狼狈的模样。

"这，这可不行。玲奈——我女儿和这件事没有关系。"

"确实没有关系。但是，把无辜的令爱拖下水的人，是你和黑崎。"

"等，等一下，半泽。"岸川无法掩饰内心的不安，"我女儿不知道银行审查，也不知道我泄密的事。我以为这样做对黑崎君有帮助，所以才自作主张。这些事和我女儿完全没有关系，我为我的所作所为向你道歉。"岸川深深地鞠了一躬，"所以，请你千万不要公开我和黑崎的关系。"

岸川的两只手紧紧攥住了半泽的手。突如其来的力道让半泽暗自吃惊，他感受到了这个男人的决心。

"我答应你。"

岸川的脸上露出安心的表情。

"但是在那之前，你得答应我一个条件。"

半泽感受到了对方怯懦的目光。

5

　　星期三上午九点，董事专属楼层的会议室，那场牵动所有人神经的董事会召开了。

　　董事们坐在会议桌周围。在他们后方，靠墙的位置摆了一圈座位，作为配角的调查员和次长们就坐在那里。半泽也在其中，安静地等着会议的开始。他的眼前是上司内藤宽阔的后背，内藤或许在担心今天讨论的议题，表情从一开始就很凝重。

　　"到头来，别赢了比赛反而在小测试上栽跟头啊。"

　　临近董事会前，内藤嘴里一直念叨着这句话。

　　九点钟，中野渡董事长出现在了会议室，嘈杂的会场立刻像被石子击中的水面一般，变得鸦雀无声。会议按照预先制定的流程进行，首先公布的是上个月整月的收支实绩。这宣告着八月份的董事会正式拉开序幕。

会议接连讨论了一些与半泽无关的议题。首先，系统部部长公布了因故推后的系统整合工程进度。随后，由营业二部的内藤打头阵，各授信部门的领导轮番介绍了各自负责的大额案件。董事会对这些案件进行讨论，然后公布审批结果。

不知不觉两个小时过去了，其间有过一次中场休息。半泽仿佛变成了墙壁的一部分，就这么波澜不惊地等着一项又一项议程结束。

他不觉得紧张，也感受不到压力。

在银行待久了，他也看过许多人事变动。有时会因为不公的处置义愤填膺，有时也会因为恰当的处罚拍手称快。从这些人事浮沉中，他不是感受不到世间的无常。但与此同时，他的心中也开始思考一个根本性的问题，银行的人事究竟有多少意义，又有多少价值？

半泽认为，银行具有一种欺骗性。

它欺骗里面的人，让他们产生银行这一组织就是全世界的错觉。这种欺骗性又滋生了精英意识和选民思想①，无论哪种思想，半泽都认为十分可笑。

即使离开银行，人也可以好好地生活。

银行不是全世界。

眼前小小的人事变动并不能决定一切。自己的人生，说到底，要靠自己开拓。

---

① 西方神学思想，犹太人认为自己是上帝的选民，自觉高人一等。

重要的是，在那些决定人生走向的时刻，你有没有拼尽全力，不给自己的人生留下遗憾。对半泽而言，揭发大和田与岸川的违法行为，本质是一场被动还击。

人若犯我，我必加倍奉还。秉承着这一人生格言提交给董事长的报告，说到底，是半泽信念的具象化体现。半泽人生中绝不可能存在的选项，就是因害怕失败而畏缩不前。

与此同时，半泽的报告相当于给东京中央银行奉上了一张可供踩踏的圣像①。

指鹿为马、颠倒黑白，这样的事做多了难免触犯众怒，毕竟银行从业者都有自己的职业道德和尊严。不过或许像人事部部长伊藤说的那样，指望围坐在会议桌前的董事们主持公道，根本不现实。

"那么，主要的议题已经讨论完毕。"中野渡宣布。

终于轮到那份书面报告作为议题登场了。半泽轻轻地睁开双眼，审视着气氛开始变得凝重的会议大厅。会场中的每一个人都知道，接下来要讨论的问题，将触及东京中央银行最敏感的部分。

"半泽次长，接下来的议题，由你亲自说明。"

听到中野渡的话，半泽缓缓地站起。等候多时的小野寺等人快步走进会场。他们拿着半泽写的报告的复印件，动作麻利地分发给参会的董事，然后又迅速消失。

---

① 踩圣像，指日本江户时代，幕府命令被怀疑为天主教徒者用脚践踏基督和马利亚等圣像的一种制度。目的在于识别他们是否为天主教徒。

会议室沸腾了。

《关于京桥支行"账外放款事件"的报告》

报告的题目直截了当地点明了事件的本质。

"接下来，由我向各位介绍，四年前，发生在当时的东京第一银行京桥支行的账外放款事件——"

半泽说到一半。

"等一下——"

董事中有人打断了半泽的发言，这个人是资金债券部部长，名叫乾，是旧 T 的论客①。

"董事长，抱歉。讨论这份报告前，有件事我想弄清楚。半泽次长，你是营业二部的次长，营业二部的次长怎么管起京桥的事了，按照性质来说，这件事应该由人事部仔细调查——"

"我负责的伊势岛饭店的授信业务，去年为止一直由京桥支行管理。我在调查该公司投资亏损被隐瞒一事时发现了这件事，于是便以营业二部的名义写了报告。"半泽打断了乾的发言，回答道。

"细节上的问题不用管了。"中野渡急躁的声音响起，他这一句话阻止了还想继续争辩的乾，"你继续说，形式主义能免则免。"

事情的走向一开始就不太正常。半泽通过人事部部长伊藤探过中野渡董事长的口风，伊藤对半泽说过，中野渡对此事反应冷淡。

_____

① 指喜欢或擅长发表议论、评论的人。

原因很简单，半泽的报告与董事长提出的行内和谐的目标是背道而驰的。

并且，这场董事会存在着无形的不利因素，那就是贝濑的缺席。据渡真利打探到的消息，这是大和田私下疏通的结果。渡真利对此的评价是"卑鄙无耻"。

看到乾没有再次发言的意思，半泽继续说道：

"经调查发现，京桥支行向客户田宫电机发放的三千万日元贷款，后被转贷给了我行相关企业。转贷对象为拉菲特株式会社，法定代表人栅桥贵子。这位栅桥贵子究竟是何方神圣——"半泽扫视了一圈董事们的脸，"她的本名叫作大和田贵子，是大和田常务的太太。"

话刚出口，大和田就用无比愤怒的眼神瞪了半泽一眼。半泽没有理会大和田，继续讲述报告上的细节。

"这一行为，已经严重违规，并违反了金融机构董事的诚信原则。一旦公开，将对我行的社会信誉造成严重损害。请董事会严肃对待，给予本案恰当的处理意见。"

会议室被密不透风的沉默支配着。

"大和田常务，你怎么看？"

被董事长催促后，大和田立刻说道："完全是误会，请允许我解释一下。"

"根据我了解到的情况，资金的流向确实如半泽次长所言。但是，妻子的公司成立于京桥支行向田宫电机融资的若干年前。妻子身为一名经营者，一直独立拓展公司业务。半泽次长或许不知道，妻子和田宫社长实际上同属一个法人会。我听说，田宫社长从一开始就有意投资妻子的公司。只是，如果采取投资的方式，资金回收方面恐有不便，所以最后换成了融资的形式。这些事都是身为经营者的妻子独自交涉的，与我无关。暗箱操作之类的指责完全是误解。并且，这份报告存在重大的缺陷。"

紧跟着，大和田开始攻击要害，"半泽次长，你向田宫社长核实过内容吗？"

"没有。"半泽答道，"我想核实，可对方并没有答应。"

"仅凭这种单方面的调查，你就断定我账外放款，是不是太武断了？"大和田的表情十分严肃，"你的见解过于片面，只要问过田宫社长，误会马上就能解开。"

董事中有几个人点了点头，从现场的气氛来看，赞同大和田的人占多数。

"我认为，这份报告本身就是一种挑衅，是陈旧的派阀意识支配下产生的挑衅。在你这种人眼中，出身银行不同就是原罪，所有的事实都可以被任意曲解，不是吗？"

大和田试图把半泽的指摘，向旧 T 和旧 S 固有矛盾的方向解释。他似乎已经确信，董事长会站在自己这边。于是他转向中野渡董事长，用充满自信的口吻说道：

"针对这次事件，我没有什么要特别说明的了。因为妻子在经营公司，所以我时常告诫自己，不能插手借贷的相关事务。资金流向的问题实属巧合，我也感到吃惊。问过妻子后才知道，她与田宫社长早有交情，只是因为那时我还是京桥支行行长，妻子不想给我添麻烦，所以才没有进行资金交易。至于那笔三千万日元的资金，因为借贷时间过长，所以双方正在讨论还款方式，可能转化成股份，也可能一次性还清。虽说这件事我也无法预料，但毕竟让大家白担心了一场，十分抱歉。"

大和田边说边恭敬地鞠了一躬。

内藤的侧脸愈加凝重，伊藤也抱紧了手臂，脸色苍白地看着半泽。

他的眼神似乎在问，该怎么办？

没有胜算。

中野渡一言不发地听完了双方的发言，抬头望向天花板，开始思考如何善后。

尽管奉行的原则是行内和谐，但急性子的中野渡不可避免地开始迁怒引起麻烦的半泽。他的脸上已经渗出了怒意。从现场的形势来看，半泽似乎再怎么争辩，都无法挽回颓势。

"至少在这份报告里，找不出能够反驳大和田常务的证据。"

中野渡神情烦躁地看向半泽，"半泽次长，你到底——"

"请等一下。"半泽毫不留情地打断了董事长，"大和田常务，您以为自己在哄三岁小孩吗？妻子做的事与我无关，您什么时候也学会政治家那套拙劣的说辞了。"半泽舌锋如火，滔滔不绝地说道，"身为银行职员的常识，知道妻子参与了这种金钱交易应该第一时间制止，一句与我无关就想全身而退，您不觉得过于荒谬了吗？首先，说什么三千万日元要转化成股份啦，一次性还清啦，常务的这些话根本就不现实。田宫电机早就出现了资金周转困难的问题。把三千万日元转化成股份，等于让他们放弃这笔钱。还款也不现实，拉菲特本身背负着巨额赤字，早已入不敷出。还有常务您，好像也自掏腰包，投了不少钱进去。所以，哪里还有剩余资金？你们拿什么还款？"

"我听说，有人想投资妻子的公司。"

面对半泽犀利的反击，大和田狡辩道。

"什么公司？叫什么名字？又或者，是个人？"半泽穷追不舍，"您一定向夫人询问过出资者吧。请回答我的问题。"

"那个——"

大和田一时语塞。

"您没问过吗？"半泽步步紧逼，"那样的话，请您当场给夫人打电话，向她确认。"

"你太放肆了！董事长，我反对这种做法。"大和田抗议道。

"这件事很重要，所以请让我以书面报告的形式汇报。"

"在那之前，还有一位当事人没有发表意见呢。"

听了半泽的话，闭着眼睛听着两人争辩的中野渡终于睁开了眼睛。

他的视线，转向了会议桌旁的其中一张面孔，岸川的面孔。被董事长盯住的那一刻，岸川大大地吸了口气，用力抿住嘴唇。

"岸川君，你也是这份报告的当事人。"中野渡说，"这件事，说说你的意见吧。"

岸川瞥了一眼半泽，眼神中的情绪与其说是困惑，不如说是恐惧。

6

"太好了，近藤。恭喜你！"

暑假氛围即将结束的八月，最后的星期三，半泽和渡真利为近藤举办了小型的庆祝会，地址选在神宫前常去的那家烤鸡肉串店。

近藤的新职位是宣传部调查员。

在此之前，银行大张旗鼓地公布了董事会成员的人事变动。大和田由常务董事降级为一般董事。这意味着，大和田即将被外调。

"这么严重的罪名，就算是惩戒性解雇也不奇怪，中野渡董事长还是太仁慈了。"渡真利说。

"但是，也有不少人认为，这次的事对旧 T 不太公平。"近藤早早显示出作为行内消息通的才能，他说，"特别是董事会，对半泽的评价好坏参半。有人认为半泽的做法过分。好笑的是，听说这个到处指责半泽的人就是大和田本人。"

"自己做了犯法的事，还有脸怪别人？"渡真利的语气透着难以置信，"大和田那家伙，就算被刑事检举都不冤。"

调查委员会调查时，因为田宫承认，转贷也有自己的意愿在里面，所以大和田得以免去最严重的处罚。岸川和京桥支行的贝濑已挂名人事部，同样等待外调处理。古里则作为近藤的后任，被送入了田宫电机。

另一方面，因为隐瞒亏损的事实已经清晰，针对法人部时枝等人的处罚也理所应当地搁置下来。

"话说回来，半泽——你小子今天，没被人事部的伊藤部长叫走吗？"

半泽为渡真利消息之灵通感到惊讶，他抬起头。

"你连这事都知道？"

"我也是听别人说的，营业二部近期好像有人事变动，该不会是你吧？"

半泽张嘴想说什么，刚好看见新来的客人，便起身欢迎。

是户越。

伊势岛饭店决定加入福斯特之后，更换了羽根、原田等策划隐瞒投资亏损的董事。汤浅社长把户越从子公司叫了回来，委派他担任公司的财务部长。

生啤酒端上桌后，所有人碰了杯。

"恭喜你，要当财务部长啦。"半泽说。随后他又对表情微妙的近藤说道："梦想成真了呢。"

"对不起，半泽。"

"你怎么还想着这件事啊。"

半泽嘻嘻哈哈地捶了一下近藤的肩膀。看到几乎放弃人生的朋友再次振作起来，半泽感到愉快。无论过程如何，近藤总算用自己的双手实现了梦想。

"话说回来，今天的《东京经济新闻》，有一篇文章写的是那位叫黑崎的审查官。"

户越这么一说，半泽也想起来了。那是松冈写的系列报道，金融界对黑崎不择手段的行事作风的质疑，就这么赤裸裸地写进了文章里。

"针对黑崎的审查态度，银行好像以董事长的名义向金融厅提交了建议书。"渡真利说。

这件事半泽也有耳闻，虽说金融厅审查并不会因此改变，但如果不行动，就永远没有改变的可能。

"这次全靠半泽次长，伊势岛饭店才能死里逃生，多谢。"

户越的表情变得认真起来，他向半泽表达了谢意。

"无论境况多么困难，总能找到解决的办法。这都是汤浅社长的功劳。"

"但是，传授我们解决办法的人，是你。"

户越的话中有掩饰不住的愉快，然而，"接下来也拜托你了"——当他这么说时，半泽只能含糊其词。

＊　＊　＊

被人事部部长伊藤叫走，是这天下午发生的事。

部长办公室里，等着半泽的有伊藤，还有内藤。

走进办公室的那一瞬间，半泽立刻感受到两人之间密不透风的紧张感。

"抱歉，你这次的做法，引起了许多不满。"率先开口的是伊藤，"特别是董事会成员里，有人认为只处罚旧 T 有失公允。我们也无法忽视这些批判的声音。你知道这意味着什么吗？"

半泽沉默不语，内藤愁容满面地看着他。

"我也和董事长商量过，结论是，有必要消除他们的不满。"伊藤切入了正题，"我们决定，暂时把你调离营业二部。董事长也同意了。"

"调离，营业二部？"这句话对半泽犹如晴天霹雳。"我犯了什么错吗？我把伊势岛饭店从被分类的命运中挽救了回来。追究涉事人员的责任也是理所应当的。"

"我想你也知道，银行也有许多身不由己。考虑到行内和谐的原则，这样处理比较妥当。刚刚，内藤部长也和我达成了一致意见。"

"你真的做得很好，半泽。"

内藤躲开了半泽的视线，他皱着眉，声音仿佛从喉咙里一点一点挤出来似的，"但是，银行政治方面我力有不逮，对不起。"

"什么处分？"

半泽的反应连自己都感到惊讶，他试图客观地分析当前的状况。

"不是处分。"伊藤说。

"说到底，这只是调动。我不妨告诉你，因为你击垮了大和田常务，一些家伙就坐不住了，他们不希望你继续坐在营业二部次长的位子上。所以，这只是为了消除他们的不满。"

理由什么的，怎么说都行。

"去哪里？"半泽问。

"调动地点，人事部还要再讨论。这也是为你好，希望你理解。"

半泽明白，主要是为集体好。银行职员对于集体而言，不过是一枚棋子。没了他，还有无数的替代品。

"我不认为我有资格对人事变动说三道四。"半泽对愁眉不展的两人郑重说道，"银行职员不是就该服从命令，让去哪里就去哪里吗？所以，你们也没必要提前通知我。"

"你别这么说，半泽，我们也很难受。"

伊藤说完后，又叮嘱半泽顾及人事部的体面，"我破例告诉你的，也只是内部指令，在正式的调令下来之前，希望你不要说出去。还有，刚刚提到的对你的批判，那些话务必要保密——"

"一定要回来，半泽。"内藤打断了伊藤，"不，我一定想方设法把你调回来。在那之前，你要沉住气，好好忍耐。"

喂喂。

半泽一言不发地盯着两位上司，心里小声嘟囔。

你们难道没有一点责任吗？看这意思，是打算全部推给我一个人了。

* * *

"欢迎回家。"

378

晚上，迎接半泽的小花还是察觉到了半泽的异样。

"遇到麻烦了？还是金融厅？"

"差不多吧。"

"那样的话，就得狠狠地收拾他们，把他们打趴下。"小花对着看不见的敌人，猛地挥出拳头。

"真羡慕你啊，无忧无虑的。"半泽说，他喝了一口小花端来的热茶，盯着墙上的挂历看，"两三天的话，我应该能请到假，要不要去哪儿转转？"

本以为会非常高兴的小花，反应意外地冷淡，"算了吧。"

"不说这个了，我最近在考虑要不要创业。"

半泽被茶呛到了。

"你创业？饶了我吧。"

"我和朋友商量，想自己设计童装，自己销售。"

"我劝你别这么干。"

半泽不禁想起大和田的妻子，连忙阻止。虽然不知道拉菲特的社长到底是什么样的人，但单从对金钱的感觉来看，应该怎么都比小花强。

"求你了，放弃吧。"

"为什么？"

"你真想干的话，先去童装公司工作几年再说吧。"

"那样的话要等到什么时候啊？"

小花的脸上写着大大的不满，"我就不该跟你说。"她撂下这句狠话，去了别的房间。过了一会儿，小花似乎给朋友打了电话。

房间里断断续续传来讲电话的声音，但半泽已经没有力气管她了。

哪儿都不去的话，我一个人回趟乡下吧。突然开始想这种事。

如果想一个人待着，重新思考人生，现在就是最好的机会，半泽想。

人生只有一次。

不管因为什么被银行处分，人生也只有一次。

一味地生气只是浪费时间。向前看吧，迈出这一步。

一定能找到解决问题的办法。

坚信这一点，向前走吧。这，就是人生。